Inez Corbi

Die roten Blüten
von Whakatu

Inez Corbi

Die roten Blüten von Whakatu

Ein Neuseeland-Roman

cbj ist der Kinder- und Jugendbuchverlag
in der Verlagsgruppe Random House

Verlagsgruppe Random House FSC-DEU-0100
Das für dieses Buch verwendete FSC®-zertifizierte Papier
Super Snowbright liefert Hellefoss AS, Hokksund, Norwegen.

Gesetzt nach den Regeln der Rechtschreibreform

1. Auflage 2012
© 2012 cbj Verlag, München,
in der Verlagsgruppe Random House GmbH
Alle Rechte vorbehalten
Umschlagfotos: shutterstock / rina Yun (Blüte),
shutterstock / Ruth Black (Ornament), shutterstock / attem (Boot),
shutterstock / 3523studio (Landschaft)
Umschlaggestaltung: *zeichenpool, München
MI · Herstellung: UK
Satz: Uhl + Massopust, Aalen
Druck: GGP Media GmbH, Pößneck
ISBN 978-3-570-15330-7
Printed in Germany

www.cbj-verlag.de

Für Fabio,
für den ich meine ersten Geschichten schrieb

Kapitel 1

»Sehr schön, sehr schön«, murmelte Dr. Kahles, der sich dicht über Lina gebeugt hatte. Sein Atem roch nach Leberwurst. »Ich könnte dir sieben Gulden und zehn Schilling dafür zahlen.«

Lina schloss ihren Mund. Der Hunger zog ihre Magenwände zusammen und wütete wie ein lebendiges Tier in ihren Eingeweiden. Der Hunger und die Angst. Dennoch bemühte sie sich um eine feste Stimme.

»Zehn«, sagte sie. »Zehn Gulden.«

Dr. Kahles richtete sich auf. »Zehn? Hör mal, junges Fräulein, ich bin doch nicht der Graf von Rantzau. Kannst froh sein, dass ich überhaupt noch für echte Zähne zahle. Heutzutage wollen sie doch alle künstliche Gebisse aus Porzellan. Ich gebe dir acht Gulden. Das sind zwei Gulden pro Zahn.«

Linas Herz pochte laut, kurz hielt sie die Luft an. Am liebsten wäre sie aus dem hohen Stuhl mit den plüschgepolsterten Armlehnen aufgesprungen. Aber sie zwang sich sitzen zu bleiben. Ihr Blick huschte durch den Raum, erfasste den Spucknapf neben ihr und den

Kabinettschrank mit den vielen Fächern. Auf dem kleinen Schreibtisch lagen ein zusammengeklapptes, angebissenes Wurstbrot und eine aufgeschlagene Zeitung. Durch das Fenster vor ihr erblickte sie die roten Ziegeldächer von Klütz, etwas dahinter erhob sich der quadratische Kirchturm. Deutlich konnte sie das achtseitige Helmdach, die »Bischofsmütze«, auf dem Turm erkennen. Und noch weiter dahinter, viel weiter, war das Meer, aber das konnte sie von hier aus nicht sehen.

Acht Gulden. Damit würden Rieke und sie eine Weile auskommen können.

Sie hatte ihrer Schwester nicht erzählt, was sie vorhatte. Rieke würde es früh genug erfahren. Denn wie so viele arme Leute wollte auch Lina ihre Zähne an einen Zahnarzt verkaufen, der daraus Gebisse für die Reichen machte. Gesunde, schöne Vorderzähne wurden gut bezahlt. Und zum Kauen hatte man dann immer noch die Backenzähne.

Lina holte tief Luft, dann nickte sie. »Also gut«, sagte sie. »Acht Gulden. Und ... und das Brot da.« Sie deutete auf das Wurstbrot.

Dr. Kahles hob die Schultern und schaute sie an. »Meinetwegen. Aber beeil dich.«

Das ließ sich Lina nicht zweimal sagen. Rasch stand sie auf, griff nach dem Brot, teilte es in der Hälfte und stopfte sich die belegte Stulle in den Mund. Sie kaute kaum, so eilig hatte sie es, ihren hohlen Magen endlich wieder zu füllen.

»Langsam, langsam, schling doch nicht so! Du verschluckst dich noch.« Für einen Augenblick hatte Lina den Eindruck, als sähe Dr. Kahles sie mitleidig an. »Hast wohl lange nichts mehr gegessen, was?«

Lina antwortete nicht. Während sie das Brot in sich hineinstopfte, fiel ihr Blick auf die aufgeschlagene Zeitungsseite. »Grevesmühlener Wochenblatt«, stand in großen Lettern oben auf der Seite. Ein Möbelfabrikant empfahl sich seinen Kunden. Ein neues Tanzlokal sollte eingeweiht werden. Eine Anzeige suchte nach Auswanderern. Ein trauriges Lächeln glitt über ihr Gesicht. Papa hatte auch auswandern wollen, nach Amerika. Schon als Mutter noch lebte. Aber mit seinem mageren Schulmeistergehalt hatte er nicht genug Geld für die Reise zusammenbekommen. Und dann war er vor wenigen Wochen gestorben.

Die Hälfte des Brotes war verschlungen. Lina hätte gern weitergegessen, aber sie bezwang sich. Den Rest packte sie in ihren Schal und legte ihn zurück auf den Tisch. Das würde sie Rieke mitbringen.

»So, junges Fräulein«, sagte Dr. Kahles. »Dann wollen wir mal.«

In Lina zog sich alles zusammen. Am liebsten wäre sie fortgelaufen. Aber in ein paar Minuten wäre alles vorbei. Dann hätte sie acht Gulden in der Tasche. Ein Gedanke schoss ihr durch den Kopf: Ob sich wohl je ein junger Mann für sie interessieren würde, wenn sie keine Schneidezähne mehr hatte? Sie ballte die Fäuste. Es half ja nichts. Sie brauchten das Geld.

Mit weichen Knien setzte sie sich erneut in den Stuhl.

Als sie die Zange sah, begann sie zu zittern. Angst schwappte wie eine heiße Woge über sie. Sie schloss die Augen und klammerte die verkrampften Hände in den abgewetzten Plüsch der Armlehnen. Tränen liefen ihr über das Gesicht, obwohl sie sie zurückzuhalten versuchte. Mama, flehte sie stumm. Papa! Bitte, helft mir, wo immer ihr jetzt seid!

Sie roch Dr. Kahles' massigen Körper über sich und versuchte, sich ganz klein zu machen.

»Mund auf!«

Etwas Hartes, Kaltes berührte ihren oberen rechten Schneidezahn. Gleich. Gleich würde es wehtun.

»Zu groß«, brummte Dr. Kahles. »Ich brauche eine kleinere Zange.« Das Harte, Kalte verschwand.

Lina atmete zitternd aus und öffnete die Augen. Neben ihr wühlte Dr. Kahles in einer Schublade.

»Nein«, brummte er. »Auch zu groß.«

Voller Panik huschte ihr Blick durch den kleinen Raum. Aus dem Fenster, über die Dächer, den Kirchturm, dann zurück ins Zimmer, auf den Schreibtisch. Erneut sah sie dort die Zeitung mit der von einem dicken Balken umrahmten Anzeige. »Auswanderer gesucht«, stand dort. Links oben war die Abbildung eines großen Segelschiffes zu sehen. Von dem Text, der darunterstand, sprangen ihr ein paar fett gedruckte Worte ins Auge: »Freie Überfahrt nach Neuseeland ... Ausreisewillige von stabiler Gesundheit ...«

Neuseeland ... Wo lag das überhaupt?

Linas Herz schlug so schnell, als wäre sie gerannt.

Doch wie gebannt wurde ihr Blick von dieser Anzeige festgehalten.

»Ah, endlich. Die wird gehen«, brummte Dr. Kahles. »So, Mädchen, ich bin so weit. Schön aufmachen.«

Linas Herz schlug jetzt wie eine Trommel. Fest presste sie die Zähne aufeinander, den Blick noch immer auf die Anzeige geheftet. War das die Lösung? Ohne länger darüber nachzudenken, tauchte sie unter Dr. Kahles' Körper hindurch und sprang auf.

»Ich ... ich hab's mir anders überlegt!«, rief sie aus. Mit einer Hand griff sie nach der Zeitung, mit der anderen packte sie ihren Schal mit dem eingewickelten Brot für Rieke.

»He!«, rief Dr. Kahles, die Zange noch in der Hand. »Du hast mir was versprochen!« Er versuchte, nach ihr zu greifen, aber Lina war schneller. Zeitung und Brotpäckchen eng an sich gepresst, stürmte sie durch die Tür und den Vorraum hinaus ins Freie. Rannte durch die engen Gassen von Klütz mit seinem Kopfsteinpflaster und den kleinen roten Backsteinhäusern in Richtung Ostsee, bis sie den Weg nach Boltenhagen erreichte.

Der lange, weite Rock behinderte Lina beim Laufen, sie musste aufpassen, dass sie nicht stolperte. Für einen Moment hielt sie an, raffte den Saum von Rock und Unterröcken und machte in Höhe ihrer Knie mehrere Knoten in den Stoff. Das war zwar äußerst unschicklich, aber sie hatte es eilig.

In leichten Kurven zog sich der Weg, den Lina erst vor Kurzem mit zögernden Schritten entlanggegangen war, durch die fruchtbaren Felder, die dieser Gegend den Namen »Speckwinkel« gegeben hatten. Jetzt, am Anfang des Frühlings, lugten die ersten grünen Spitzen aus der Erde. Ein paar einsame schwarze Krähen mit zerzaustem Gefieder suchten dort nach Futter. Bis das Getreide geerntet werden konnte, würden noch einige Monate vergehen. Wenn Rieke und sie Glück hatten, erbarmte sich dann eine mitleidige Seele und sie durften nach der Ernte die liegen gebliebenen Ähren auflesen. Aber so viel Zeit hatten sie nicht. Und jetzt würde sowieso alles gut werden.

Der Wind, der ihr ins Gesicht blies, trug salzige, feuchte Luft mit sich. Normalerweise brauchte sie für den Weg fast eine Stunde, aber diesmal flog die ungepflasterte Straße nur so unter ihr dahin. Sie blieb nicht einmal stehen, als sie Seitenstechen bekam und ihr jeder Schritt wehtat.

Sie wurde erst wieder langsamer, als der leicht modrige Geruch des Meeres immer stärker wurde, der Geruch nach Fisch, Algen, Salz und Meer. Schon hatte sie die ersten reetgedeckten Häuser von Boltenhagen erreicht. Nur wenige Minuten später kletterte sie über die Düne, auf der Strandhafer, Sanddorn und Hagebuttensträucher wuchsen, und rannte weiter bis zum Strand. Im Westen erhob sich die Steilküste, die von windzerzausten Büschen gesäumt wurde. Darüber türmten sich dunkle Wolkenberge. Es würde bald regnen. In der

Ferne verschmolz der Horizont mit dem Himmel zu einem grauen Einerlei.

Eine salzige Böe nahm ihr fast den Atem und hätte ihr um ein Haar die Zeitung aus der Hand gerissen. Sie stemmte sich gegen den Wind. Sandkörner prasselten gegen ihr Gesicht und ließen ihre Haut brennen. Auf dem Wasser, das hier nur knietief war, schwammen mehrere Möwen.

Die Ebbe hatte das Meer zurückgezogen und ein paar Meter des feuchten, flachen Strandes freigelegt. Dort sah sie ihre kleine Schwester. Sie hatte ihren langen Rock ebenso wie Lina hochgebunden, ihr zerzauster blonder Haarschopf wehte im Wind. Als sie Lina sah, hob sie den Eimer, den sie in der Hand hielt.

Lina winkte, stürmte erneut vorwärts. Überall auf dem nassen Strand lagen durchsichtige Quallen; Lina bemühte sich, nicht daraufzutreten. Es passierte zwar nichts, aber sie hasste das rutschige Gefühl unter ihren Sohlen. An der Grenze zwischen feuchtem und trockenem Sand hatte das Wasser einen Saum aus Seetang und zerbrochenen Muschelschalen zurückgelassen. Hier war der fischige Geruch des Meeres am stärksten. Eine kleine Sandbank erhob sich aus dem niedrigen Wasser, einige Möwen hatten sich darauf niedergelassen.

»Sieh mal«, rief Rieke aufgeregt, als Lina sie erreicht hatte. »Ich hab schon ganz viele Muscheln gefunden!«

Das Mädchen wies auf den löchrigen Eimer. Wenn man die Schalentiere für eine Weile in heißes Wasser warf, konnte man sie essen. Sofern es ihnen gelang, mit ihren letzten feuchten Zündhölzern Feuer zu machen.

Lina musste über den Eifer ihrer kleinen Schwester lächeln. Dann wurde sie wieder ernst. »Du weißt doch, dass du das nicht tun sollst! Es ist viel zu kalt am Wasser, und du hast keine Schuhe an!«

»Ich wollte nicht, dass sie schmutzig werden.« Rieke hob ein Bein und rieb ihre sandigen Zehen an der nackten Wade. Ihre Füße waren schon ganz blau gefroren. Sie hustete.

Mit Sorge bemerkte Lina das rasselnde Geräusch, das aus Riekes Brustkorb kam. Sie zog die Schwester mit sich bis zum Anfang der Düne, wo der alte Badekarren stand, der ihnen seit Kurzem als Unterschlupf diente – weit genug weg vom Wasser, um auch bei Flut nicht umspült zu werden.

Ihr Vater hatte gehofft, mit dieser Neuheit sein kümmerliches Gehalt als Schulmeister aufbessern zu können. Niemand aus Boltenhagen wäre auf die Idee gekommen, in den kühlen Fluten der Ostsee zu schwimmen. Aber seit einigen Jahren gab es hier Badegäste, für die man an sonnigen Tagen die Karren mit einem Pferdefuhrwerk ins Wasser fuhr. Dort konnten die Gäste sich dann im Schutz einer herabgelassenen Markise umziehen und baden.

Aber jetzt war ihr Vater tot und ihre kleine Hütte war zurück an den Eigentümer gefallen, weil sie die Miete nicht zahlen konnten. Dabei hatten sie schon fast alles, was von irgendeinem Wert war, ins Pfand-

14

haus gebracht. Die Uhr des Vaters, das gute Sonntags-geschirr. Lina hatte sogar die Silberknöpfe von ihren Jackenärmeln gelöst, auf die sie so stolz gewesen war, und verkauft. Von Stolz wurde man nicht satt. Das Einzige, was ihnen jetzt geblieben war, war dieser alte Badewagen. Er war mit grünen und weißen Streifen bemalt, aber die Farbe blätterte bereits ab. Eines der Räder war gebrochen; sie hatten die Schieflage notdürftig mit etwas Treibholz abgestützt. Durch das Dach regnete es, sodass sie die Tropfen in einer alten Schüssel auffingen, und drinnen war es so eng, dass die Mädchen dicht aneinandergedrängt schlafen mussten. Lina konnte sich nicht einmal ganz ausstrecken.

»Wo warst du?«, wollte Rieke wissen, während sie ihren Eimer mit den Muscheln abstellte.

»Das ist jetzt nicht wichtig. Aber schau, ich hab dir was mitgebracht.« Lina reichte ihr das eingepackte Brot und sah zu, wie ihre Schwester es fast genauso schnell verschlang wie sie selbst vorhin.

»Oh, ist das gut …!«

Aus Linas Haarknoten im Nacken hatten sich ein paar dicke honigblonde Strähnen gelöst. Ungeduldig öffnete sie ihr Haar ganz und drehte es wieder ordentlich zusammen.

»Rieke, ich …« Sie musste noch einmal Atem holen, so aufgeregt war sie. Ihre Finger zitterten, als sie den Knoten im Nacken wieder feststeckte. »Ich weiß, was wir machen werden. Wir … wir werden nicht hierbleiben. Wir werden auswandern.«

15

Rieke sah sie mit großen blauen Augen an und hörte für einen Moment auf zu kauen. »Nach Amerika? Wie Papa es wollte?«

Lina schüttelte den Kopf. »Nein. Nach Neuseeland.« Sie versuchte, die Zeitung aufzuschlagen, aber ein scharfer Wind blies den feinen, hellen Sand über die Blätter und ließ die Seiten flattern. »Lass uns in den Wagen gehen, dann zeige ich es dir.«

Im Badekarren war es zwar eng, aber wenigstens waren sie hier vor dem Wind geschützt. Auf der einen Seite des Karrens war eine schmale Bank befestigt, unter der sie Teller, Tassen und zwei Töpfe aufbewahrten, die sie aus ihrer alten Küche hierher mitgebracht hatten. In dem einen Topf machten sie Feuer, sofern sich genügend Treibholz dafür fand, in dem anderen kochten sie. Ihre sonstigen Habseligkeiten hingen an den vorhandenen Haken. Rieke hatte außerdem überall bunte Muscheln und kleine Steine verteilt, die sie am Strand aufgelesen hatte.

Lina schlug die Zeitung auf und breitete sie auf dem Boden des Karrens aus. Hektisch blätterte sie um, fand nicht, was sie suchte, blätterte zurück. Da! Sie deutete auf die Anzeige. »Siehst du? Sie bezahlen sogar die Überfahrt.«

Gemeinsam steckten sie die Köpfe über der Zeitung zusammen.

»Auswanderer gesucht«, las Lina laut vor. »Die Neuseeland-Compagnie nimmt noch Anmeldungen für eine freie Überfahrt nach Nelson in Neuseeland an.«

16

»Wo liegt Neuseeland?«, wollte Rieke wissen und schluckte den letzten Rest Brot hinunter.

Das wusste Lina auch nicht so genau. »Irgendwo hinter dem Meer. Weit weg.« Sie beugte sich erneut über die Anzeige. »›Gesucht werden Ausreisewillige von stabiler Gesundheit, die sich durch energische Tätigkeit, Festigkeit, Entschlossenheit und vor allem ein heiteres Gemüt auszeichnen. Besonders geeignet sind Familien mit Kindern, bei denen die Eltern die vierzig nicht überschritten haben, des Weiteren Landarbeiter, Schäfer, Minenarbeiter, Gärtner, Ziegelhersteller, Mechaniker, Handwerker und Hausangestellte. Außerdem alleinstehende Frauenzimmer zwischen zwölf und fünfunddreißig Jahren, die sich durch Bescheidenheit, Fleiß und sittlichen Lebenswandel auszeichnen. Qualifikation und Charakter werden einer strengen Prüfung unterzogen. Anmeldungen montags, dienstags und samstags im Amtshaus von Grevesmühlen. Im Auftrag von J. F. und C. F. Kelling, concessionierte Auswanderungs-Agenten, Klütz.‹«

Die letzten Sätze hatte sie immer langsamer vorgelesen. Jetzt schossen ihr Tränen in die Augen. Wieso hatte sie bloß nicht früher darauf geachtet? Die Reise schien zu enden, bevor sie überhaupt angefangen hatte. Musste sie nun doch noch zu Dr. Kahles und ihre schönen Zähne opfern?

»Wie fein!«, rief Rieke vergnügt. »Dann gehen wir gleich morgen nach Grevesmühlen!«

Lina schüttelte den Kopf. »Wir können nicht nach

Neuseeland«, erwiderte sie tonlos. »Du bist erst zehn!«

Rieke sah sie bestürzt an und wischte sich einen Krümel aus dem Mundwinkel, doch dann lächelte sie. »Du findest schon eine Lösung«, sagte sie. »Das hast du doch immer getan.«

Kapitel 2

»*Chapeaurouge* & *Co*«, stand auf dem Schild über dem Eingang. Zwei lange Menschenschlangen führten in das große Gebäude in der Nähe des Hamburger Hafens: auf der einen Seite die Männer, auf der anderen die Frauen. Lina stand zusammen mit Rieke bei den Frauen und konnte es noch immer kaum glauben, dass sie es tatsächlich bis hierher geschafft hatten. Es war gar nicht schwer gewesen, sich und Rieke im Amtshaus von Grevesmühlen für die Auswanderung anzumelden. Sie hatte nur ein bisschen schummeln müssen. Nun musste nur noch hier alles klappen.

Ein feiner Sprühregen benetzte die Wartenden. Lina fuhr sich nervös über ihre Haare. Wie es Mode war, trug sie es in der Mitte gescheitelt und im Nacken zu einem einfachen Knoten gebunden. Zur Feier des Tages hatte sie diesmal auch noch zwei geflochtene Zöpfe seitlich zu Schlingen hochgefasst, den sogenannten Affenschaukeln. Sie war froh über die mehreren Schichten von Kleidung, die sie übereinandergezogen hatte, auch wenn sie sich damit dick und unbeweglich vorkam. Rieke war auf die gleiche Weise ausstaffiert.

Lina umklammerte ihre schäbige schwarze Reisetasche, die ihrem Vater gehört hatte und in die sie alles gestopft hatte, was sie beide besaßen. Viel war es nicht. Nur ein paar Hemden und Strümpfe, dazu noch Handtücher, Kamm, Seife, Besteck, Teller und Becher. Vor ihnen stand Frau Fanselow mit ihren vier Töchtern. Herr Fanselow und seine zwei fast erwachsenen Söhne warteten in der anderen Schlange. Die Familie aus Boltenhagen hatte Lina und Rieke kurzerhand auf ihren beiden Fuhrwerken mitgenommen – eines für die Personen, das andere für das Gepäck. Drei Tage waren sie mit den rumpelnden Wagen unterwegs gewesen; von Klütz über Dassow nach Lübeck, hatten in Scheunen und Ställen übernachtet, bis sie gestern Abend endlich in Hamburg angekommen waren.

Die große Stadt und die vielen Leute schüchterten Lina ein; selbst Rieke, die sonst ständig plapperte, sagte kaum ein Wort. Noch nie hatte sie so viele Menschen auf einmal gesehen. Oder geglaubt, dass es so große Städte geben konnte. Am Rand des großen Platzes vor dem Gebäude standen die Fuhrwerke und Karren, mit denen die meisten der Auswanderungswilligen hierhergekommen waren. Darauf stapelten sich Koffer, Kisten und Seesäcke, manch einer hatte sogar einen Tisch und Stühle mitgebracht. Am Hafen wurde ein Schiff entladen, hin und her schallten die Rufe der Seeleute. Der Fluss roch faulig und nach Fisch. Ein Ochse, der vor einen der Karren gespannt war, brüllte, ein Mann mit einem Pferdefuhrwerk ließ die Peitsche knallen. Ein Händler mit einem Bauchladen verkaufte Wurst und Brot. Lina knurrte der Magen.

Um sich davon abzulenken, versuchte sie, die Menschen zu zählen, die zusammen mit ihr anstanden, kam aber wegen der vielen Kinder, die hin und her liefen, bald durcheinander. Es waren sicher über hundert Menschen. Wollten die alle nach Neuseeland? Und was war, wenn es zu viele waren? Würden sie dann wieder zurückgeschickt?

Die Menschenschlangen bewegten sich nur langsam vorwärts. Nach einer Stunde waren die Schwestern immerhin schon vor dem Eingang angelangt. Jetzt konnte Lina sehen, dass die beiden Reihen durch einen dunklen Eingangsbereich führten und dann vor zwei Türen endeten. Hier drinnen war es viel wärmer als draußen. Um einen möglichst guten Eindruck zu machen, hatte sie sich heute Morgen gründlich gewaschen, doch jetzt war sie schon wieder völlig verschwitzt.

Die Schlange rückte ein paar Meter vor, als die vielköpfige Familie Fanselow hinter der Tür verschwand. Eine ganze Weile verstrich, bis alle mit glücklichen Gesichtern wieder herauskamen. Dann waren Lina und Rieke an der Reihe.

Lina wollte Rieke an der Hand nehmen, aber ihre Schwester schüttelte sie ab. Sie traten ein.

»Tür zu!«, erscholl es. Lina zuckte zusammen und beeilte sich, die Tür zu schließen.

In dem kleinen, schmucklosen Raum stand lediglich ein langer breiter Tisch, durch das Fenster konnte Lina auf einen großen Hof sehen. Hinter dem Tisch saßen ein Mann und eine Frau. Der Mann, der einen Zwicker auf der Nase trug, hatte einen dicken Stapel Papiere, ein Stempelkissen und einige Stempel vor sich liegen. Es roch nach Schreibstube.

»Name?«

Lina setzte ihr liebenswürdigstes Lächeln auf. »Karolina Salzmann. Aber ich werde Lina genannt. Und... und das ist meine Schwester Friederike.«

Der Zwicker hob den Kopf und musterte sie durch die spiegelnden Gläser. »Eine nach der anderen, junges Fräulein.« Er suchte mit einem dicken Zeigefinger seine Liste ab. »Paap, Parbs, Rausch... Salzmann, Karolina, da steht es ja. Deine Papiere?«

Lina öffnete ihren zusammengefalteten Reisepass, den sie im Grevesmühlener Amtshaus bekommen hatte und den sie sorgsam unter ihrer Kleidung verwahrt hatte, und reichte ihn dem Mann.

»Gebürtig aus Boltenhagen am 22. September 1828?«

Lina nickte.

»Du bist noch sehr jung. Gerade mal fünfzehn.« Der Zwicker sah sie prüfend an. »Was sagen deine Eltern dazu?«

»Meine Eltern«, Lina schluckte, »meine... unsere Eltern sind tot.«

»Und ein Vormund? Wer kümmert sich um euch?«

»Niemand. Wir... wir sind ganz allein.«

Das stimmte nicht ganz. Sie hätten zu Großonkel
Enno in Grevesmühlen gehen können. Aber Großonkel Enno hatte die beiden Mädchen bei ihrem letzten
Besuch vor einem Jahr ganz seltsam angesehen und
schließlich sogar versucht, Lina unter den Rock zu fassen. Unter keinen Umständen wollte sie noch etwas mit
ihm zu tun haben.

»Also gut, mit fünfzehn Jahren giltst du in den
Schiffspapieren sowieso als Erwachsene. Irgendwelche
Krankheiten oder Behinderungen?«

Lina schüttelte den Kopf. »Nein.«

»Schwangerschaften? Nerven- oder Geschlechtskrank-
heiten?«

In Lina stieg eine unangenehme Hitze auf, sie musste
feuerrot geworden sein. »Nein«, murmelte sie.

»Also eine brave Jungfer.« Der Zwicker legte die Liste
zur Seite und erhob sich. »Mach dich frei.«

Lina erstarrte. »Wie bitte?« Damit hatte sie nicht gerechnet.

»Jetzt hab dich nicht so, Mädchen. Ich bin Arzt. Ich
muss schließlich sehen, ob du unter all diesen Schichten von Kleidung nicht vielleicht einen Buckel oder die
Krätze versteckst! Der Graf von Rantzau will nämlich
nur gesunde, arbeitsfähige Leute haben.«

Lina fügte sich. Noch nie hatte sie sich vor einem
Mann ausgezogen. Wenigstens war sie nicht allein mit
ihm. Rieke war noch da – und die Frau, die zwar nichts
sagte, aber ihr stumm zunickte. Wahrscheinlich war sie
nur aus Gründen der Schicklichkeit anwesend.

Es gab nicht einmal einen Paravent oder Vorhang, hinter dem sie sich entkleiden konnte. Nur ein leerer Stuhl, der offenbar dazu gedacht war, seine Sachen darauf abzulegen.

Mit glühenden Wangen öffnete Lina ihre Jacke, zog sie aus und legte sie über den Stuhl. Dann schnürte sie ihr dunkles, eng anliegendes Oberteil auf. Zwei von den drei Hemden, die sie darunter trug, zog sie über den Kopf, das dritte behielt sie an. Sie zog die abgetretenen Schuhe aus, dann drehte sie sich um und tastete unter ihren Unterrock, um die Strumpfbänder zu lösen.

Der Arzt trommelte ungeduldig mit den Fingern auf die Tischplatte. »Nun zier dich nicht so, draußen warten noch viele andere darauf, endlich dranzukommen!«

Mit brennendem Gesicht rollte Lina ihre langen Strümpfe hinunter. Als Letztes legte sie auch ihren langen dunklen Rock ab, bis sie nur noch in Hemd und Unterrock vor dem Arzt stand.

»Zieh den Unterrock höher, ich muss auch deine Beine sehen.«

Lina biss die Zähne zusammen und hob den Rock ein wenig. Gerade so viel, dass er noch ihre Knie bedeckte. Noch weiter würde sie nicht gehen. Sie trug darunter schließlich keine dieser Beinkleider, die bei den Damen allmählich in Mode kamen und nur »die Unaussprechliche« genannt wurden.

Offenbar reichte es. Der Arzt ließ sie sich einmal um sich selbst drehen und sich seitwärts und nach vorne beugen. Dann schaute er ihr in den Mund, klopfte ihre Lunge ab und betrachtete zu guter Letzt noch eingehend ihren Scheitel, um zu sehen, ob sie Läuse hatte.

Danach setzte er sich wieder an den Tisch und schrieb etwas in seine Liste.

»Gut, du scheinst gesund zu sein. Profession?«

»Entschuldigung?«

»Was kannst du arbeiten? Als Alleinreisende muss ich dich wie eine Erwachsene behandeln. Also, was soll ich bei Beruf eintragen?«

Lina war ein wenig ratlos. »Ich kann alles Mögliche. Kochen, putzen, waschen. Und ich kann lesen und schreiben.«

»Gut, gut. Ich trage dich als Dienstmädchen ein«, brummelte er. »So was wird immer gebraucht.« Er drückte einen runden Stempel auf die Liste neben ihrem Namen, winkte sie zur Seite und wandte sich dann an Rieke. »Jetzt zu dir. Also, junges Fräulein, dein Name ist ...« Er blickte auf seine Liste.

»Friederike Salzmann«, sagte Rieke.

»Und du bist ... zwölf Jahre alt?« In dem Blick, mit dem der Arzt Rieke maß, lag ein zweifelnder Ausdruck.

Rieke und Lina bejahten fast gleichzeitig.

»Sie ist klein für ihr Alter«, erklärte Lina schnell und warf Rieke einen warnenden Blick zu. »Aber sehr fleißig.«

Durch Lügen kam man in die Hölle. Das sagte Pastor Cohausen jedenfalls immer. Dennoch hatte Lina keine andere Möglichkeit gesehen, als im Amtshaus ein falsches Alter für Rieke anzugeben. Außerdem war es eine Notlüge. Sie schadete ja niemandem damit.

»Wo sind ihre Papiere?«, fragte der Arzt.

»Sie... sie hat keine«, druckste Lina. »Die... die sind verbrannt.« Auch das war eine Lüge. Aber wenn sie schon beim Alter geschummelt hatte, konnte sie wohl kaum Riekes Papiere vorlegen.

»Ach, ihre Papiere sind verbrannt, aber deine nicht?« Der Arzt schaute skeptisch. »Nun gut. Dann will ich mir das junge Fräulein mal näher ansehen.«

Linas Herz schlug schneller, aber sie wagte nicht zu widersprechen. Würde hier und jetzt gleich alles vorbei sein? Sie half Rieke, sich ihrer Kleider zu entledigen, bis ihre kleine Schwester ebenso wie Lina vorhin in Unterwäsche dastand. Und genau wie bei Lina ging der Arzt um sie herum, ließ sie sich drehen und beugen und legte schließlich das Ohr auf Riekes schmalen Rücken.

»Einatmen«, sagte er. »Und ausatmen. Und jetzt husten.«

Unwillkürlich hielt Lina die Luft an und lauschte auf den leise rasselnden Atem ihrer Schwester, der jetzt in ein schleimiges Husten überging.

»Und noch einmal.« Erneut erklang der Husten.

»Sie hat sich auf der Reise erkältet.« Lina schaute ihn hilflos an.

»Du kannst dich wieder anziehen.« Der Arzt gab Rieke einen Wink, dann wandte er sich an Lina. »Ich denke nicht, dass das eine Erkältung ist. Hört sich eher nach *Asthma bronchiale* an. Und damit kann ich sie nicht mitreisen lassen.«

»Was?« Linas Mut sank ins Bodenlose. »Aber ... aber sie muss mitkommen. Bitte, Herr Doktor. Sie ... Sie müssen es ihr erlauben!« Unwillkürlich stiegen ihr die Tränen in die Augen. Sie blinzelte sie hastig fort.

»Ich muss? Ich muss gar nichts, junges Fräulein. Ich fasse noch mal zusammen: Sie leidet an Asthma. Sie hat keine Papiere. Sie ist nur in Begleitung ihrer älteren Schwester hier, die noch nicht erwachsen ist. Und ich möchte bezweifeln, dass sie wirklich schon zwölf Jahre alt ist. Schon ein einziger dieser Faktoren würde reichen, ihr die Ausreise zu verweigern.«

»Aber sie ... sie kann hart arbeiten. Und ich kümmere mich doch um sie!«

»Bedaure«, sagte der Arzt und schüttelte den Kopf. »Aber ich kann sie nicht mitfahren lassen. Nur dich allein.«

Lina hob den Kopf. »Alleine fahre ich nicht!« Mit versteinertem Gesicht drehte sie sich um. Sie brauchte ihre ganze Selbstbeherrschung, um nicht doch noch in Tränen auszubrechen. Der Raum schien plötzlich furchtbar klein zu sein. »Komm, Rieke.«

Hinter sich hörte sie den Arzt und die Frau miteinander flüstern. Alles vorbei. Wie würde sie jetzt zurück nach Boltenhagen kommen? Und was würden sie dort tun? Nun, zunächst würde Lina wohl doch zu Dr. Kahles gehen müssen und ...

»Einen Moment, junges Fräulein.« Die Stimme

des Arztes schallte durch den Raum. Lina drehte sich um.

»Frau Wackers hier meint, ledige junge Frauen würden in Neuseeland durchaus gesucht. Und zumindest du« – er musterte Lina erneut durch seinen Zwicker – »scheinst mir ein patentes junges Fräulein zu sein. Du kannst kochen, sagst du?«

»Ja«, brachte Lina hervor.

»Und lesen?«

Sie nickte.

Er schob ihr die Liste mit den Anmeldungen hin. »Lies vor.«

»›Schrepp, Heinrich Ernst. Schrepp, Sophia. Schrepp, Eli...‹«

»Das genügt.« Der Arzt zog die Liste wieder an sich. Lina wagte nicht zu atmen, während er seinen Blick nachdenklich von ihr zu Rieke schweifen ließ. »Ich denke«, sagte er endlich, »ich kann vielleicht doch ein Auge zudrücken.«

Der Stempel schwebte über der Liste, schien zu zögern. Dann endlich senkte der Arzt ihn auf das Papier.

»Genehmigt. Und sobald ihr in Neuseeland angekommen seid, seid ihr sowieso Untertanen der britischen Krone. Sollen die Engländer sich dann um euch kümmern.«

28

Kapitel 3

Am Sonntag, dem 21. April 1844, kehrten Lina und Rieke Salzmann ihrer Heimat für immer den Rücken.

Dunkler Rauch stieg aus dem langen Schlot in den diesigen Hamburger Himmel. Die stampfenden Bewegungen unter Linas Füßen lösten ein leicht flaues Gefühl in ihrem Magen aus. Obwohl sie ihr Leben lang am Wasser gelebt hatte, war sie zum ersten Mal auf einem Schiff. Zumal auf einem Dampfschiff.

An Bord des Dampfers, der sie zu ihrem Schiff bringen würde, winkten und riefen die Passagiere den Menschen am Kai zu. Für Rieke und Lina war niemand gekommen. Wer auch?

»Du weinst ja«, stellte Rieke neben ihr fest.

»Das ist nur der Rauch«, behauptete Lina und fuhr sich flüchtig über die Wangen. Im Gegensatz zu ihr selbst war Rieke bester Dinge. Sie hüpfte ungeduldig auf und ab und konnte es kaum erwarten, endlich in See zu stechen.

Rechts und links glitten Gebäude und Kaimauern

vorüber. Lina blickte zurück auf den Hamburger Hafen, aus dem ein wahrer Wald von Schiffsmasten aufragte, der nun allmählich kleiner wurde. Die Stadt schien zu schrumpfen. Für Lina fühlte es sich an, als würde ihr eine Hand langsam den Hals abdrücken, dann erfasste sie Angst. So sehr, dass sie am liebsten von Bord gesprungen wäre, hinein in das kalte, trübe Wasser der Elbe unter ihr. Krampfhaft klammerte sie sich an die Reling. Sie wollte nicht fort! Sie wollte ihre Heimat nicht verlassen!

Dabei hatte sie es doch geschafft, hatte tatsächlich erreicht, dass sie und Rieke mitfahren durften. Fünf Tage lang hatte sie gebangt und gehofft, dass nicht noch irgendetwas dazwischenkam. Fünf Tage, die sie in einer billigen Absteige verbracht hatten. Lina hatte dafür ihr letztes Geld ausgeben müssen, das ihr vom Verkauf des alten Badekarrens geblieben war. Und wie alle anderen Familienoberhäupter – denn das war sie ja nun – hatte sie einen Vertrag mit dem Grafen von Rantzau unterschreiben müssen. Lina hatte nicht viel von dem langen, in kompliziertem Hochdeutsch abgefassten Schriftstück verstanden. Nur so viel, dass sie sich verpflichtete, in Neuseeland die Kosten für ihre Überfahrt abzuarbeiten. Aber das alles lag noch in weiter Ferne. Es würden viele Wochen vergehen, bis sie endlich dort sein würden.

Hatte sie das Richtige getan? Wohin würden sie segeln, mit diesen Leuten, die sie kaum kannte? Über die wilde See zu einem fremden Ort am Ende der Welt?

30

Was würde sie dort erwarten? Viele der anderen Auswanderer hatten schon mehr darüber gelesen. Vor allem Frau Fanselow war nicht müde geworden, Lina ihre zukünftige Heimat in den glühendsten Farben zu schildern. Ein Traumland sei dieses Neuseeland, ein wahres Paradies, so neu, so vielfältig, so wunderbar. Doch war es das wirklich?

Sie hatten nicht einmal einen Pastor an Bord, der ein paar feierliche Worte hätte sprechen können. Und so schickte Lina selbst ein stummes Gebet in den trüben Aprilhimmel. Lieber Gott, lass alles gut werden!

Über Linas Kopf blähten sich die Segel der *Skjold* im Wind, bunte Flaggen und Wimpel schmückten die schlanken Schiffsmasten. Viel zu kurz konnte sie die frische Seeluft und den Blick über das offene Meer genießen, dann drängte man sie nach unten, hinab ins Zwischendeck. Dort, in einem großen Raum mit dicht stehenden Stockbetten, waren die meisten der hundertvierzig Auswanderer untergebracht. Hier würden sie die nächsten Tage und Wochen verbringen müssen.

Lina war nicht gern dort. Es war eng und stickig, und die niedrige Decke drückte auf die Stimmung. Außerdem war ihr dort beständig leicht übel. Von den Schiffsbewegungen, aber auch von den Gerüchen; es stank nach Exkrementen und Erbrochenem, nach saurer Milch und ungewaschenen Körpern. Nach einer Weile an Deck schnappte sie jedes Mal nach Luft, wenn sie wieder hinuntersteigen musste.

Männer, Frauen, Heranwachsende und Kinder, ja sogar Säuglinge waren hier auf engstem Raum zusammengepfercht. Je zwei Betten waren übereinandergestellt und in jedem Bett mussten zwei Personen schlafen. Lina und Rieke teilten sich eine schmale Koje im oberen Teil eines Stockbetts. Unten schliefen zwei andere junge Frauen.

Der Raum zwischen den Betten war fast vollständig durch Gepäck, Bratpfannen, Töpfe, Wasserfässer und -schüsseln verstellt. Im Mittelgang lagen aufeinandergestapelte Seekisten, Schiffskoffer und zugenagelte Versandkisten und ließen lediglich einen kleinen Durchgang frei. Nur unter der Steigleiter zur Ladeluke gab es ein bisschen Platz. Viele hatten Wäscheleinen vor ihre einfachen Stockbetten gespannt, um ihre Sachen zu trocknen und sich damit gleichzeitig auch etwas Privatsphäre zu erhalten.

Als Toilette benutzte man einen der wenigen Eimer, die immer voll waren, und zum Waschen gab es nur ein paar Fässer mit Salzwasser. Da das Zwischendeck größtenteils unter dem Wasserspiegel lag, gab es keine Fenster; Luft und Tageslicht kamen nur durch zwei Luken an beiden Enden des schmalen Gangs herein, die nach oben führten. Bei gutem Wetter waren diese Luken Tag und Nacht geöffnet, aber bei schwerer See mussten sie geschlossen werden. Dann wurde der Gestank schier unerträglich.

Immerhin bekamen sie regelmäßig zu essen. Jetzt, am Anfang der Reise, stand sogar manchmal ein wenig

Fleisch und Obst auf dem Speiseplan. Lina und Rieke aßen meist in ihrer Koje. Dort saßen sie dann nebeneinander im Schneidersitz und löffelten aus ihrem Blechteller. Im mittleren Teil des Zwischendecks gab es zwar ein paar Tische und Bänke, an denen die Mahlzeiten eingenommen wurden, aber diese reichten bei Weitem nicht für alle.

»Sind wir schon da?«, fragte Rieke erstaunt. Sie stand neben Lina an Deck der *Skjold* und blickte auf die hellen, schroffen Felsen, die sich an der Küste vor ihnen erhoben.

Lina musste lachen. Aus dem Nebel tauchten allmählich die Umrisse vieler kleiner Häuser auf, eingerahmt von Feldern und niedrigen Hecken. »Wir sind gerade mal vier Tage unterwegs! Ich glaube, das ist England.«

»Die weißen Klippen von Dover«, erklärte der Mann, der jetzt neben sie an die Reling trat. Viele der Auswanderer hatten sich an diesem schönen, fast windstillen Tag an Deck versammelt und standen in großen Gruppen herum.

Lina drehte sich um und der Mann lüftete seinen hohen Zylinder. Ein dichter Bart bedeckte Wangen und Kinn und gab seinem freundlichen, noch jungen Gesicht ein würdevolles Aussehen. Das war einer der beiden Kelling-Brüder, die nicht im Zwischendeck, sondern in einer eigenen Kabine untergebracht waren. Sie waren Agenten der Neuseeland-Compagnie und hatten für die meisten der Passagiere die Überfahrt bezahlt. In

Neuseeland, so war es geplant, würden die Passagiere ihnen ihr Geld zurückzahlen.

»Meine Frau ist mit dem Kleinen unter Deck geblieben und kann diesen erhebenden Moment leider nicht mit mir teilen. Würden Sie vielleicht mit mir anstoßen?« Ohne Linas Antwort abzuwarten, reichte er ihr eines von zwei Gläsern und füllte sie mit einer dunkelroten Flüssigkeit. Er nickte auch Rieke freundlich zu, die ihn neugierig anstarrte. »Ich hoffe, Sie mögen Wein. Trinken wir auf die Gesundheit von Königin Victoria von England, die demnächst auch unsere Königin sein wird.«

Lina umfasste das Glas in ihrer Hand mit äußerster Vorsicht, damit es nicht etwa zerbrach. Ein feines Klirren ertönte, als Kelling mit ihr anstieß. »Auf Königin Victoria von England!«

»Auf Königin Victoria«, wiederholte Lina. »Und auf eine gute Reise, Herr Kelling.«

Sie trank einen Schluck. Es schmeckte säuerlich und ein wenig fruchtig.

Kelling lächelte sie an. »Nun, wenn wir schon auf die englische Königin trinken, sollten wir auch weitere englische Gepflogenheiten annehmen. Ab jetzt heißt es ›Mister Kelling‹. Und mit wem habe ich die Ehre?«

»Lina«, sagte Lina schüchtern. »Karolina Salzmann.«

»Sehr erfreut, Miss Salzmann.« Er deutete auf das Buch in ihrer linken Hand. Mit der rechten hielt sie das Weinglas. »Ich sehe, Sie tun bereits etwas für Ihre Bildung. Darf ich einmal sehen?«

Lina reichte ihm das Buch. Sie schämte sich, weil der Einband bereits so zerfleddert war.

»›Der richtig sprechende Amerikaner‹«, las Herr – nein, Mr Kelling den Titel vor. »›Gründliche Anweisung, in kurzer Zeit die englische Sprache zu erlernen.‹ Woher haben Sie das?«

»Von meinem Vater. Er ... er war Schulmeister. Und er wollte immer nach Amerika, aber er ist vor ein paar Monaten gestorben.« Wie gut es tat, über ihn zu reden, selbst hier, vor diesem ihr fast fremden Menschen. Ohne es zu wollen, traten ihr Tränen in die Augen.

Mr Kelling sah sie mitfühlend an. »Und nun reisen Sie allein nach Neuseeland?«

Lina nickte. »Mit meiner Schwester Friederike hier.« Sie deutete auf Rieke neben sich.

»Ich finde das sehr mutig von Ihnen. Lernen Sie nur schön weiter, Miss Salzmann.« Er gab ihr das Buch zurück. »Schulmeister war Ihr Vater, sagen Sie? Was halten Sie davon, eine kleine Schule an Bord zu eröffnen? Viele der Kinder würden es sicher begrüßen, wenn sie sich die ungenutzte Zeit mit etwas Sinnvollem vertreiben könnten.«

Lina sah ihn erschrocken an. »Ich? O nein, Mr Kelling, ich glaube nicht, dass ich das kann.« Vor lauter Schreck trank sie hastig ihr Glas aus.

»Aber natürlich können Sie das. Es geht ja nur um ganz einfache Sachen. Sehen Sie, die meisten dieser Kinder können nicht einmal das Alphabet. Wie wäre es, wenn Sie damit anfangen würden? Und später vielleicht ein paar einfache englische Vokabeln?« Er lächelte. »Wir alle müssen uns schließlich mit der englischen Sprache anfreunden. Nehmen wir zum Beispiel meine Vornamen: ›Johann Friedrich‹ wird kaum ein Engländer aussprechen können. Was halten Sie von John Frederick? Noch besser allerdings gefällt mir Fedor. Ja, ich denke, so werde ich mich nennen. Fedor Kelling.«

Lina überlegte kurz, dann nickte sie. »Das hört sich gut an. Muss ich mich auch umnennen?«

»Das liegt ganz bei Ihnen. Ich an Ihrer Stelle würde allerdings nichts an Ihrem schönen Namen ändern.« Er nahm das geleerte Glas wieder in Empfang. »Miss Salzmann, es hat mich sehr gefreut. Wir werden sicher noch öfter das Vergnügen haben. Und überlegen Sie sich das mit der Schule. Ich bin Ihnen gern behilflich.« Er lüftete seinen Zylinder und wandte sich zum Gehen.

»Er ist nett«, sagte Rieke neben ihr und stupste ihre große Schwester an. »Aber alt.«

Lina sah ihm nach. Eine Schule an Bord? Und sie sollte unterrichten? Ihr war ein wenig schwindelig, wahrscheinlich vom Wein, dennoch fühlte sie sich plötzlich sehr erwachsen. Vor ihr glitten die weißen Klippen Englands vorbei.

Lina lag mit offenen Augen auf dem Rücken und starrte in die Dunkelheit. Neben ihr, dicht an sie gedrückt, schlief Rieke. Die vielen Geräusche, die am Tag das Zwischendeck erfüllten, verstummten selbst nachts nicht völlig. Das an den Rändern der Kojen aufgehängte

36

Geschirr klapperte leise. Lina lauschte dem Schnarchen und dem schweren Atmen der Schlafenden. Da vorne hustete jemand zum Gotterbarmen. Weiter hinten schien sich gerade einer zu übergeben. Aus einer Koje über den Gang hinweg hörte sie das unterdrückte Stöhnen zweier Liebender. Frau Gebart drei Reihen neben ihr saß in ihrer Koje und stillte ihr Neugeborenes. Irgendwo schrie ein Kind, dann fing auch ein zweites an. So ging es jede Nacht. Irgendjemand war immer wach, lief herum, benutzte den Eimer.

Als gestern bei der hochschwangeren Maria Gebart die Wehen eingesetzt hatten, hatte Lina zum ersten Mal eine Geburt miterlebt. Nur notdürftig von ein paar aufgespannten Handtüchern abgedeckt, hatte jeder im Zwischendeck das Schreien, Stöhnen und Hecheln der Gebärenden mitbekommen, bis endlich am frühen Morgen der erlösende Schrei eines Neugeborenen ertönt war.

»Ein Junge!«, hieß es nach kurzer Zeit. »Sie hat einen Jungen bekommen!«

Der Säugling, der den Namen Adolph Hermann Carl bekam, war das dritte Kind der Familie Gebart. Viele der noch jungen Frauen hatten schon vier oder fünf Kinder, und sogar acht waren keine Seltenheit.

Ob sie selbst auch einmal Mutter werden würde? Lina konnte sich das kaum vorstellen. Wie die Kinder herauskamen, hatte sie ja nun mitbekommen. Aber wie kamen sie überhaupt hinein in den Leib der Frau? Es hing wohl mit dem zusammen, was Mann und Frau miteinander taten. Reichte es, wenn man sich küsste? Was Lina in manchen Nächten aus den Kojen der Eheleute vernahm, hörte sich nicht nur nach Küssen an. Eher nach schwerer Arbeit.

Linas Arme juckten. Sie fuhr mit dem Nagel über die Haut an ihrem linken Unterarm. Zum Glück kam das Jucken nicht von den Läusen, unter denen viele der Auswanderer litten. Es rührte vom Seewasser her, mit dem sie sich hier unten im Zwischendeck waschen mussten und das die Haut schuppig und trocken machte.

Leise stand sie auf und kletterte die schmale Leiter ihres Stockbettes hinunter. Im schwankenden Schein der von der Decke hängenden Laterne schob sie sich vorbei an dem überall herumliegenden Gepäck und den Reihen von Stockbetten, bis sie den kleinen Verschlag erreicht hatte, in dem der Eimer für die Notdurft stand. Hier stank es erbärmlich. Lina raffte ihren bodenlangen Rock und erleichterte sich, während sie aufpasste, dass ihr der Rocksaum nicht in die Brühe hing. Wie alle anderen Passagiere auch schliefen sie in ihren Kleidern, die längst einen muffigen, verschwitzten Geruch angenommen hatten. Aber da jeder so roch, fiel es niemandem weiter auf.

Der Eimer war voll. Angewidert nahm sie ihn am Henkel und trug ihn mit abgespreiztem Arm vor sich her. Durch die geöffnete Luke konnte sie ein Stück Sternenhimmel sehen, frische Nachtluft wehte herein. Mit der freien Hand raffte sie ihren Rock und setzte einen Fuß auf die kleine Steigleiter. Ohne die Möglich-

:, sich abzustützen, war es schwierig, und so stieg
: ausgesprochen vorsichtig hinauf. Nicht, dass noch
etwas überschwappte oder sie gar samt Eimer von der
Leiter fiel.

Die angenehm kühle Luft roch herrlich nach Salz
und Seetang. Nur der Gestank aus dem Kübel störte.
Lina stellte den Fäkalieneimer ab und blieb für einen
Moment an Deck stehen. Am Bug konnte sie den dunklen Schemen des Seemanns sehen, der Nachtwache
hielt.

Nahezu lautlos glitt das Schiff mit geblähten Segeln
über die nächtliche See, wie ein Wanderer zwischen den
Welten. Lina kam sich vor wie in einem Traum. Oder
wie in einem von Hauffs orientalischen Märchen, aus
denen ihnen der Vater früher immer vorgelesen hatte.

Über ihr funkelten goldene Sterne am Himmel. Der
Mond war von einem leichten Nebel umgeben; in seinem fahlen Schimmer schien die ganze See wie mit
Silber überzogen. Vor ihnen, magisch beleuchtet vom
Mond, erhob sich ein langer, zerklüfteter Bergrücken:
die Insel Fogo, eine der Kapverdischen Inseln vor Af-
rika, wie sie heute von Mr Kelling erfahren hatte. Das
erste Land seit Wochen.

Lina nahm den Eimer wieder in die Hand. Sie trat an
die hintere Reling, hielt jedoch inne, als sie den stinkenden Inhalt über Bord kippen wollte. Das Wasser schien
zu leuchten! Die Bugwelle hinter dem Schiff funkelte
wie von Abertausenden winzigen Sternen oder Licht-
quellen in Blau und hellem Türkis, blinkte in leuch-

tenden kleinen Punkten. Lina vergaß fast zu atmen vor lauter Ehrfurcht. Eine ganze Weile stand sie an der Reling und sah dem schillernden Farbspiel im Wasser zu. Was war das? Konnte so etwas durch Algen hervorgerufen werden?

»Na, Mädchen, so ganz allein hier draußen?«, durchbrach plötzlich eine raue Stimme die Stille der Nacht. Lina erwachte ruckartig aus ihrer träumerischen Stimmung. Es war der Seemann, der die Nachtwache innehatte und der jetzt leicht schwankend auf sie zukam. Im Sternenlicht konnte sie seinen goldenen Ohrring blitzen sehen, der ihm ein christliches Begräbnis sicherte, sollte er in fremden Gewässern ertrinken.

Sie machte besser wieder, dass sie unter Deck kam.

Hastig packte sie den Eimer und kippte den stinkenden Inhalt über Bord; sie bedauerte, dass sie das wunderbare Leuchten damit verunreinigen musste. Dann kletterte sie rasch wieder hinunter ins Zwischendeck.

»He, bleib doch und tröste mich ein bisschen!« Das raue Lachen des Matrosen scholl ihr hinterher.

Kapitel 4

Sturm schüttelte das Schiff. Die Luken waren geschlossen, die Tranlampen warfen gespenstische Schatten. Lina und Rieke lagen nebeneinander auf ihrer Koje und hielten sich angstvoll an den Händen. Lautes Beten erfüllte das Zwischendeck.

»Müssen wir jetzt sterben?«, weinte Rieke.

»Nein«, flüsterte Lina und presste den zitternden Körper ihrer kleinen Schwester an sich. »Natürlich nicht.«

So sicher war sie sich da allerdings nicht. Wie die meisten Frauen hatten sie noch schnell all ihre Unterröcke angezogen, damit sie nicht nackt dalägen, sollte Gott sie gleich zu sich holen.

Ein Aufschrei aus vielen Kehlen ertönte, als das Schiff sich auf die Seite neigte. Gepäckstücke machten sich selbstständig und rutschten über den Boden, Töpfe fielen scheppernd herunter und polterten durch die Gänge, ein Fass kippte um. Männer fluchten, Frauen beteten laut.

Lina stieß einen Schrei aus, als sie eiskaltes Seewasser

ins Gesicht bekam. Von der Decke tropfte es. Stand der Laderaum über ihnen etwa schon unter Wasser? Hektisch setzte sie sich auf und blickte hinüber zum Aufgang, wo die Laterne wild hin und her schwankte. Auch durch die geschlossene Luke drang ein dünner Wasserstrahl. Eine weitere Kiste rutschte polternd durch den Mittelgang, eine Bratpfanne verfehlte nur knapp Riekes Kopf. Dann erlosch das Licht und tauchte das Zwischendeck in Dunkelheit.

Ohne etwas zu sehen, waren die Geräusche noch viel schlimmer. Es stank nach Schweiß und Erbrochenem. Etwas fuhr über Linas Gesicht; fast hätte sie aufgeschrien, doch dann erkannte sie, dass es sich nur um eines ihrer langen Hemden handelte, das sie neben dem Essgeschirr am Rand der Koje aufgehängt hatte.

Riesige Brecher peitschten an die Schiffswand, Lina hörte, wie etwas Schweres an Deck zu Boden fiel, und klammerte sich an die zitternde Rieke. So viel Angst hatte sie noch nie gehabt. Nicht einmal bei Dr. Kahles. Sicher würde das Schiff gleich kentern und sie mit sich in die kalten Fluten ziehen. Sie fühlte sich unendlich hilflos, den Elementen ausgeliefert in dieser winzigen Nussschale von Schiff. Sie hätten diese Reise nie antreten dürfen! Sie hätten niemals auf dieses Schiff gehen dürfen! Jetzt lagen sie hier, hilflos und von Gott verlassen, und würden sicher bald in einem nassen, kalten Grab ruhen! Lina umfasste Riekes Hände und stimmte ein verzweifeltes Gebet an.

Wenigstens konnten sie nicht schwimmen. Dass so et-

was auch von Vorteil sein konnte, hatte sie von den See-
leuten gelernt. Wer nicht schwimmen konnte, der starb
schneller als derjenige, der noch verzweifelt gegen den
Tod ankämpfte, um dann doch zu verlieren.

Der Sturm wütete entsetzlich lange. Lina wusste
schon lange nicht mehr, ob es Tag oder Nacht war oder
ob sie vielleicht schon gestorben waren und es nur
noch nicht mitbekommen hatten. Als er endlich nachließ und die Auswanderer mit steifen, zittrigen Gliedern und noch grün von der Seekrankheit aus ihren
Kojen krochen, konnte Lina nicht glauben, dass sie dieses Unwetter überlebt hatten.

»*The house*, das Haus. *The man*, der Mann. *The dog*, die …
der … ach, ist mir doch egal!« Rieke ließ das Buch sinken. »Wieso muss ich das blöde Englisch lernen? Ich
dachte, in Nelson gibt es ganz viele Deutsche?«

»Aber nicht nur«, wandte Lina ein. »Sobald wir dort
sind, sind wir Untertanen der englischen Krone. Und
als Engländer muss man Englisch sprechen! Wie willst
du dich denn mit den anderen Siedlern unterhalten?«

Rieke verzog das Gesicht und schlug das Buch mit einem sichtbaren Ausdruck des Widerwillens wieder auf.

»Mir ist schlecht!«, maulte sie.

»Das kann gar nicht sein. Gerade erst hast du Zwieback gegessen.«

»Aber der schmeckt nicht. Außerdem waren eklige
Maden drin.« Rieke legte das Buch neben sich und
sprang auf. »Ich gehe nach oben.«

Lina sah ihr kopfschüttelnd nach, wie sie von ihrer Koje kletterte, den Gang entlangging, die Steigleiter hinaufstieg und dann durch die geöffnete Luke verschwand. Wenn jemand nicht unter Seekrankheit litt, dann Rieke.

Seufzend schlug sie nun selbst das Buch auf. »*I am very pleased to meet you*«, las sie leise und versuchte, sich die fremden Ausdrücke einzuprägen. »Es freut mich sehr, Sie kennenzulernen. *I am very… very pleased to meet you.*«

Wenn sie nur gewusst hätte, wie man das aussprach. Sie hätte nicht gedacht, dass es so schwer sein würde, sich die fremde Sprache beizubringen. Es wäre leichter gewesen, wenn sie mit jemandem hätte üben können. Aber Rieke stand noch ganz am Anfang und von den anderen Auswanderern machte kaum jemand Anstalten, Englisch zu lernen.

Wie man sie in Neuseeland wohl empfangen würde? Lina hatte Zeichnungen gesehen, die ihre neue Heimat als ein grünes, herrlich fruchtbares Land zeigten, mit sanften Hügeln und kleinen Wäldern. Vor einem guten Jahr war bereits ein Schiff mit deutschen Auswanderern nach Nelson gesegelt.

Was Rieke wohl an Deck tat? Sie klappte das Buch zu und ging nun ihrerseits nach oben an die frische Luft.

An Deck drehte sie sich einmal um sich selbst, doch sie konnte ihre kleine Schwester nirgends sehen. Wo war sie nur? Das Entsetzen schoss ihr eiskalt in die

Glieder, als sie sich vorstellte, dass Rieke womöglich über Bord gefallen war und nun –

»Rieke?!«

»Huhu! Lina, hier oben!« Linas Blick folgte dem Ruf. Und dann blieb ihr fast das Herz stehen: Etliche Meter über ihrem Kopf turnte ihre Schwester zusammen mit zwei Schiffsjungen in der Takelage herum.

Linas Knie wurden plötzlich so weich, dass ihr die Beine versagen wollten. »Rieke! Komm sofort da runter! Auf der Stelle!« Sie selbst hatte die Höhe noch nie vertragen. Allein die Vorstellung, dort oben herumzuklettern, ließ ihr den kalten Schweiß ausbrechen.

Bebend wartete sie, bis ihre Schwester wieder festen Boden unter den Füßen hatte.

»Bist du von allen guten Geistern verlassen?«, fuhr sie sie an, als Rieke endlich sicher an Deck stand. »Du hättest herunterfallen können!«

»Aua!«, heulte Rieke auf. Linas Hand brannte. Zum ersten Mal in ihrem Leben hatte sie ihrer kleinen Schwester eine Ohrfeige gegeben. »Nie darf ich was! Hans klettert auch in den Wanten herum. Und...«

»Hans ist auch ein Schiffsjunge! Und du bist kein Junge, sondern ein Mädchen, aus dem hoffentlich einmal eine junge Dame wird. Was sollen denn die Leute von dir denken?«

»Das sagst du nur, weil du dich nicht selber traust!« Rieke schluchzte auf. »Ich wäre viel lieber ein Junge! Jungen dürfen klettern und rennen. Und fluchen.«

»Ich weiß. Das Leben ist ungerecht.« Lina seufzte

und strich Rieke durch das helle, zerzauste Haar. Nicht zum ersten Mal wünschte sie, der Vater wäre hier und könnte ihr beistehen.

Lina hatte tatsächlich eine kleine Schule eröffnet. Meist saß sie mit ihren Schülern im Zwischendeck unterhalb der offenen Ladeluke in einer kleinen Ecke, die sie stets erst von Gepäck freiräumen mussten. Zwischen zehn und zwanzig Kinder fanden sich fast jedes Mal zusammen – wenn auch nicht immer dieselben. Mithilfe einer kleinen Schiefertafel, die ihr Mr Kelling geliehen hatte, brachte Lina den Kleinsten das Alphabet und den Größeren Lesen, Rechnen und erste englische Grundbegriffe bei. Und manchmal kam es sogar vor, dass sich auch der ein oder andere von den Erwachsenen dazusetzte und ihrem Unterricht folgte.

Mehr als drei Monate waren sie nun schon unterwegs; allein einen ganzen Monat im Indischen Ozean. Inzwischen konnte Lina das eingelegte Sauerkraut, die dünne Suppe und den faden Schiffszwieback nicht mehr sehen. Den Zwieback musste man sogar ausklopfen, damit man keine Maden mitaß. Sie sehnte sich nach einem Stück frischem Obst oder auch nur nach Kartoffeln und konnte es kaum erwarten, endlich wieder an Land entlangzulaufen.

Die Chancen dafür standen gut. Günstige Winde ließen die *Skjold* schnell vorankommen, und bald kam das erste Mal seit langer Zeit wieder Land in Sicht: Van-Diemens-Land, eine große Insel an Australiens Süd-

46

küste. Mr Kelling hatte ihr erzählt, dass viele Sträflinge aus England und Irland hierher und nach Australien deportiert worden waren, wo sie dann Zwangsarbeit verrichten mussten und beim geringsten Vergehen die Peitsche zu spüren bekamen. Lina schauderte es bei dieser Vorstellung. Sie selbst war wenigstens freiwillig hier.

»Land in Sicht!«

Die Stimme des Matrosen im Ausguck überschlug sich fast. Jetzt gab es kein Halten mehr. Fast jeder der Zwischendeckpassagiere eilte an Deck, jubelnd, freudestrahlend, begierig, einen ersten Blick auf die neue Heimat zu werfen. Auch die beiden Mädchen erkämpften sich einen Platz an der Reling, drängten sich zwischen verschwitzte Körper und starrten hinaus aufs türkisfarbene Meer. Ganz hinten am Horizont konnte Lina einen dunkelblauen Streifen ausmachen. War das endlich Neuseeland?

»Lina, sieh nur!« Rieke wies aufgeregt unter sich, wo ein grauer Buckel mit runder Rückenflosse das Wasser durchschnitt. Weitere Tiere folgten.

»Delfine!«, rief jemand an Deck aus.

Es wurden immer mehr. Mehrere Dutzend kleiner Delfine mit hellem Körper und dunklem Rückenstrich tummelten sich im Wasser um die *Skjold*, tollten herum wie junge Hunde und streckten das Gesicht mit der kurzen, lachenden Schnauze aus dem Wasser.

»Schau nur, Lina, sie begrüßen uns!«

Ja, so sah es wirklich aus. Ein gutes Omen.

Die Delfine begleiteten die *Skjold*, schienen mit dem Schiff um die Wette zu schwimmen. Lina erschienen sie wie Wesen aus einer anderen Welt. Pfeilschnell glitten sie dicht unter der Oberfläche dahin, kamen nach oben und tauchten mit elegant gekrümmtem Rücken wieder ins Wasser. Ab und zu sprang eines der Tiere hoch und landete dann seitlich auf dem Wasser. Als würden sich die Delfine über ihre Ankunft freuen. Rieke kreischte auf, als sie von einem hohen Wasserschwall getroffen wurde.

Gegen Abend hatte die *Skjold* ihr Ziel fast erreicht. Als das Rasseln der Ankerkette zu hören war, stürzten alle erneut an Deck. Doch noch befanden sie sich auf offenem Meer und konnten nicht landen, wie ihnen Kapitän Claussen erklärte, der ebenfalls an Deck erschien. Die Meeresbucht, an der Nelson lag, wurde durch eine lange, schmale Felsbank geschützt, die nur eine enge Öffnung aufwies. Jetzt, bei Ebbe, war der Wasserstand für ein Schiff zu niedrig, um gefahrlos hindurchfahren zu können. Sie mussten auf die Flut am nächsten Morgen warten.

Es war ein grandioser Anblick, als die Abenddämmerung sich niedersenkte und im Osten über den Bergen ein riesiger Vollmond aufstieg. Silbriges Licht floss über die kargen küstennahen Hügel und weiter hinunter über die ruhige Bucht zu ihnen hin. So etwas Schönes, das musste auch Lina zugeben, hatte sie in Deutschland noch nie gesehen.

Als es Nacht geworden war, kamen alle noch einmal an Deck zusammen, um voller Dankbarkeit den alten Choral anzustimmen: »*Nun danket alle Gott mit Herzen, Mund und Händen, der große Dinge tut an uns und allen Enden, der uns von Mutterleib und Kindesbeinen an unzählig viel zu gut bis hierher hat getan.*«

Lina sang aus vollem Herzen mit. Es war der 1. September 1844 und sie waren endlich angekommen.

Kapitel 5

»*Wieso dürfen wir* noch nicht runter?« Rieke wurde allmählich unleidlich. Seit einer Stunde schon standen die Schwestern an Deck der *Skjold* und sahen zu, wie die Passagiere von Bord gingen. Immer vier von ihnen mussten nacheinander über die Reling steigen, auf eine schwankende Strickleiter wechseln und dann die Schiffswand hinunterklettern. Auf dem Wasser erwartete sie dann eines der kleinen Boote, die von Einwohnern Nelsons gerudert wurden.

»Wir sind sicher bald dran«, gab Lina zurück. Auch sie konnte es kaum noch erwarten. Ein warmer Luftzug bewegte die Schleifenbänder unter ihrem Kinn, mit denen sie ihren einfachen Schutenhut festgebunden hatte.

Tief sog sie den Duft ihrer neuen Heimat ein. Es roch ähnlich wie zu Hause – nach Salz und Fisch – und doch anders. Neuer.

Ein paar Seevögel umflogen sie kreischend. Sonnenlicht glitzerte auf dem Wasser, leichte Wellen schaukelten die *Skjold*. Lina blickte nach oben, an den gerefften

50

Segeln vorbei in einen wolkenlosen blauen Himmel. Es schien fast, als würde sich selbst das Wetter bemühen, ihnen ein angenehmes Willkommen zu bescheren.

Mit dem Morgen war die Flut gekommen, mit der die *Skjold* durch die Öffnung in der lang gezogenen Felsbank, die Nelson vom offenen Meer abtrennte, in den Hafen hineinsegeln konnte. Wie gefährlich dieser Durchlass war, zeigte sich beim Anblick eines Schiffswracks, das auf einem der groben grauen Felsen gestrandet war. Mit jeder neuen Welle schlug es mit einem leisen, knirschenden Geräusch an den Stein. Lina sah den zersplitterten Schiffsrumpf, die zerfetzten Segel, die geborstenen Masten. *Fifeshire,* stand kaum noch lesbar am Bug des Schiffs, das hier wohl schon vor einigen Jahren auf Grund gelaufen war.

Nelson lag direkt am Wasser, in einem Talkessel, der zum Rand hin zu farnbewachsenen Hügeln anstieg. Fast wie in einem Theater. Dahinter erhoben sich Berge mit kahlen Flanken, deren schneebekränzte Gipfel im Sonnenlicht glänzten und einen majestätischen Anblick boten.

Angestrengt versuchte Lina, Einzelheiten zu erkennen. Ein breiter Fluss durchschnitt den Ort, an seinem Ufer reihten sich etliche Gebäude. Auch entlang der gerade angelegten Straßen, auf denen ein paar Fuhrwerke unterwegs waren, standen Hütten und kleine Häuser in einem ihr unbekannten Stil. Auf dem Trockendock einer kleinen Werft weiter hinten am Fluss türmten sich Holzplanken und Hanfrollen neben dem halb fertigen Gerippe eines Schiffes. Nah am Meer konnte sie einen dichten Wald erkennen. Fast genau in der Mitte der Ortschaft erhob sich ein breiter Hügel, auf dem eine Reihe von Gebäuden thronte, die von einer durchgehenden Holzpalisade umgeben waren. Es sah aus wie eine kleine Festung. Schon machten sich die ersten Neuankömmlinge auf den Weg dorthin.

Linas Herz schlug aufgeregt. Bald, bald durften auch sie an Land gehen!

Es war bereits später Vormittag, als die Schwestern endlich von Bord klettern konnten. Zuerst wurde das Gepäck entladen; ein Matrose warf Linas Reisetasche einem Mann zu, der in einem kleinen Boot auf sie wartete. Dann half er ihr über die Reling und auf die schwankende Strickleiter. Es war um einiges schwieriger, als es ausgesehen hatte, obwohl der Mann die Leiter von unten straff hielt. Der Strick schnitt in ihre Handflächen, und Lina musste sich mit beiden Händen festhalten und hatte nicht einmal eine Hand frei, um zu verhindern, dass ihr Rock sich bauschte und ihre Beine zeigte.

Sie war erleichtert, als sie und Rieke endlich in dem schwankenden kleinen Ruderboot angekommen waren. Der Mann, der das Boot führte, trug ein Muster dunkler, narbiger Linien und Kreise in seinem breiten Gesicht. Er sagte etwas, das sich anhörte wie »*Welcome to Whakatu*«, und hielt die Ruder fest, bis auch die Mädchen sicher saßen. Dann begann er zu rudern.

Rieke starrte ihn unverhohlen an. Lina stupste sie

vorsichtig in die Seite, weil dieses Starren ungehörig war, aber auch sie selbst konnte nicht anders, als ihn unter leicht gesenkten Lidern anzusehen. Das musste einer der Maori sein, von denen sie schon auf der *Skjold* gehört hatte. Manche sagten, es seien Menschenfresser. Aber bis auf die Gesichtstätowierung wirkte dieser hier eigentlich recht ungefährlich.

Mit jedem Ruderschlag näherten sie sich dem Ufer. Lina sah weiße Männer und Frauen, aber auch ein paar der fremdartigen Maori mit freiem Oberkörper und hellbrauner Haut. Die meisten von ihnen hatten diese seltsamen Tätowierungen im Gesicht und manche auch auf Rücken oder Brust.

Im niedrigen Wasser des Hafenbeckens stand ein Karren, vor den ein Ochse gespannt war. Als das Wasser in Strandnähe immer flacher wurde, ruderte der Maori direkt neben den Karren und reichte das Gepäck an einen Mann weiter, der auf dem Kutschbock saß. Er war europäisch gekleidet, aber er war kein Weißer. Er sah allerdings auch nicht aus wie einer der Maori. Seine Augen in dem schmalen Gesicht standen schräg – ein Chinese?

Sobald das Gepäck verstaut war, reichte er Lina die Hand.

»Welcome to Nelson!«, sagte er. Lina nickte höflich und griff nach seiner Hand.

Das Boot schaukelte. Sie machte einen großen Schritt, um auf den Karren zu wechseln, verlor jedoch beinahe das Gleichgewicht und wäre ins Wasser gefallen, wenn der chinesisch aussehende Mann sie nicht mit beiden Händen festgehalten hätte. So wurden nur ihr linker Schuh mit der dünnen Ledersohle und ihr Rocksaum nass.

»Vielen Dank«, sagte sie erleichtert und ließ sich von ihm ganz auf den Karren helfen.

»Appo Hocton«, sagte er freundlich.

»Wie bitte?«

»*My name is Appo Hocton*«, wiederholte er und deutete auf sich.

»Ah, natürlich. Lina. Karolina Salzmann«, gab Lina zurück. »Und das ist Rieke, meine Schwester. *My sister.*«

Mr Hocton half auch Rieke und den anderen beiden Bootspassagieren auf den Karren. Dann ließ er die Zügel schnalzen und brachte alle an Land, dorthin, wo bereits die anderen Auswanderer warteten.

Lina stieg vom Karren. Langsam. Zum ersten Mal hatte sie neuseeländischen Boden unter den Füßen. Diesen Moment wollte sie mit allen Sinnen wahrnehmen.

Sie stand still. Ganz still. Dennoch hatte sie das seltsame Gefühl, dass der Boden sich unter ihren Füßen bewegte. Er schien ganz leicht auf und ab zu wogen.

»Huch«, machte in diesem Moment Rieke, die neben ihr an Land gesprungen war. »Das fühlt sich ganz komisch an.«

»Das ist normal«, klärte sie Mr Kelling auf, der sich zu ihnen gesellt hatte. »Nach einer längeren Schiffsreise fühlt es sich anfangs immer so an, als würde der Boden schwanken. Aber das gibt sich schnell.«

54

Er deutete zu den einfachen Holzbauten, die sich hinter der Palisade auf dem nahe gelegenen Hügel erhoben. »Wenn alle an Land sind, werde ich uns im Einwanderungsbüro der Neuseeland-Compagnie melden.« Wer nur wenig Gepäck hatte, machte sich bereits auf den Weg. Lina hatte es nicht eilig, schließlich waren noch nicht alle Auswanderer an Land. An der Anlegestelle ging es zu wie im Bienenstock. Koffer und Reisekisten in allen Größen stapelten sich, aber noch wurden die wenigen Karren benötigt, um die restlichen Passagiere von den Booten ans Ufer zu befördern. Gerade wurde ein großer Schrank durch das knietiefe Wasser gefahren; zwei Passagiere hielten ihn seitlich fest, damit er nicht hinunterfiel. Die Menschen waren vergnügt, alle lachten und freuten sich – darüber, dass die lange Reise endlich vorüber war, über das schöne Wetter und die ansprechende Umgebung, auf die neue Herausforderung.

Lina stellte ihre Reisetasche hin und setzte sich auf eine niedrige Steinmauer. Ihr Schuh und der Saum ihres Rocks waren immer noch nass, und ihr knurrte der Magen. Heute Morgen hatte sie vor lauter Aufregung kaum einen Bissen herunterbekommen. Die Flut von neuen Eindrücken überwältigte sie schier. Die vielen Menschen, die seltsame englische Sprache, die in ihren Ohren so ganz anders klang, als sie sich vorgestellt hatte, das neue, fremde Land – für einen Moment sehnte sie sich tatsächlich zurück in die stickige, aber vertraut gewordene Enge auf dem Schiff. Doch genauso schnell, wie er gekommen war, verging dieser Moment auch wieder. Sie war angekommen. Sie war endlich in Neuseeland. Jetzt würde alles gut werden.

Sie beugte sich vor, löste die Bänder, die ihren flachen Schuh hielten, und zog ihn aus. Auch ihr Strumpf war feucht – und hatte ein Loch am großen Zeh, wie Lina peinlich berührt feststellen musste. So unauffällig wie möglich löste sie ihr Strumpfband, zog auch den Strumpf aus, presste das Wasser heraus und zog ihn wieder an.

Eine leichte Brise wehte vom Wasser und brachte den Geruch von Algen und Fisch mit sich. Sie hörte ein ungewohntes Geräusch und hob den Kopf: Auf einem Ast ganz in ihrer Nähe saß ein schwarzer Vogel, der ein auffälliges weißes Federbüschel am Hals trug – fast wie den Knoten einer kunstvoll gebundenen Krawatte. Er zwitscherte, piepste und krächzte mit so viel Inbrunst, dass Lina lächeln musste.

Heute hatten sie den zweiten September. Das entsprach hier – Lina zählte sechs Monate zurück – dem zweiten März. Frühlingsanfang also. Hier, auf der anderen Seite der Erdkugel, waren auch die Jahreszeiten umgedreht. Im Frühling waren sie von Deutschland aus aufgebrochen und im Frühling waren sie in Neuseeland angekommen. Fast, als hätte es die lange Reise gar nicht gegeben.

Immer mehr Passagiere brachen nun auf. Lina zog sich den feuchten Schuh wieder an und erhob sich. »Ich denke, wir sollten auch – Rieke?«

Ihre Schwester war verschwunden. Die Angst schoss heiß durch Linas Adern. Wo war sie? Wenn ihr etwas zugestoßen war...?

Ihre Sorge war unbegründet: Einer der Auswanderer hatte ihre Schwester die Straße entlanglaufen sehen, dem kleinen Flüsschen nach, das zwischen den Häusern verschwand. Na, die konnte was erleben! Wütend nahm Lina ihre Reisetasche auf und marschierte in die angegebene Richtung. Immer musste man auf Rieke aufpassen! Sie konnte doch nicht einfach fortgehen. Vor allem nicht hier, in diesem fremden Land.

Lina passierte einen kleinen Friedhof, auf dem bereits einige Grabsteine standen. Am gegenüberliegenden Ufer sah sie zwei Siedler, die dabei waren, auf einer abgesteckten Parzelle den dichten Farn zu roden, der hier überall wuchs. Neben ihnen türmte sich bereits ein gewaltiger Haufen der grünen Wedel.

Sie fand ihre Schwester in einer umzäunten Fläche, einem Garten ähnlich, in dem hohes Gras wucherte. Die kleine Tür in dem Zaun aus geflochtenen Zweigen stand offen. Nahe am Zaun wuchsen etliche niedrige Himbeerbüsche. Schon jetzt zeigten sich dort die ersten weißen Blüten zwischen den feinen, haarähnlichen Stacheln.

Rieke winkte, als sie Lina sah. In ihren Händen hielt sie einen Kranz aus bunten Frühlingsblumen.

»Für dich!« Mit beiden Händen setzte sie Lina den zarten Kranz auf den Kopf. »Jetzt siehst du aus wie eine Prinzessin. Und ich bin auch eine Prinzessin. Los, du musst mich fangen!« Rieke breitete die Arme aus und lief los.

Lina vergaß, dass sie Rieke eigentlich zurechtweisen wollte, ließ die Tasche ins hohe Gras sinken, raffte ihren langen Rock und rannte ihr hinterher. Sie übersah, dass unter ihren Schritten kleine Sträucher umknickten. Es tat so gut, wieder einmal zu rennen, sich die Beine zu vertreten und ausgelassen zu lachen.

Jauchzend drehte sie sich um ihre eigene Achse und wollte dann weiterlaufen, als sie gegen etwas prallte. Oder gegen jemanden. Erschrocken und schwer atmend blieb sie stehen.

Vor ihr stand ein junger Mann, noch keine zwanzig Jahre alt, der ziemlich wütend aussah. Er sagte etwas, das sich anhörte wie *watarjuduinghir*. Lina hatte auf der *Skjold* zwar Englisch gepaukt, aber in diesem Moment war alles weg. Außerdem hörte es sich ganz anders an als alles, was sie gelernt hatte.

»*What?*«, fragte sie hilflos.

Der junge Mann trug ein Hemd mit offenem Kragen und eine gestreifte Weste, und sein halblanges, dunkelblondes Haar war länger, als es in Deutschland Mode war. Eigentlich sah er ziemlich gut aus – allerdings blickte er sie noch immer mit einem dermaßen finsteren Ausdruck an, dass ihr angst und bange wurde.

»*Good afternoon*«, sagte sie das erste Beste, was ihr einfiel. Guten Tag. »Sir«, setzte sie noch hintendran. »...*we... I... come from*...« Ach, es war zum Verzweifeln. Sie brachte nicht ein richtiges englisches Wort heraus.

»Rieke!« Sie drehte sich zu ihrer Schwester um, die jetzt auch näher kam. »Was heißt ›Wir sind gerade erst angekommen‹ auf Englisch?«

Rieke hob nur die Schultern und starrte den jungen Mann an.

»Sie kommen aus Deutschland?« Akzentfrei wechselte dieser ins Deutsche.

Lina seufzte erleichtert auf. »Ja, wir sind gerade gelandet. Mit der *Skjold*.« Sie deutete in Richtung Hafen. Etwas baumelte in ihrem Blickfeld; sie trug ja noch immer den albernen Blumenkranz auf dem Kopf! Hastig zog sie ihn sich aus den Haaren. »Karolina Salzmann. Und das ist meine Schwester Rieke.«

Die Miene des Mannes wurde kaum freundlicher. »Nun, Karolina Salzmann, ich denke, auch in Deutschland ist privates Eigentum geschützt. Diese Plantage gehört meinem Vater. Können Sie nicht sehen, wo Sie hintreten? Diese kleinen Setzlinge sind Apfelbäume, die wir erst im letzten Jahr gepflanzt haben, und jetzt sind etliche davon niedergetrampelt!«

Lina blickte betreten um sich. Jetzt erst sah sie, dass hinter den Setzlingen viele kleine Apfelbäume wuchsen, die aufrecht wie Soldaten an einem Spalier standen. Dahinter erstreckten sich mehrere Reihen größerer, frei stehender Obstbäume. Äpfel, aber auch Birnen. Noch trug keiner von ihnen Blüten, aber an den schlanken Zweigen waren bereits die ersten Knospen zu sehen.

Der junge Mann war in die Hocke gegangen und machte sich nun daran, einen abgeknickten Setzling, der in dem wuchernden Gras fast verschwand, wieder aufzurichten.

»Das wusste ich nicht. Es ... es tut mir leid!« Lina war feuerrot geworden.

»Sie wissen wahrscheinlich nicht, was es heißt, jeden Pfennig umdrehen zu müssen. Aber wir alle hier hatten in den letzten Monaten nicht gerade viel zu beißen.«

Lina verkniff sich eine patzige Antwort und wollte stattdessen neben ihm auf die Knie gehen. »Warten Sie, ich helfe Ihnen.«

Er aber schüttelte den Kopf. »Lassen Sie das bloß! Gehen Sie, bevor Sie noch mehr anrichten!«

Lina erhob sich. »Arroganter Wichtigtuer«, murmelte sie ganz leise.

Im nächsten Moment fuhr ihr der Schreck in alle Glieder. Der junge Mann hatte den Kopf gehoben und starrte sie feindselig an. Ob er das etwa gehört hatte?

Und wenn schon: Sie würde sich nicht einschüchtern lassen. Trotzig warf sie den Kopf zurück und strich sich den Rock glatt. »Komm, Rieke, wir gehen.«

Kapitel 6

Was Lina von Weitem für ein Fort gehalten hatte, erwies sich tatsächlich als eine befestigte Anlage. Eine kleine Zugbrücke führte sie hinter Erdwall und Graben, die den gesamten Hügel umgaben. Etliche Meter dahinter erhob sich eine hölzerne Palisade, die alle Gebäude auf dem Hügel umschloss. In der Umzäunung aus dicken Planken sah Lina kleine Öffnungen, die wohl als Schießscharten dienen sollten. Sogar eine Kanone stand dort. Die Hölzer der Palisade sahen neu aus, als hätte man sie erst vor Kurzem errichtet. Wovor hatten die Bewohner Nelsons bloß solche Angst?

Als sie weiter nach oben stiegen, kam Lina an dem Vermessungsamt vorbei, an einer Zeitungsredaktion, an Lagerräumen sowie an einem »Literarischen und Wissenschaftlichen Institut«. Ganz oben auf dem Hügel erhoben sich die Baracken für die Neuankömmlinge, zwei einfache Gebäude mit Wänden aus Holz und einem Dach, das bedeckt war mit dicken, reetähnlichen Büscheln. Ein paar Schritte weiter stand das Büro der Neuseeland-Compagnie, wie ein Schild über der Tür auswies.

Lina hielt an, als sie laute Stimmen hörte. Ein Blick durch das geöffnete Fenster zeigte ihr ein Amtszimmer. Darin standen die Gebrüder Kelling im Gespräch mit jemandem, der von ihnen verdeckt wurde. Fedor Kelling, wie er sich jetzt nannte, sah unglücklich und fast schon krank aus. Sein Bruder Carl dagegen wirkte, wie an seinen erregten Gesten zu erkennen war, eher verärgert. Kurz war Lina versucht, das Ohr an die Tür zu legen. Aber sie tat es nicht. Man lauschte nicht, das hatte ihr der Vater immer gesagt. Aber was ging dort bloß vor?

»Komm schon, Lina, ich hab Hunger!« Rieke zog sie weiter.

Die Unterkunft in den Baracken für die Neuankömmlinge unterschied sich auf den ersten Blick kaum vom Zwischendeck der Skjold. Auch hier waren viele Stockbetten aufgestellt, und hier türmten sich ebenfalls viele Gepäckstücke und Mobiliar in den Gängen und an fast jedem freien Fleckchen. Allerdings gab es mehr Platz als auf dem Schiff.

Lina stellte ihre Reisetasche auf ein freies Bett, dann folgte sie Rieke in einen Nebenraum, aus dem Stimmengewirr, Kindergeschrei und das Klappern von Tellern drang. Dort waren lange Tischreihen und Bänke aufgestellt, an denen die meisten ihrer Mitreisenden bereits ein einfaches Mahl aus den Resten der Schiffsverpflegung zu sich nahmen. Auch Lina und Rieke setzten sich dazu.

Viele waren ungeduldig und konnten es kaum abwarten, endlich zu erfahren, wie es nun weitergehen würde. Die Neuseeland-Compagnie würde die Auswanderer anstellen und ihnen Lohn zahlen, hatte man ihnen in Hamburg gesagt. Die Gespräche an den Tischen drehten sich stets um die gleichen Dinge: Sie alle wollten so schnell wie möglich ihre Schulden bei den Kellings zurückzahlen. Siebzehn englische Pfund hatte die Überfahrt für jeden Erwachsenen gekostet. Wie schnell man das wohl zusammenhatte? Und sobald die Schuld beglichen war, konnten die Auswanderer Land von der Compagnie erwerben. Ein faires Angebot, wie die meisten fanden.

Auch Lina war unruhig, eine Mischung aus Vorfreude, Ungeduld und Bangigkeit ließ ihr Herz aufgeregt schlagen, während sie an einem trockenen Zwieback herumkaute. Was würde sie hier wohl erwarten? Welche Arbeit würde sie bekommen? Und worüber hatten die Männer im Büro geredet? Lina hatte noch immer ein ungutes Gefühl. Fedor Kelling hatte so unglücklich ausgesehen.

Als die Kellings endlich den großen Speisesaal betraten, wurde es still. Nur ein kleines Kind schrie, wurde von seiner Mutter aber schnell beruhigt. Lina schluckte ihren letzten Bissen Zwieback hinunter.

Mit den Kellings hatte ein großer, dicker Mann den Raum betreten. Über seinem gewaltigen Bauch spannte sich eine noch gewaltigere Weste. Er suchte in seiner Westentasche nach einem Tuch und wischte sich damit über das Gesicht.

»Guten Tag«, sagte er dann. »Mein Name ist Hannes Seip. Ich bin Agent der Neuseeland-Compagnie hier in Nelson.«

Alle sahen ihn in gespannter Erwartung an. Mr Seip hatte eine tiefe, recht angenehme Stimme, die aus einem Brustkorb wie ein Fass kam.

Seip blickte sich suchend um, dann wedelte er kurz mit der Hand. Eines der Kinder, das auf einem Stuhl saß, sprang auf. Seip zog den Stuhl zu sich heran und setzte sich. Der Stuhl ächzte leicht unter seinem Gewicht. Lina warf einen besorgten Blick zu den Kellings, die stehen geblieben waren und zu Boden blickten.

»Nun, meine Damen und Herren«, begann Seip. »Leider habe ich schlechte Nachrichten. Ich muss Sie davon in Kenntnis setzen, dass die Neuseeland-Compagnie nicht mehr über genug Mittel verfügt, Sie hier zu beschäftigen.«

Für einen Moment war es totenstill, dann setzte erregter Widerspruch ein.

»Das geht nicht! – Wir haben einen Vertrag mit der Compagnie! – Sie haben uns Land versprochen! – Sie haben uns Arbeit zugesagt!« So und ähnlich scholl es durch den Speiseraum.

Lina stand wie erstarrt. Das konnte doch einfach nicht wahr sein! Dann fühlte sie sich am Ärmel gezupft.

»Was heißt das?«, fragte Rieke neben ihr, in ihrem blassen Gesicht wirkten ihre Augen riesengroß.

64

»Das bedeutet, dass wir hier nicht arbeiten können«, murmelte Lina.

Sie ballte die Fäuste. Da waren sie um die halbe Welt gereist, hatten Seekrankheit, Stürme und drangvolle Enge ertragen, um dann zu erfahren, dass alles umsonst gewesen sein sollte? All ihre Träume, ihre Hoffnungen waren in diesen wenigen Sekunden begraben. Man wollte sie hier nicht.

Riekes meerblaue Augen füllten sich mit Tränen. »Ist es, weil wir die Apfelbäumchen kaputt gemacht haben?«

Lina schüttelte den Kopf. »Nein. Nein, deswegen nicht.«

Das Stimmengewirr wurde immer lauter, die Beschimpfungen wüster.

»Meine Damen, meine Herren, bitte!« Carl Kelling trat einen Schritt vor, wich dann aber wieder zurück. »Sie sehen uns so hilflos wie Sie selbst. Aber ich bin mir sicher, Mr Seip als Vertreter der Compagnie wird alles in seiner Macht Stehende tun, um uns die Lage zu erleichtern. Er weiß bestimmt einen Rat.«

Seip wuchtete seinen massigen Körper hoch. »Nun, Mr Kelling, ich fürchte, da täuschen Sie sich. Die Compagnie ist nicht länger für Sie zuständig.«

Kelling fasste ihn am Arm. »Sir, diese Menschen haben ihre Heimat hinter sich gelassen, um hier ganz neu anzufangen. Sie dürfen doch wohl erwarten, dass man sich um sie kümmert!«

Seip machte seinen Arm frei, sein Gesicht war rot

angelaufen. »Kelling, wie oft soll ich es Ihnen noch erklären? Ich bin nicht mehr für diese Menschen zuständig. Und ich sehe keinen Anlass, mich noch länger mit Ihnen abzugeben. Und nun entschuldigen Sie mich, ich habe zu tun.« Er wandte sich zum Ausgang.

Lina konnte sich nicht mehr bremsen. Sie sprang auf. »Sir! Mr Seip!«

Er blieb tatsächlich stehen. »Was ist denn noch?«

»Wo sollen wir denn jetzt hin?«

Es war mucksmäuschenstill geworden. Seip drehte sich um und sah sie an, dann hob er die Schultern. »Was weiß ich? Es steht Ihnen natürlich frei, wieder nach Deutschland zu reisen. Oder machen Sie es wie einige der anderen deutschen Auswanderer, die vor gut einem Jahr hier ankamen. Ihre Siedlung in den Bergen wurde überschwemmt, und jetzt wollen sie ihr Glück in Australien versuchen.«

Erneut fingen alle an, durcheinanderzureden.

Seip nutzte die Gelegenheit. »Wie ich schon sagte: Ich kann nichts mehr für Sie tun. Und nun entschuldigen Sie mich!« Erstaunlich schnell für einen so dicken Mann hatte er sich aus der Tür geschoben und war verschwunden.

Lina sah ihm fassungslos hinterher. »Australien?«, wiederholte sie tonlos. »Was sollen wir denn in Australien?«

Es gab nichts zu beschönigen: Die Neuseeland-Compagnie war pleite. Auf diesen einfachen Nenner brachte

Fedor Kelling es, als er den verstörten Auswanderern am nächsten Tag die Einzelheiten erklärte. In Neuseeland gab es zu viele Arbeitswillige und zu wenige Menschen, die sie beschäftigen konnten. Die Compagnie hatte diese Schieflage eine Zeit lang auffangen können, aber inzwischen war kein Geld mehr übrig. Dazu kam noch, dass die Compagnie viel Land gekauft hatte, das nun niemand abkaufte.

Immerhin versuchten die Kellings zu retten, was zu retten war: Sie hatten in Waimea East, wenige Kilometer von Nelson entfernt, ein großes Stück Land erworben und erklärten sich nun bereit, so viele der *Skjold*-Passagiere wie möglich als Landarbeiter oder Hausangestellte zu beschäftigen. Schon bald würden sich über siebzig Personen, zumeist Familien, zusammen mit den Kellings dorthin aufmachen. Die Ausgewählten waren tief gerührt über dieses unerwartete Zeichen von Menschlichkeit und hörten nicht auf, die Brüder in den höchsten Tönen zu loben.

Leider konnten die Kellings nicht alle Mitreisenden anstellen. Einige hatten sich ohnehin schon entschlossen, zusammen mit anderen deutschen Siedlern nach Adelaide im südlichen Australien zu reisen. In einigen Wochen sollte ein Schiff dorthin ablegen. Bis dahin würde man in den beengten Unterkünften bleiben. Ein weiterer Teil der *Skjold*-Passagiere wollte sich auf eigene Faust in der Umgebung niederlassen. Und dann gab es noch eine letzte, kleine Gruppe, für die sich nichts fand. Zu dieser gehörten Lina und Rieke.

Und da sie hierbleiben wollten, brauchten sie dringend eine Arbeit.

»Herein«, kam es mürrisch aus dem Büro der Neuseeland-Compagnie.

Lina öffnete und trat ein. Mr Seip hob den Kopf und sah sie aus ausdruckslosen Kalbsaugen an. Der dicke Mann, der den Platz hinter dem einfachen Schreibtisch fast völlig ausfüllte, war ihr zutiefst zuwider, aber er war nun einmal der vor Ort zuständige Agent.

»Karolina Salzmann. Von der *Skjold*«, sagte sie. Rieke war in den Unterkünften geblieben.

Seip winkte ungeduldig mit der Hand. »Ich bin nicht mehr zuständig, das habe ich doch schon erklärt.«

»Mr Seip.« Sie holte tief Luft. »Mr Seip, ich will hierbleiben. Ich kann arbeiten.«

»Schön für dich. Und was habe ich damit zu tun?«

»Ich dachte ... vielleicht kennen Sie jemanden, der mich einstellen könnte?«

Seip senkte den Kopf wieder über seine Papiere. »Nein.«

»Mr Seip, bitte.«

»Du bist ja ziemlich hartnäckig.« Erneut hob er den Kopf, und zum ersten Mal sah er sie genauer an. Lina wusste nicht viel über Männer, aber was sie plötzlich in seinen Augen sah, war ihr unangenehm. Es war der Ausdruck eines hungrigen Tiers. »Und ein hübsches junges Ding obendrein.« Er schnalzte mit der Zunge. »Hhm ... nun, vielleicht hätte ich wirklich etwas für dich. Ich könnte dir eine Stelle bei mir anbieten. Du müsstest mir nur mein Bett ein bisschen wärmen.«

Lina schluckte. Hatte er ihr etwa gerade vorgeschlagen, seine Geliebte zu werden?

»Ich würde lieber eine andere Arbeit annehmen«, gab sie so ruhig wie möglich zurück. »Außerdem brauche ich auch für meine Schwester einen Platz.«

Seip hob die Schultern und sah sie schon wieder mit diesem unangenehmen Ausdruck an. »Bring sie mit. Für sie wird sich sicher auch Verwendung finden.«

Fast hätte Lina gewürgt. »Nein danke«, brachte sie mühsam hervor. »Ich werde schon selbst etwas finden.« Fluchtartig kehrte sie dem Mann den Rücken und eilte aus dem Raum.

»Mein Angebot steht«, rief Seip ihr hinterher. »Du solltest es dir wirklich überlegen. Ich zahle nicht schlecht!«

Wo der Fluss ins offene Meer überging, war der Uferschlamm übersät mit vielen flachen, runden Löchern, in denen das Wasser stand. Sie sahen aus, als hätte sie jemand einst mit viel Geduld in den Sand gegraben, aber nun schien sich niemand mehr darum zu kümmern, denn die niedrigen Wände waren brüchig und eingefallen. Später erfuhr Lina, dass es sich um Salzgruben handelte. Die Gruben füllten sich mit Meerwasser, und Sonne und Wind ließen das Wasser verdunsten, bis nur das Salz zurückblieb. Für ein paar Wochen war es gut gegangen, aber dann hatten die kleinen Krabben, die hier überall herumkrochen, angefangen, die Wände der Gruben zu zerstören. Man hätte die Gruben mit Mörtel befestigen müssen, aber dafür war kein Geld da. Und so lagen sie nun ungenutzt brach.

Lina atmete ein letztes Mal tief den Geruch nach Meer und Salz ein, dann drehte sie sich um und machte sich auf die Suche nach Arbeit.

Nelson war erst dabei, zu einer Stadt zu werden. Die einfachen, aus festgestampftem Lehm gefertigten Straßen verliefen rechtwinklig zueinander, und zwischen den Häusern und Läden gab es noch viele unbebaute Flächen voller Gras und Farn, auf denen vereinzelt Schilder standen. Etliche davon, so hatte Kelling erklärt, waren Besitz der Compagnie und manche gehörten den eingeborenen Maori. Wo die Straßen endeten, waren bereits ein paar Pfade durch den dichten Farn geschlagen worden; dort würden demnächst sicher weitere Straßen gebaut werden.

Es war erstaunlich ruhig. Lina hätte erwartet, dass in einer neu gegründeten Kolonie mehr Arbeiten im Gang wären. Doch am Straßenrand türmten sich Pflastersteine, und manch ein Bauwerk stand halb fertig und verlassen da. Mit der Pleite der Neuseeland-Compagnie waren offenbar so gut wie alle Arbeiten an Straßen, öffentlichen Gebäuden und Plätzen eingestellt worden. Auf ihrem Weg durch den Ort kam sie an einem Postgebäude und an mehreren Wirtshäusern vorbei. In einer Straße wurde offenbar gerade ein kleines Hotel gebaut, doch auch hier ruhte die Arbeit. Nur aus der offenen Tür eines Hauses drang der dumpfe Klang eines Schmiedehammers.

Lina versuchte es in jedem Laden, dessen Namensschild einen deutschen Inhaber vermuten ließ. In den meisten Läden wurde ein wildes Sammelsurium an allem Möglichen verkauft: Uhren standen da neben Schinken, Kerzen neben Tabaksdosen, Tassen neben Büchern. Dafür fehlte es offenbar an so wichtigen Dingen wie Mehl oder Kartoffeln. Überall fragte sie nach Arbeit. Und überall erhielt sie dieselbe Antwort: »Nein, leider nicht.«

Am Nachmittag hatte sie fast alle Straßen nach passenden Läden abgesucht und ihr Mut sank. Als Nächstes würde sie es auf Englisch versuchen müssen, auch wenn sie sich das eigentlich noch nicht zutraute. Und wenn das auch nicht zum Erfolg führte? Würde sie Seips Angebot annehmen? Nein, niemals. Eher würde sie sich den Leuten anschließen, die nach Australien auswandern wollten. Aber vorher würde sie alle Möglichkeiten ausschöpfen. Ob sie irgendwo ein Stellengesuch aufhängen könnte? Dann musste sie sich erst irgendwo Papier, Feder und Tinte besorgen.

Vor einem Laden in der Nile Street stand ein Eselskarren. Der kleine Laden gehörte laut Schild einem Mr Schumacher. Das hörte sich deutsch an. Ob sie hier endlich Glück hatte?

Ein heller Glockenton ertönte, als sie die Tür öffnete. Auf den Regalen hinter der Theke stapelten sich Gläser und Behältnisse in verschiedenen Größen, gefüllt mit Mehl, Zucker, Kaffee und Tee, daneben bauchige Tonflaschen und Glasflaschen mit Saft oder Wein. Der Mann hinter der Theke, vermutlich Mr Schumacher, begrüßte sie freundlich. Doch auch hier hatte man keine Arbeit für sie.

»Aber – warten Sie, junges Fräulein«, sagte er, als Lina sich schon enttäuscht abwenden wollte. »Möglicherweise wüsste ich was. He, Treban«, rief er nach hinten in den Lagerraum, »brauchen Sie nicht jemanden für die Kleine? Hier ist eine junge Frau, die Arbeit sucht.«

Aus den Tiefen des Ladens kam eine gebrummelte Antwort, die Lina nicht verstand. Kurze Zeit später schlurfte ein Mann heraus. Er war groß und hager und sah mit seinen buschigen Augenbrauen nicht sonderlich freundlich aus. Sein Haar war ungekämmt und er hatte eine Rasur nötig. Zu einem anständigen Mannsbild gehörte es, dass er ordentlich rasiert war. Aber zu diesem Zeitpunkt wäre Lina bereit gewesen, für fast jeden zu arbeiten, solange es nicht für Seip war.

»Das ist Rudolf Treban. Er beliefert mich mit Apfelwein.«

Lina machte einen artigen Knicks. »Karolina Salzmann. Aus Boltenhagen an der Ostsee.«

Mr Treban musterte sie ohne ein Wort. Dann knurrte er kurz und nickte. »Wie alt?«, fragte er auf Deutsch.

»Fast sechzehn.«

»Und Sie suchen Arbeit? Können Sie mit kleinen Kindern umgehen?«

»Ja, Sir, das kann ich.« Linas Herz begann hoffnungsvoll zu schlagen. »Und ... ich kann außerdem kochen, putzen, den Haushalt versorgen. Alles, was Sie brauchen.«

Treban nickte nachdenklich. »Meine Jüngste ist noch keine zwei Jahre alt. Ihre Mutter ist im Kindbett gestorben.«

»Das tut mir leid«, murmelte Lina.

»Ja, ja, schon gut«, winkte der Mann ab. »Bezahlen kann ich allerdings nicht viel. Die letzte Ernte war schlecht und ich muss drei Kinder durchfüttern. Außerdem will dieser verdammte Seip noch Geld von mir. Aber Sie haben zudem Kost und Logis frei und jeden zweiten Sonntag einen freien Tag. Was sagen Sie?«

Lina zögerte. »Es ist nur ...« Vermutlich war es besser, wenn sie gleich mit der Wahrheit herausrückte. »Ich habe eine jüngere Schwester. Sie ist – zwölf.« Fast hätte sie sich versprochen. »Sie kann fast alles, was ich auch kann.«

Während sie sprach, sah Treban sie lange an. Seine Miene wurde immer finsterer. »Was kommt als Nächstes? Haben Sie etwa Ihre gesamte Familie dabei?«

Lina schüttelte den Kopf. »Nein, nein. Es sind nur wir beide. Unsere Eltern sind tot. Bitte, Mr Treban, wir ... wir brauchen nicht viel! Ich verspreche, dass Sie es nicht bereuen werden.«

Treban strich sich über seine Bartstoppeln, dann hob er die Schultern. »Also meinetwegen, Sie können sie mitbringen. Aber wenn eine von euch Ärger macht, seid ihr sofort entlassen!«

Lina nickte erleichtert. »Natürlich. Und – vielen Dank, Mr Treban!« Ihren Stoßseufzer konnte man sicher bis nach Deutschland hören.

Kapitel 7

Der Stein, auf dem Lina saß, wurde allmählich unbequem.

»Und wenn er nicht kommt?« Rieke war aufgestanden und hüpfte vor ihr von einem Bein auf das andere.

»Er kommt. Bestimmt.« Ganz so sicher war sich Lina dann doch nicht. Mr Treban hatte ihr zwar gestern gesagt, er werde sie und Rieke heute Morgen bei den Unterkünften der Einwanderer abholen lassen. Aber wenn er sich nun nicht daran hielt? Oder wenn er längst vergessen hatte, was er gestern gesagt hatte?

»Wieso müssen wir überhaupt hier weg?« Rieke tänzelte um sie herum. »Wieso können wir nicht hierbleiben? Hier ist es doch gar nicht so schlecht.«

»Weil wir so schnell wie möglich Geld verdienen müssen. Und jetzt hör auf herumzuhampeln. Nachher fällst du noch hin und machst dein Kleid schmutzig.«

Die Zeit hatte nicht mehr gereicht, ihre Kleidung zu waschen und zu trocknen. Daher hatte Lina am gestrigen Abend ihre Röcke und Blusen sorgfältig ausgebürstet, was bei dem beschränkten Platz gar nicht so einfach gewesen war. Und heute Morgen hatte sie besonders viel Mühe darauf verwendet, Riekes Haare ordentlich zu scheiteln, zu flechten und dann zu einem kleinen Knoten zu drehen, was ihre kleine Schwester mit lautem Gequengel quittiert hatte. Aber das musste sein, schließlich wollten sie einen guten Eindruck machen. Außerdem ließ es Rieke auch gleich etwas älter erscheinen.

Rieke drehte sich wie ein Brummkreisel um sie herum. »Ob ich mit den Kindern von Mr Treban spielen darf?«

»Ich glaube nicht. Wir sind dort zum Arbeiten, nicht zum Spielen.«

Seemöwen kreischten über ihren Köpfen. Am Himmel ballten sich Wolken, und ein leichter Wind wehte vom Meer her und brachte den Geruch von Algen und Fisch mit.

Wie viel Zeit war wohl schon verstrichen? Sie hatte keine Uhr, aber sie schätzte, dass sicher schon über eine Stunde vergangen war. Allmählich kamen ihr wirklich Zweifel. Wenn er nun doch nicht kam? Wenn die versprochene Stelle gar keine war?

Sie erhob sich, als sie ein entferntes Rumpeln hörte. Ein Karren tauchte hinter der Palisade auf. War er das endlich? Die Sonne blendete sie und sie legte die Hand über die Augen, um besser sehen zu können.

Rieke hüpfte auf den Stein, auf dem Lina gesessen hatte, und schnappte nach Luft. »Lina, sieh! Das ist doch...!«

»Ja!«, zischte Lina. »Ich sehe es!«

Ihr Herz klopfte plötzlich schneller, diesmal aber nicht vor Aufregung, sondern vor Unbehagen.

Es war nicht Mr Treban, der da auf dem Kutschbock des kleinen Karrens saß, der von einem Esel gezogen wurde. Es war der arrogante junge Mann, der sie vor Kurzem wegen der paar niedergetretenen Setzlinge so unfreundlich abgekanzelt hatte. Sollte *er* sie etwa abholen? Lina wäre am liebsten wieder zurückgelaufen in die Einwandererunterkünfte. Aber sie riss sich zusammen. So würdevoll wie möglich stand sie da und presste ihre Reisetasche wie einen Schutz an sich. Rieke stellte sich neben sie.

Knapp vor ihnen kam das Gefährt zum Stehen. »Ich soll Sie abholen.«

»Guten Tag«, sagte Lina förmlich und zwang sich zu einem Lächeln. »Dann ... dann arbeiten Sie also auch für Mr Treban?«, fragte sie, weil ihr nichts anderes einfiel. Na, das konnte ja heiter werden.

»Könnte man so sagen.« Er streckte die Hand aus.

Lina reichte ihm ihre Reisetasche hinauf, die er hinter sich verstaute. Rieke war schon dabei, zur Tasche auf die Ladefläche zu klettern, sodass Lina nichts anderes übrig blieb, als neben ihrem jungen Fahrer auf dem Kutschbock Platz zu nehmen. Mit einem Ruck ging die Fahrt los.

Sobald sie die Zugbrücke hinter sich gelassen hatten, fuhr er schneller. Er trieb den Esel über die leicht abschüssige Straße, dass es nur so holperte und Lina sich an der Umrandung des Kutschbocks festhalten musste, um nicht gegen ihn zu stoßen oder gar vom Sitz zu fallen. Machte ihm das etwa Spaß? Aber sie würde sich eher die Zunge abbeißen, als ihn um Mäßigung zu bitten. Erst als die Häuser dichter standen, fuhr er wieder langsamer.

Lina lockerte ihren verkrampften Griff und betrachtete die Umgebung. Nelson lag umgeben von Meer und Bergen. Das Meer kannte sie, schließlich war sie an der Küste aufgewachsen, aber die Berge, die sich im Hintergrund erhoben, faszinierten sie. Überhaupt gab es nur wenig flaches Land, die meisten der schilfgedeckten Häuser schmiegten sich in Höcker und Mulden. Und überall sah sie kleine Äcker oder Gemüsebeete – fast jedes Haus besaß eines. Frauen arbeiteten darin und sahen kurz auf, als sie vorüberfuhren.

Auf der ungepflasterten Straße kamen ihnen ein paar Kühe entgegen, von einem Sägewerk am Fluss drangen Hammerschläge. Sie kamen an einem Feld vorbei, auf dem ein Mann einen Pflug durch die Erde trieb, vor den weder Pferd noch Ochse, sondern eine ganze Handvoll Ziegen gespannt war. Nebenan sah sie Leute beim Hausbau. Ein rohes Gerüst des Hauses stand schon, nun wurden die Wände errichtet. Zwei Frauen traten mit nackten Füßen Lehm, mit dem sie später alles abdichten würden.

Linas Blick streifte ihren Kutscher. Heute wirkte er nicht ganz so mürrisch wie vor einigen Tagen. Allerdings hätte er ruhig mit ihr reden können.

Aber was erwartete sie schon von einem Stallbur-
schen? Seine Kleidung – Hemd, Weste und Hose – war
von einfachem Schnitt und robuster Machart, wie bei
allen Siedlern eher praktisch als modisch. Man sah ihr
an, dass sie nicht mehr neu war. Die Hose wies ein paar
schlecht geflickte Löcher auf und an seinem Hemd
entdeckte Lina einen langen Riss. An den Füßen trug
er derbe Stiefel – sicherlich gut geeignet für das dichte
Gestrüpp, das hier entlang des Weges wuchs. Lina kam
sich in ihren Schuhen mit der dünnen Ledersohle ziemlich unpassend gekleidet vor.

»Ist es noch weit?« Irgendetwas musste sie schließlich sagen.

Er schüttelte den Kopf.

»Was tun Sie für Mr Treban?«, versuchte sie es erneut. Meine Güte, sie wusste nicht einmal, wie er hieß.

Er hob die Schultern. »Dies und das. Was eben so an-
fällt.«

Wieso stellte er keine Gegenfrage? Ungehobelter Ge-
selle.

»Ich soll den Haushalt führen«, erklärte sie. »Und
mich um seine Kinder kümmern.«

»Tatsächlich?« Irrte sie sich, oder grinste er verstohlen? Dieses arrogante Gehabe ging ihr allmählich auf
die Nerven. Was wusste ein Stallbursche wie er schon
von den Aufgaben einer Haushälterin?

»In der Tat«, holte sie aus. »Vor allem natürlich um
das jüngste Kind. Aber eigentlich um alle drei.«

»Ach wirklich?«

79

Jetzt war sie ganz sicher, dass er sie insgeheim auslachte. Was bildete sich dieser Kerl schon wieder ein? Glaubte er, er sei etwas Besseres, nur weil er den Karren fahren durfte?

»Ja«, gab sie schnippisch zurück. »Das ist eine sehr verantwortungsvolle Aufgabe.«

»Oh, da bin ich mir sicher.« Er deutete auf ein einfaches, schmuckloses Gebäude. »Da hinten ist übrigens das Gefängnis.«

Wieso sagte er ihr das? Wollte er sie etwa erschrecken?

»Gibt es hier denn viele Verbrecher?«, fragte sie besorgt.

Er schüttelte den Kopf. »Nein, wir sind hier alle anständige Bürger. Zumindest fast alle.« Lina glaubte, ein kleines Lächeln zu sehen. »Hier gibt es höchstens mal einen Einbruch oder Diebstahl.«

Ein Vogel flog laut krächzend über sie hinweg. Lina zog den Kopf ein und sah ihm nach. Es war die gleiche Art wie der, den sie schon am Hafen gesehen hatte. Seine dunklen Federn schimmerten grünlich. Rieke lachte fröhlich auf, als er auf einem Ast landete und dort zu schimpfen begann.

»Ein Tui«, erklärte ihr Kutscher. »Manchmal sind sie so laut, dass sie einen um den Schlaf bringen.«

»Gibt es hier auch gefährliche Tiere?« Davon hatte sie zwar noch nichts gelesen, aber wer konnte schon wissen, ob das auch wirklich stimmte?

Er schüttelte den Kopf, und erneut erschien das

kleine Lächeln auf seinem Gesicht. »Es gibt hier überhaupt keine großen Tiere. Nur Vögel und kleine Nager.«

Lina lächelte zurück. Jetzt fühlte sie sich schon bedeutend besser. So übel war er gar nicht. Vielleicht würden sie ja doch ganz gut miteinander auskommen. Er wurde immer gesprächiger. Der Fluss, der durch Nelson floss, heiße Maitai, erklärte er, und sei voller Aale und anderer Fische.

Der fremde Name erinnerte sie an den Tag ihrer Ankunft. Wie hatte der Maori sie noch gleich begrüßt? »Und was ist ... Watu... Wataku?«

»Whakatu?« Er betonte es hinten, auf der letzten Silbe.

Sie nickte.

»So nennen die Maori diesen Ort. Es heißt friedvoller Hafen.«

»Arbeiten die Eingeborenen für die Weißen?«, fragte sie neugierig.

Ihr Kutscher schüttelte den Kopf. »Nein. Nur für sich selbst. Aber sie treiben Handel mit uns.«

Nach einer Weile bog er in eine Seitenstraße ab.

»Wir müssen noch zum Aaltümpel«, sagte er und lenkte den Karren ans Ufer eines kleinen, dunklen Gewässers, neben dem eine kleine Kornmühle stand. Er griff nach hinten und nahm einen leeren Eimer an sich, dann sprang er vom Wagen. »Bin gleich zurück.«

Vor dem Tümpel hatte ein Mann, der nun grüßend den Hut hob, einen kleinen Stand errichtet. Lina beobachtete ihren Kutscher, wie er auf Englisch mit dem Mann plauderte und wie ein paar Münzen den Besitzer wechselten. Der Fischhändler stocherte mit einer langen Stange im Wasser, zog schließlich einen dunklen, schlangenartigen Körper heraus und beförderte den sich windenden Fisch in den Eimer. Kurz darauf kam ihr Kutscher zurück.

»Pass gut darauf auf, das ist unser Mittagessen!«, sagte er zu Rieke und stellte den Eimer zu dem Mädchen auf die Ladefläche. Er gab dem Esel die Zügel und schon fuhren sie weiter.

Lina spürte, wie ihre Anspannung stieg. Ob sie heute Mittag schon kochen sollte? Aal hatte sie immerhin schon öfter zubereitet.

»Du sprichst ziemlich gut Englisch«, sagte sie. »Wie lange bist du schon –« Erschrocken hielt sie inne und fuhr mit der Hand zum Mund. Sie hatte ihn geduzt, ohne dass er ihr das Du angeboten hatte! Das schickte sich nicht. »Entschuldigung«, murmelte sie. »Ich meinte natürlich, wie lange sind Sie schon in Neuseeland?«

»Seit zweieinhalb Jahren«, sagte er. »Aber lass uns beim Du bleiben, das ist einfacher.«

»Gerne.« Lina lächelte und streckte ihm die Hand hin. »Ich bin Lina.«

»Und ich Rieke!«, krähte ihre Schwester hinter ihr von der Ladefläche.

Er ergriff Linas Hand. »Alexander Treban«, sagte er. »Ich bin der älteste Sohn von Rudolf Treban.«

Es gab nur noch wenige Häuser, als sie weiterfuhren. Der Weg führte bald durch einen dichten Wald aus Buchen und Kiefern, dann ging es einen Hügel hinauf.

Das Heim der Familie Treban lag am Rand des Waldes, ein einfaches Haus aus Holzbohlen mit einem Dach aus Schilf, aus dessen Schornstein kräuselnd Rauch aufstieg. Über den Hof gruppierten sich ein paar grob zusammengebaute kleine Gebäude, vermutlich Stall und Schuppen. Weiter hinten sah sie einen Kirschbaum, an dem bereits die ersten Knospen zu sehen waren. Vor dem Blockhaus türmte sich ein Stapel Brennholz, die Axt steckte in einem abgesägten Baumstumpf. Zwei magere Hühner liefen in einem abgezäunten Geviert herum; als der Karren auf den Hof fuhr, fingen sie lauthals an zu gackern. Der Esel, der erleichtert schien, wieder seinen heimischen Hof erreicht zu haben, stieß ein lautes *I-ah* aus – ein Laut, der klang, als könnte er sich nicht zwischen Seufzen und Schluchzen entscheiden. Ja, fast genauso fühlte auch Lina sich.

Sobald Lina und Rieke vom Karren gesprungen waren, griff sich Alexander ihr Gepäck und marschierte auf das Haus zu, ohne auf sie beide zu warten.

Lina hatte den ganzen restlichen Weg geschwiegen, und noch immer vermied sie, ihn anzusehen. Als Mr Treban gestern von seinen drei Kindern gesprochen hatte, hatte sie natürlich angenommen, es handele sich um drei *kleine* Kinder. Dass sein ältester Sohn schon fast erwachsen sein könnte, auf die Idee war sie natürlich nicht gekommen.

Das alles war ihr unglaublich peinlich. Gleichzeitig war sie wütend. Hätte Alexander sie nicht vorher aufklären können, bevor sie sich um Kopf und Kragen redete? Aber er musste sie ja nach Strich und Faden vorführen. Und das nur, weil sie ein paar Bäumchen umgetreten hatte.

Dabei hätte sie es wissen können. Hatte er nicht an jenem Tag in diesem Obstgarten gesagt, seinem Vater gehöre die Plantage?

Was er jetzt wohl über sie dachte? Erstmals wagte sie, den Kopf zu heben, starrte wütend auf seinen Rücken. Er musste sie für eine unglaubliche Idiotin halten. Wahrscheinlich war es besser, wenn sie sich in den nächsten Tagen so unauffällig wie möglich verhielt.

Und dabei hatte sie gerade angefangen, ihn nett zu finden.

Sie holte tief Luft, gab Rieke einen Wink und folgte ihm.

Das Essen an diesem Abend verlief genauso schweigend wie das am Mittag, und das, obwohl sie mit sechs Personen am Tisch versammelt waren. Aber Mr Treban wollte nicht, dass während des Essens geredet wurde. Er hatte nur den Tischsegen gesprochen und dann nichts mehr. Selbst die kleine Sophie in ihrem roh zusammengebauten Kinderstühlchen schien sich an diese Anordnung zu halten und blubberte nur genügsam vor sich hin.

Lina hatte das Kind bereits gefüttert und neu gewickelt. Sie hatte die Kleine sofort ins Herz geschlossen. Mit ihren gut anderthalb Jahren konnte Sophie schon recht gut laufen und versuchte sich bereits an den ersten Worten. Ihnen beiden gegenüber auf der Bank saß Julius, Sophies elfjähriger Bruder, mit gesenktem Kopf über seinem Teller und schaufelte das Essen in sich hinein. Rieke neben ihm hatte ebenfalls den Kopf gesenkt und löffelte erstaunlich sittsam. Die beiden anderen Mitglieder der Familie, Alexander und sein Vater, hatten ihren Platz an den beiden Kopfenden des Tisches.

Lina musste sich zwingen, etwas zu essen. Noch immer versperrte die Aufregung ihr die Kehle. Hoffentlich hatte sie alles richtig gemacht. Mr Treban hatte ihr wenig Zeit gelassen, sich einzugewöhnen. Kaum war sie angekommen, hatte sie sich auch schon um die kleine Sophie kümmern und danach ein zerrissenes Hemd von Mr Treban stopfen müssen. Und ein Mittagessen für sechs Leute kochen. Es war so viel geworden, dass sie auch am Abend noch einmal davon auftischen konnte. Wenigstens schien der kräftige Eintopf aus Aalstücken, Kartoffeln, Karotten und Zwiebeln zu schmecken, denn alle bedienten sich ein zweites Mal aus der großen Terrine, die in der Mitte des Tisches stand.

»Und ihr seid wirklich von der Ostseeküste?«, brach es irgendwann aus Julius heraus. »Wie ist es da? Habt ihr auch so ein schönes Meer wie hier?«

»Julius!« Treban hatte den Löffel sinken lassen. »Bei Tisch wird nicht gesprochen!«

»Entschuldigung.« Julius senkte gehorsam den Kopf und aß weiter. Erst nach dem Nachtisch – Pfannkuchen mit gebratenen Äpfeln – hörte sie wieder etwas von ihm. Er wischte sich den Mund mit dem Ärmel ab und rieb sich den Bauch.

»Wenn du immer so gut kochst«, sagte er großzügig zu Lina, »dann gebe ich dir gern mein Bett.«

Lina lächelte ihm zu. »Das ist sehr lieb von dir.«

An die Stube mit dem Esstisch und der offenen Küche schlossen sich zwei Zimmer an. In dem einen schlief Mr Treban, das andere würde sich Lina mit Rieke und der kleinen Sophie teilen. Dieses Zimmer hatte bisher Julius und Alexander gehört. Es war Lina unangenehm, dass die beiden jetzt ihretwegen in der Stube schlafen mussten, aber Treban hatte keinen Widerspruch gelten lassen. Was Alexander darüber dachte, wusste sie nicht. Wahrscheinlich passte es ihm ebenso wenig, wenn man nach seinem mürrischen Gesichtsausdruck ging.

Lina und Rieke räumten ab, dann machte Lina sich daran, die kleine Sophie zu Bett zu bringen. Rieke, die unverhohlen gähnte, durfte ebenfalls ins Bett. Auch Lina unterdrückte ein Gähnen. Es war ein aufregender und anstrengender Tag gewesen. Aber sie durfte noch nicht schlafen. Erst musste sie noch das Geschirr abspülen und aufräumen.

Während sie Sophie zudeckte und ihr leise ein Wiegenlied vorsang, hörte sie in der Stube nebenan die Männer miteinander reden. Sie war zu müde, um groß darauf zu achten.

»Wohin gehst du?«, hörte sie Trebans Stimme.

Sie verstand Alexanders Antwort nicht, doch als Sophie endlich schlief und Lina in die Stube zurückkehrte, war er nicht mehr da. Julius hatte sich in einer Ecke unter einer Decke zusammengerollt, und Treban saß auf dem einzigen Stuhl mit Lehne und rauchte eine Meerschaumpfeife. Blau und dicht stieg der Rauch aus dem dunkel verfärbten Pfeifenkopf auf.

»Nun ja, kochen kannst du schon mal ganz ordentlich«, sagte Treban und stieß dabei eine kleine Rauchwolke aus. Er war schnell dazu übergegangen, sie zu duzen. So wie es bei Dienstboten üblich war.

Gerade noch rechtzeitig fiel ihr ein zu knicksen. Als Dienstmädchen musste sie sich das jetzt auch angewöhnen.

Aber Treban winkte ab. »Und lass das mit dem Knicksen. Wir sind hier nicht so förmlich.« Lina nickte erleichtert. Aber schon kam ein Dämpfer. »Ab morgen ist aber wieder Schmalhans Küchenmeister. Ich kann es mir nicht leisten, jeden Tag so üppig zu essen. Außerdem halten wir es hier wie in Deutschland und essen abends kalt.«

Lina spürte, wie sie feuerrot wurde, und presste die Hände unter ihrer Schürze zusammen. Sie hatte es doch nur gut gemeint. »Ja, Sir. Entschuldigung.«

»Schon gut, schon gut. Es ist ja dein erster Tag hier. Du kannst ja nicht wissen, wie schwer die letzten Monate für uns hier waren. Und die kleine Sophie scheint dich wirklich zu mögen.« Er zog wieder an seiner Pfeife.

Seine Wangen wölbten sich dabei nach innen und gaben ihm ein hageres, ungesundes Aussehen.

»Danke, Sir«, sagte sie leise.

»Es wäre schön, wenn du ihr ein wenig die Mutter ersetzen könntest, die sie nie gehabt hat.« Treban starrte auf einen Punkt an der Wand. »Wir hatten das alles ganz anders geplant«, sagte er plötzlich. »Meine Frau...«, er schluckte, dann fasste er sich wieder. »Wir wollten hier zusammen ein neues Leben aufbauen. Aber dann hat sie Sophies Geburt nicht überlebt und ich stand allein da mit dem kleinen Fratz.«

Lina hätte gern etwas Kluges erwidert, aber ihr fiel nichts ein. Sie musste an Frau Gebart denken, die auch ein Kind auf der Schiffsreise bekommen hatte. Bei ihr war alles gut gegangen. »Jetzt bin ich ja da«, murmelte sie verlegen.

»Eine weibliche Hand wird diesem Haus guttun.« Treban machte eine ausholende Bewegung mit der Pfeife. »Ich habe es selbst gebaut, im vergangenen Jahr, kurz nach unserer Ankunft. Als der erste Schnee fiel, war es fertig. Andere haben sich von den Wilden ein Haus bauen lassen. Aber das hier ist von meiner eigenen Hände Arbeit entstanden. Verstehst du: von meiner Hände Arbeit! Und das lasse ich mir von niemandem wegnehmen!« Er hob die Faust wie gegen einen imaginären Feind.

Lina unterdrückte ein Husten. Außerdem bekam sie von dem Pfeifenrauch Kopfschmerzen.

»Nun ja«, sagte Treban schließlich. »Ich werde mich

jetzt auch zurückziehen. Du hast schließlich noch zu
tun.« Er klopfte seine Pfeife aus und erhob sich. »Gute
Nacht, Lina.«

»Gute Nacht, Mr Treban.«

Sie war todmüde, als sie endlich das Geschirr gespült
und weggeräumt hatte und zu Rieke in die kleine Kammer trat, die ihnen als Schlafstube dienen sollte. Ihre
Schwester schlief und die kleine Sophie in ihrem Bett-
chen ebenfalls. Lina zog sich leise bis auf das lange Un-
terhemd aus und legte ihre Sachen auf den Hocker in
der Ecke. Das Stroh in der Matratze raschelte, als sie
ihre schlafende Schwester ein wenig zur Seite schob
und zu ihr unter die Decke kroch.

Es hatte zu regnen begonnen; sie konnte die Schauer
an die Hüttenwand prasseln hören und den Wind, der
durch die Bäume fuhr.

Sie faltete die Hände und sprach ihr Nachtgebet. Ob
sie sich hier wohlfühlen würde? Nun, sie würde zumindest versuchen, das Beste daraus zu machen.

Für einen Moment huschte ein Gedanke durch ihren
Kopf. Etwas stimmte nicht. Wie ein kleiner, störender
Dorn drückte es. Ein Widerspruch bei irgendetwas, was
sie heute erfahren hatte.

Aber im nächsten Augenblick war sie auch schon eingeschlafen.

Kapitel 8

Lina schlug die Augen auf. Noch war im Haus alles still, aber schon leuchtete die Sonne in die kleine Kammer und malte helle Flecken auf den Boden. Der Morgen brach gerade erst an, vor ihrem Fenster hörte sie, wie sich zwei Vögel zankten. An ihrer Seite schlief Rieke noch tief und fest.

Lina wackelte mit den Zehen und gönnte sich den Luxus, noch ein paar Minuten liegen zu bleiben, bevor die Aufgaben des Tages sie bis zum Abend beschäftigen würden. Kurz darauf schlug sie die Decke beiseite, stand auf und zog sich leise an. Ein Blick noch zu Sophie, die noch selig schlummerte, dann weckte sie Rieke und ging in die Küche.

So war es fast jeden Tag. Lina stand stets als Erste auf und kümmerte sich um die Arbeiten, die am frühen Morgen anfielen. Im Ofen räumte sie die Asche mit einem langen Ast beiseite und suchte nach einem Rest von Glut. Wenn sie diese am Vorabend gut mit Holz und Moos abgedeckt hatte, ließ sich daraus ein neues Feuer entfachen, indem man vorsichtig darauf blies und dann kleine Scheite auflegte. War die Glut erloschen, entzündete sie das Feuer selbst mithilfe von Stahl, Feuerstein und einem verbrannten Leinenfetzen, der ihr als Zunder diente.

Die Einrichtung der Trebans war einfach, aber zweckmäßig. Die Wände waren unverputzt und nur in der Stube mit Zeitungen tapeziert. Neben einer aus Deutschland mitgebrachten Kommode standen selbst gezimmerte Möbel. In der Küche gab es ein Wandregal, auf dem sich Töpfe, Pfannen und Teller reihten; Zinnbecher und Besteck hingen an ein paar Haken an der Wand.

Sobald das Feuer brannte, bereitete Lina das Frühstück zu. Auf dem selbst gebauten offenen Herd kochte sie Haferbrei und setzte Wasser für den Tee auf – nicht den teuren aus Indien, sondern einen grünen, ziemlich bitteren Aufguss aus den getrockneten Blättern des Manukastrauchs. Mit etwas dunklem Mauritiuszucker gesüßt, schmeckte er allerdings ganz brauchbar.

Jetzt war auch Julius wach, der in der Stube schlief. Alexander hatte sich irgendwo anders einen Schlafplatz gesucht, wahrscheinlich in einem der Schuppen über den Hof. Kurz darauf erschien Rieke und brachte Sophie mit, die von Lina gewaschen und gewickelt wurde. Nach dem Frühstück begann sie mit der Hausarbeit. Sie spülte, fegte das Haus, holte Wasser, wusch, flickte Kleidung, kochte Essen und kümmerte sich um alles, was sonst noch anfiel.

Es schien, als hätte der Haushalt der Trebans nur

auf sie gewartet. Oder zumindest auf eine »weibliche Hand«, wie Rudolf Treban es auszudrücken pflegte. Lina merkte schnell, dass es sich lange um einen reinen Männerhaushalt gehandelt hatte. Eine ihrer ersten Tätigkeiten war es, das gesamte Haus zu putzen. Nachdem sie ausgiebig abgestaubt und gekehrt hatte, war sie mit Rieke einen halben Tag lang damit beschäftigt, heiße Seifenlauge auf den Dielen auszuschütten und den alten Dreck mit Schwamm und Bürste fortzuscheuern. Als Lina nach dieser Plackerei mit schmerzenden Knochen aufstand, war sie dennoch glücklich, wie schön alles wieder aussah. Und auch die vielen kleinen Mücken, die sie dabei umschwirrt hatten, verschwanden nach dieser Putzaktion fast völlig.

Meist war sie beim Zubettgehen so müde, dass sie am liebsten in ihren Kleidern auf ihr einfaches Lager gesunken wäre. Oft genug gelang es ihr dann einfach nicht mehr, noch ein paar Seiten in ihrem Englisch-Lehrbuch zu lesen, obwohl sie die fremde Sprache doch so schnell wie möglich lernen wollte.

Rieke hatte es da dank Pastor Heine, der manchmal zum Essen kam, schon besser. Lina mochte den jungen Geistlichen, der mit demselben Schiff wie die Trebans nach Nelson gekommen war und sich nun um die deutschen Siedler kümmerte. In einem langen Gespräch hatte er Mr Treban davon überzeugt, dass Linas Schwester gemeinsam mit Julius die Schule besuchen durfte. Pastor Heine kümmerte sich nämlich nicht nur um das Seelenheil seiner Landsleute, sondern hatte vor

Kurzem auch eine kleine deutsche Schule ins Leben gerufen.

Rieke hatte erst gemault, aber inzwischen ging sie gern zusammen mit dem fast gleichaltrigen Julius dorthin. Dass die beiden Kinder immer unzertrennlicher wurden, sah Lina weniger gern. Schließlich war ihre Schwester zum Arbeiten hier.

Riekes Aufgabe war es unter anderem, den Hof zu fegen, die Hühner zu füttern, Eier zu holen und den Geflügelstall sauber zu halten. Eigentlich war das nicht zu viel verlangt, aber Lina musste trotzdem ständig ein Auge auf ihre kleine Schwester haben. Oft genug trödelte sie und versäumte ihre Pflichten.

Während Lina im Haus zu tun hatte, war Rudolf Treban meist unterwegs. Er kümmerte sich um seine Obstplantage und um fällige Reparaturen und belieferte Kunden mit Apfelwein. Wenn er zu Hause war, dann zog es ihn meist in seinen Garten, wo er neben Kartoffeln weitere Gemüsesorten anbaute. Vor allem die Kürbisse waren sein ganzer Stolz – niemand außer ihm durfte hier Hand anlegen.

Und dann war da noch Alexander. Er half seinem Vater bei einigen Arbeiten; Lina sah ihn manchmal, wenn er den Esel anschirrte oder Brennholz hackte. Normalerweise vermied sie es, mit ihm allein zu sein, denn noch immer schämte sie sich, dass sie ihn für einen Pferdeknecht gehalten hatte. Und außerdem gehörte es sich nicht, jetzt, da sie fast erwachsen war. Hatte der Vater ihr schließlich nicht immer wieder erzählt, wie sich ein anständiges junges Fräulein benahm? Es schickte sich schon gar nicht, da Alexander der Sohn ihres Dienstherrn war und sie nur eine Hausangestellte. Sie durfte nicht riskieren, ihre Stelle zu verlieren.

Die einzigen Male, dass sie mit ihm zu tun hatte, waren daher meist nur die Mahlzeiten – oder, etwas weniger direkt, wenn sie seine Sachen stopfte. Denn die Kleidung der Männer nutzte sich schnell ab; Lina kam oft kaum hinterher mit dem Flicken von Hosen und Hemden. Bislang hatten die Trebans es offenbar selbst versucht, und jetzt durfte Lina auch diese eher missglückten Versuche mit Nadel und Faden ausbessern. Dazu kamen noch Julius, Rieke und Sophie, die alle noch wuchsen. Hier musste ein Saum umgenäht, da ein Ärmel ausgelassen, hier ein Loch gestopft oder ein abgerissener Knopf wieder angenäht werden. Rieke selbst konnte zwar auch nähen, stellte sich dabei aber so ungeschickt an, dass Lina es lieber selbst übernahm. Und so saß sie dann meist abends über das Nähzeug gebeugt, solange das Licht der langen Abenddämmerung dafür ausreichte.

Aber da gab es noch immer diese ungeklärte Sache.

Es hatte ein paar Tage gedauert, bis ihr eingefallen war, was sie gestört hatte: zweieinhalb Jahre. Alexander hatte erzählt, er sei bereits seit zweieinhalb Jahren in Neuseeland. Aber Mr Treban behauptete, die Familie sei mit der *St. Pauli* hergekommen, im Juni 1843. Das lag nur etwas mehr als ein Jahr zurück.

Sie hätte sich gern näher über diese Ungereimtheit

erkundigt, aber sie wusste nicht wie. Sie konnte ja kaum hingehen und Alexander der Lüge bezichtigen. Bis sich die Sache eines Tages von selbst klärte.

»Ich habe heute einen Maori getroffen«, plapperte Julius eines Abends drauflos, als sie gerade das Essen beendet hatten. »Er hat diese komischen Kartoffeln verkauft. Und frisches Schweinefleisch. Und er hat gesagt, wenn ich morgen Kaffee oder Reis mitbringe, würde er mir dafür ein bisschen Fleisch geben.« Er sah seinen Vater erwartungsvoll an. »Darf ich?«

Auch Lina blickte auf. Es musste zwar niemand Hunger leiden, aber Schweinefleisch gab es nur eingesalzen oder getrocknet. Ein frisches Kotelett oder gar ein Braten wäre ein Festmahl. Sie hatte inzwischen schon öfter Maori in Nelson gesehen, stolz und unnahbar, mit bloßem Oberkörper oder in eine Decke gehüllt, die sie wie einen königlichen Umhang trugen. Aber bis auf die kurze Begrüßung am Tag ihrer Ankunft hatte sie noch nie mit einem von ihnen geredet.

Mr Treban legte langsam den Löffel neben seinen Teller. Lina kam es vor, als habe sich plötzlich eisiges Schweigen über die Runde gesenkt. »Du wirst dich von diesen Wilden fernhalten und kein Wort mehr mit ihnen wechseln, hast du verstanden! Nie wieder!«

»Aber, Vater...!«

»Nein, Julius! Oder hast du vergessen, dass sie deinen Onkel umgebracht haben?«

Lina sah, wie Alexander seinem Vater einen brennenden Blick zuwarf. In diesem Moment wirkte er viel älter als seine achtzehn Jahre. Dann schob er seinen Stuhl zurück, stand auf und verließ wortlos den Raum. Treban sagte nichts dazu, sah ihm lediglich schweigend nach. Nur sein Gesicht war röter als sonst und seine Augen wiesen einen fast fiebrigen Glanz auf.

Lina war ganz starr vor Entsetzen. »Die Maori haben seinen Onkel umgebracht?«, fragte sie, ohne zu überlegen, ob ihr eine solch persönliche Frage überhaupt zustand.

Treban nickte. Für einen Moment wurden seine Lippen ganz schmal. »Meinen Bruder. Beim Wairau-Massaker vor einem Jahr. Hast du denn wirklich noch nichts davon gehört?«

Lina schüttelte den Kopf. Sie kam nur selten in Kontakt mit anderen Siedlern und erfuhr daher wenig von dem, was um sie herum vorging. In ein paar Sätzen erzählte Treban ihr von dem schrecklichen Geschehen.

Im vergangenen Jahr hatten einige Siedler neues, fruchtbares Land in der Wairau-Ebene im südöstlichen Landesinneren erschließen wollen. Bei Landvermessungen gerieten sie mit den ansässigen Maori in Streit über die Frage, ob das Land nun an die Siedler verkauft worden sei oder nicht. Es kam zu einem Kampf, bei dem zweiundzwanzig Siedler getötet wurden. Mr Trebans Bruder Heinrich war einer von ihnen gewesen.

Das war ja furchtbar! Lina schluckte. Dann hatte die Familie also kurz hintereinander zwei Todesfälle zu beklagen. Mit einem Mal tat ihr Mr Treban sehr leid.

»Er war mein älterer Bruder«, murmelte Treban, sein

96

Blick verlor sich in der Ferne. »Er ist schon in jungen Jahren nach England gezogen und hat sich dort zum Landvermesser ausbilden lassen. Alexander ist bei ihm in die Lehre gegangen.«

»Alexander war in England?«, fragte Lina. Das würde allerdings einiges erklären.

Treban nickte. »Er hat das gleiche unruhige Blut wie mein Bruder. Es war Heinrichs Idee, nach Neuseeland auszuwandern, zusammen mit Alexander. Unsere Plantage hatte ursprünglich meinem Bruder gehört. Er schrieb, dass er hier Land von den Wilden gekauft und darauf Setzlinge aus Deutschland gepflanzt habe. Dass er sogar Apfelbäume von der Nordinsel mitgebracht habe, die frühere Siedler dort gepflanzt hätten. Heinrich war der Meinung, die Witterung sei hier auf der Südinsel besser – und er hatte recht. Seine Briefe klangen so ... so hoffnungsvoll. Seinetwegen sind auch wir hierhergekommen.« Treban ballte die Fäuste. »Und dann haben diese Wilden ihn abgeschlachtet wie ein Stück Vieh!«

Linas Herz krampfte sich vor Angst zusammen. Das waren in der Tat Wilde! Barbaren! Nie wieder würde sie sich in Gegenwart eines Maori sicher fühlen!

»Das Fort auf dem Hügel ist gegen die Maori!«, rief Julius aus. »Wenn ich groß bin, kriege ich ein Gewehr und schieße sie alle tot!«

Eben noch hatte er mit ihnen handeln wollen. Der Widerspruch zu seinem vorigen Wunsch schien ihm nicht aufzufallen.

Lina sah Alexander später an diesem Abend wieder,
als sie den Abfall hinaustrug. Er hackte Holz, mit einer
so erbitterten Entschlossenheit, wie sie sie noch nie bei
ihm gesehen hatte. Wild fuhr die Axt ins Holz, split-
ternd brachen Scheite ab. Die lauten Geräusche durch-
brachen die friedliche Abendstimmung wie ein Fremd-
körper.

Lina leerte den Abfallkübel auf den Misthaufen und
blieb dann noch ein paar Sekunden stehen. »Es tut mir
sehr leid, was mit deinem Onkel passiert ist«, sagte sie
schließlich. »Ich kann mir vorstellen, wie sehr du diese
Wilden hassen musst.«

Er schlug die Axt ins Holz und drehte sich zu ihr um.
»Ich hasse sie nicht!«, stieß er hervor. »Und nenn sie nie
wieder Wilde!«

Ende September, als der Frühling mit seinem milden,
fast schon sommerlichen Klima das Land erblühen ließ
und aus allen Bäumen Vogelgezwitscher drang, war
Lina sechzehn geworden. Nach den ersten arbeitsrei-
chen Tagen konnte sie kaum glauben, wie schnell die
Wochen plötzlich dahinzufliegen schienen. Und in
dem milden neuseeländischen Klima wuchs alles viel
schneller als in Deutschland. In dem Teil des Gemüse-
beets hinter dem Haus, um das sie und Rieke sich gemeinsam kümmerten, gediehen Erbsen, Zwiebeln und
Kohl, und bald darauf sprossen auch schon Karotten
und Spinat.

Vor allem Julius amüsierte sich über den plattdeutsch

gefärbten Dialekt der Schwestern. »Ihr sprecht so komisch«, sagte er immer wieder.

Aber auch für die beiden Mädchen hörte sich sein Tonfall seltsam an. Die Trebans kamen ursprünglich aus der Gegend von Koblenz im Rheinland, wo Mr Trebans Familie als Obstbauern lebte. Beim Essen mussten sie sich ebenfalls umgewöhnen. Besonders häufig gab es »Himmel un Ääd«, wie Treban es nannte, eine für die Mädchen höchst ungewohnte Kombination aus gestampften Kartoffeln und Äpfeln. Nun ja, wenigstens machte es satt.

Lina gewöhnte sich rasch an die viele Arbeit. An manchen Tagen machte sie ihr sogar Spaß. Beim Kochen ging sie bald dazu über, ein bisschen mit den vorhandenen Sachen zu experimentieren. Viele Möglichkeiten hatte sie allerdings nicht; meist gab es Kartoffeln, selbst gebackenes Brot und ein bisschen Gemüse, nur sehr selten gepökeltes Schweinefleisch oder Fisch. Manchmal brachte Alexander einen toten Vogel mit; er war mit der Steinschleuder recht geschickt darin, die wilden Fruchttauben zu erlegen, die sich auf die Obstbäume stürzten. Das waren die seltenen Tage, an denen frisches Fleisch auf den Tisch kam.

Jeden zweiten Sonntag, wenn auch Pastor Heine in Nelson war, hatten Lina und Rieke frei. Dann ging es festlich gekleidet mit den anderen protestantischen Deutschen aus Nelson zum Gottesdienst auf Church Hill. So hatte man den Hügel genannt, auf dem das Fort und die Einwandererunterkünfte standen.

Pastor Heine, der gern ein Glas Apfelwein mit Mr Treban trank, kam regelmäßig vorbei und hielt sie über alle Dinge, die in der jungen Kolonie vorgingen, auf dem Laufenden. So erfuhr Lina, dass ein großer Teil der *Skjold*-Passagiere Nelson verließ und sich nach Australien einschiffte. Die meisten der anderen deutschen Auswanderer hatten sich mit den Kelling-Brüdern in Waimea niedergelassen, nur wenige Kilometer von Nelson entfernt. Die kleine Siedlung wurde Ranzau genannt, nach dem Grafen, der ihre Überfahrt möglich gemacht hatte. Sieben Familien lebten jetzt dort und bestellten das Land. Und wie in Nelson kam Pastor Heine auch in Ranzau regelmäßig vorbei, las die Messe und unterrichtete die Kinder. So pendelte der gute Pastor zwischen den beiden Orten hin und her, um ja keines seiner Schäfchen zu vernachlässigen, und sorgte dafür, dass die Kinder der deutschen Einwanderer jede zweite Woche die Schule besuchen konnten.

Der November hatte sich brütend warm über das Land gelegt. Lina saß bei geöffneter Tür in der Stube und sortierte die Wäschestücke, die sie morgen waschen wollte – die dunklen Stoffe auf die eine Seite, die hellen Hemden und Halstücher auf die andere. Die weißen Stücke würde sie nach dem Waschen zum Bleichen auslegen. Wenn es weiterhin so warm blieb, würden sie schnell trocknen.

Ein paar Fliegen summten durch die Stube. Die kleine Sophie saß in einer Zimmerecke und beschäftigte sich mit einer Stoffpuppe, die Julius ihr gemacht hatte. Mr Treban war unterwegs und Alexander errichtete einen Zaun um den Gemüsegarten. Julius und Rieke waren dazu abkommandiert worden, den Hühnerstall zu säubern, aber es war verdächtig still. Lina konnte sich kaum vorstellen, dass die beiden tatsächlich einmal schweigend ihre Arbeit taten.

Sie griff nach einem weiteren Hemd. Alexanders Hemd. Ein seltsames Kribbeln stieg in ihr auf, als sie daran dachte, dass er es bis vor Kurzem noch getragen hatte. Verstohlen strich sie über den verschwitzten und verdreckten Kragen, dann hob sie das Hemd an ihr Gesicht. Es roch nach ihm.

Sie ließ das Hemd hastig sinken, als Julius hereinkam.

»Durst«, verkündete er, ging gemächlichen Schrittes zum Wasserfass, hob die Kelle und trank ein paar Schlucke.

»Seid ihr fertig im Hühnerstall?«, fragte Lina.

Er schüttelte den Kopf, trank weiter und wies dann mit einer leichten Kopfbewegung auf Sophie. Lina drehte sich zu dem kleinen Mädchen, das vergnügt mit seiner Puppe plapperte, und hörte, wie Julius wieder ging.

Als Lina sich wieder umdrehte, um sich ihrer Arbeit zuzuwenden, erstarrte sie – und schrie im nächsten Moment laut auf: Auf dem freigeräumten Esstisch saß eine Kreatur, die direkt der Hölle entsprungen schien. Es sah aus wie ein großer brauner Grashüpfer, mit einem gepanzerten Körper und sechs langen, kräftigen Beinen. Und es war riesig – allein der Körper war bestimmt so lang wie ihr Mittelfinger.

Angstvoll wich sie zurück. Wenn das Vieh sie nun anspringen würde? Es hieß zwar, in Neuseeland gebe es keine gefährlichen oder giftigen Tiere, aber wer konnte da schon so sicher sein?

Sie war noch nicht bis zur Tür gekommen, als Alexander schon dort erschien. Er atmete heftig, als wäre er gerannt.

»Was ist los? Ist was passiert?«

Zitternd deutete sie auf das kleine Monster – und erwartete, dass Alexander nun beherzt zur Tat schreiten würde. Aber statt sie vor dem Monster zu retten, fiel seine angespannte Haltung in sich zusammen und er lächelte.

»Ach das«, sagte er gelassen. »Das ist nur ein Weta. Die sind harmlos.«

»Nur ein – Weta?«, wiederholte sie schwach. »Ich hätte mich fast zu Tode erschreckt!«

Er ging auf das Tier zu und streckte die Hand aus. Der Weta tastete mit zwei langen Fühlern Alexanders Finger ab und entschied dann, auf seine Hand zu klettern.

»Sieh her, er ist ein netter kleiner Gentleman.«

»Wenn du es sagst ...«

Lina kam zögernd näher. Sie fühlte sich plötzlich viel besser. Wahrscheinlich war es nur die Erleichterung, dass der Weta harmlos war. Allerdings schlug ihr Herz immer noch ziemlich schnell.

»Dann war es wohl ziemlich albern von mir, so zu schreien«, murmelte sie betreten.

»Du konntest es ja nicht wissen.« Alexander hob seine Hand mit dem Weta etwas höher. Lina wich erneut ein Stück zurück. Ein Paar schwarzer Knopfaugen starrte sie an, die langen Fühler fuhren durch die Luft.

»Und wenn er mich nun anspringt?«

»Wetas können nicht springen«, erklärte Alexander. »Dazu sind sie viel zu schwer. Sieh her.« Mit seiner freien Hand griff er nach ihrer, und ehe sie sich's versah, hatte er ihr das Tier auf den Handrücken gesetzt.

Sie zwang sich stillzuhalten und nicht zurückzuzucken, auch wenn das Gefühl der sechs Beine auf ihrer Haut sie schaudern ließ.

Alexander beobachtete sie. »Dafür, dass du eben noch geschrien hast, hältst du dich wirklich gut«, sagte er schließlich anerkennend.

Sie lächelte ein wenig gezwungen. »Kannst du es jetzt ... trotzdem wieder nehmen?«

Er nickte, nahm ihr das Tier ab und ging nach draußen. Lina folgte ihm. Alexander setzte den Weta unter einen Busch und sah zu, wie er behäbig davonkrabbelte.

»Woher weißt du das?«, fragte Lina. »Dass sie nicht springen können, meine ich.«

»Durch Anschauen und Beobachten. Hat von Humboldt auch so gemacht.«

»Alexander von Humboldt, der große Naturforscher?«, fragte Lina. Es war ja nicht so, dass sie keine Bildung besaß.

Er nickte. »Mein Namensvetter. Nach ihm bin ich benannt.«

Lina lächelte scheu. Seit er Rieke und sie von den Einwandererunterkünften abgeholt hatte, hatten sie nicht mehr so viel miteinander gesprochen.

»Ich frage mich nur«, sagte er, »wie der Weta so plötzlich auf den Tisch kam.« Er schaute zum Hühnerstall, wo es noch immer so verdächtig ruhig war. »Das heißt, eigentlich frage ich mich das gar nicht. Kann es sein, dass Julius kurz davor bei dir war?«

»Was? Ach ja…«

»Kleine Geschwister können manchmal die reinste Plage sein.« Er erhob sich. »Julius!«, rief er. »Komm sofort hierher und entschuldige dich bei Lina!«

»Ach, lass ihn doch!« Lina hätte am liebsten gelacht vor lauter Übermut. Und allmählich war sie sich wirklich nicht mehr sicher, ob ihr Herz nur wegen des überstandenen Schreckens so heftig klopfte.

Kapitel 9

Anfang Dezember trug der Kirschbaum im Hof dicke rote Früchte, die Lina zusammen mit den Kindern erntete und zu Marmelade und Kuchen verarbeitete. In diesen Tagen sah sie wenig von Alexander, denn sein Vater und er waren in der Plantage damit beschäftigt, die Obstbäume auszudünnen und von altem Holz zu befreien.

Eines Abends wollte Lina sich nach dem Essen gerade erheben, um Brot, Käse und das Geschirr abzuräumen, als Mr Treban sie zurückhielt.

»Nein, Lina, bleib sitzen. Das hat noch Zeit.«

Er sah in die Runde. »Ich war heute in der Trafalgar Street«, sagte er schließlich. »Dort hat vor Kurzem ein Zahnarzt seine Praxis eröffnet, ein gewisser Dr. Stewart. Ich habe mit dem Mann gesprochen, er macht einen recht guten Eindruck. Und er hat mir einen Festpreis für die ganze Familie angeboten, wenn wir noch in dieser Woche zu ihm gehen.«

Lina sah, wie Julius seinem Bruder einen erschrockenen Blick zuwarf.

»Ich habe natürlich gleich einen Termin mit ihm ausgemacht«, fuhr Treban fort. »Für morgen, gleich nach
dem Frühstück.«

Betretenes Schweigen folgte dieser Verkündung.

Zahnarzt. Das Wort weckte bei Lina ungute Erinne-
rungen an Dr. Kahles, damals in Klütz. Sofort war alles
wieder da; der Leberwurstatem; das Gefühl von Hunger
und Verzweiflung; die Zange. Wenn sie bedachte, dass
sie ihm für ein paar Schilling fast ihre Vorderzähne verkauft hätte... Aber zumindest hatte Dr. Kahles sie für
ihre schönen und gesunden Zähne gelobt.

»Aber, Vater...«, begann Julius. »Müssen wir wirklich
dahin? Ich kann...«

»Hast du nicht erst gestern wieder über Zahnschmerzen geklagt?«, unterbrach ihn sein Vater. »Nun, morgen
wirst du sie los.«

»Aber... es tut gar nicht mehr weh. Wirklich nicht!«

»Keine Widerrede!«, sagte Treban. »Morgen früh stat-
ten wir alle diesem Dr. Stewart einen Besuch ab.«

Lina warf Alexander einen verstohlenen Blick zu. Er
hatte seinen Teller zurückgeschoben und sammelte
wortlos ein paar verstreute Brotkrümel ein. Sie hatte
den Eindruck, dass er genau wie sein jüngerer Bruder
etwas blasser geworden war.

Mr Treban hatte einen guten Zeitpunkt für den Besuch bei Dr. Stewart gewählt. In dieser Woche war keine
Schule für die Kinder, und die Arbeit auf Hof und Plantage konnte ein paar Stunden ruhen.

106

Das Frühstück am nächsten Morgen verlief noch schweigsamer als sonst, sogar Julius und Rieke machten ausnahmsweise einmal keine Faxen. Nur Sophie krähte fröhlich vor sich hin.

Sie nahmen den Eselskarren und brachten das kleine Mädchen zu ihren nächsten Nachbarn, den Tucketts, einer freundlichen englischen Familie. Als sie weiterfuhren, zog Julius ein Gesicht, als wäre auch er am liebsten dort geblieben.

Der Weg hinunter nach Nelson und bis in die Trafalgar Street zog sich. Alexander und sein Vater saßen auf dem Kutschbock, die Mädchen und Julius auf der Ladefläche, zusammen mit mehreren Flaschen Apfelwein, die Treban als Bezahlung ausgemacht hatte.

So früh war kaum jemand unterwegs auf den Straßen, nur in den Bäumen zwitscherten die Vögel. Als sie vor einem einfachen zweistöckigen Gebäude angekommen waren, sprang Alexander vom Kutschbock und band den Esel an einen Pfosten direkt davor.

Die Praxis lag im ersten Stock. *Dr. William Stewart,* stand auf dem Schild an der Tür. *Dentist. Sprechstunde von zehn bis fünf.* Eine Stunde vor Sprechstundenbeginn sollten sie sich bei ihm einfinden, war es vereinbart. Jetzt war es Punkt neun, wie Mr Treban nach einem Blick auf seine Taschenuhr feststellte.

Dr. Stewart war ein großer, hagerer Mann in einem dunklen Gehrock, der sie mit etwas mürrischer Miene begrüßte. Ein grau melierter Backenbart verlieh seinem Gesicht einen strengen Ausdruck.

»Ich sehe, die Deutschen sind pünktlich«, sagte er auf Englisch und bat sie hinein. Inzwischen verstand Lina die Sprache ganz leidlich. »Und Sie sind tatsächlich mit der ganzen Familie gekommen.«

Die Praxis bestand nur aus einem Raum. An der Wand waren einige Stühle für die Wartenden aufgereiht, und am Fenster stand ein hölzerner Stuhl mit Armstützen und hoher Lehne, an der eine gepolsterte Kopfstütze befestigt war. Neben dem Stuhl waren ein Schrank und ein niedriges Tischchen zu sehen.

Dr. Stewart öffnete eine Schublade und holte einige Instrumente mit perlmutternen Griffen heraus, die er auf dem Tischchen ablegte.

»Wer zuerst?«, fragte er, verschränkte die langen Finger ineinander und bog sie durch, bis sie knackten. Das leise Geräusch ließ Lina frösteln.

»Die Mädchen«, bestimmte Treban. »Lina macht den Anfang.«

Lina schluckte, auch wenn sie eigentlich schon damit gerechnet hatte. Und so würde sie es wenigstens schnell hinter sich haben und könnte sich danach um die Kinder kümmern. Sie warf Alexander einen Blick zu, und zu ihrer stillen Freude rang er sich tatsächlich ein kurzes Lächeln ab.

Dr. Stewart wies auf den Stuhl am Fenster. »Dann also Mrs Treban, bitte schön.«

Alle hatten es gehört. Lina schoss die Hitze ins Gesicht. Dachte er tatsächlich, sie wäre verheiratet? Etwa mit – Mr Treban?

»Miss«, murmelte sie, während sie sich setzte. »Miss Salzmann. Oder einfach Lina.«

In dem Zahnarztstuhl wurde ihr etwas mulmig, die hölzerne Lehne drückte unangenehm in ihren Rücken. Wenn er jetzt doch etwas fand ... Es war ganz ähnlich wie damals bei Dr. Kahles, nur dass Dr. Stewart sehr viel dünner war und nicht nach Leberwurst roch. Er untersuchte ihre Zähne, dann brummte er zufrieden.

»Alles in Ordnung, junges Fräulein, ich kann nichts finden.«

Lina erhob sich erleichtert. Das war ja nun wirklich nicht schlimm gewesen.

»Und nun das andere junge Fräulein.«

Rieke setzte sich bereitwillig auf den Stuhl, während Lina sich auf dem jetzt freien Platz neben Julius niederließ. Wie die Hühner auf der Stange saßen sie hier, schoss es ihr durch den Kopf, einer neben dem anderen. Julius hatte die Hände unter seine Oberschenkel geschoben und baumelte nervös mit den Füßen. Lina beugte sich unauffällig ein Stück vor. Im Gegensatz zu seinem kleinen Bruder wirkte Alexander ganz ruhig. Oder täuschte sie sich?

Schweigend sahen sie zu, wie Rieke untersucht wurde. Auch hier war Dr. Stewart schnell fertig.

»Alles in bester Ordnung«, konstatierte er und Rieke schlüpfte vom Stuhl.

»Was habe ich dir gesagt!«, strahlte sie Julius an. Der grinste nur reichlich schief zurück.

»Julius, jetzt du«, forderte sein Vater ihn auch schon auf.

Der Junge schien etwas sagen zu wollen, ließ es dann aber, erhob sich und warf seinem Bruder einen kläglichen Blick zu. Alexander nickte ihm zu, woraufhin Julius mit deutlichem Widerstreben zum Fenster ging und Platz nahm.

Dr. Stewart hatte schon wieder Spiegel und Haken zur Hand.

»Ich nehme an, du bist der junge Mann mit den Zahnschmerzen? Na, dann wollen wir doch mal sehen.«

Er schaute hier und dort, dann verharrte er an einer Stelle.

»Ah, da haben wir ja den Übeltäter«, murmelte er. Dann sagte er noch etwas, was Lina nicht verstand, griff nach einem weiteren Instrument und begann, den Zahn zu bearbeiten.

Julius' schmaler Körper schien in dem Stuhl immer kleiner zu werden, während er langsam nach unten rutschte. Kurz darauf begann er zu wimmern. Lina fühlte mit dem leidenden Jungen mit. Auch Rieke neben ihr war ganz still geworden.

Schließlich schüttelte Dr. Stewart den Kopf, legte sein Instrument fort und griff nach einem anderen.

»Nein…!«, jammerte Julius laut auf, als er die Zange in der Hand des Zahnarztes sah. Auch Lina überlief ein Schauer.

»Offen lassen!«, sagte Dr. Stewart streng.

Der Zahn war offenbar nicht mehr zu retten. Bevor

Julius wirklich verstand, was mit ihm passierte, hatte Dr. Stewart auch schon die Zange angesetzt. Julius stieß ein paar kurze, hohe Schreie aus, die Lina durch Mark und Bein gingen, dann war der Zahn draußen.

»Na also«, sagte Dr. Stewart. »War doch gar nicht so schlimm.« Er wickelte den Zahn in ein Stück Papier und drückte ihn Julius in die Hand. »So, und jetzt fort mit dir.«

Sofort steuerte Julius Lina an. Diese nahm ihn in den Arm und drückte den weinenden Jungen an sich, strich ihm über das Haar und lobte ihn für seine Tapferkeit. Nur am Rande bekam sie mit, dass sich nun Alexander erhob. Lina wollte ihm noch einen aufmunternden Blick zuwerfen, aber er sah sie gar nicht an.

Julius weinte noch immer, zwar leise, aber beständig. Mehr noch als sein Schluchzen machte Lina allerdings die Vorstellung zu schaffen, womöglich gleich Zeuge einer ähnlich schmerzhaften Behandlung bei Alexander zu werden. Sie war nicht sicher, ob sie so etwas noch einmal ertragen könnte.

»Mr Treban«, wandte sie sich leise an ihren Dienstherrn, »ich denke, ich gehe mit Rieke und Julius schon mal hinaus.«

Treban sah sie einen Augenblick an, als würde er über etwas nachdenken, dann nickte er lächelnd – ein ungewohnter Anblick in seinem oft so verdrießlichen Gesicht. »Gut, Lina, tu das. Bist ein gutes Mädchen«, setzte er noch hinterher.

Lina erhob sich und forderte ihre Schwester und

Julius auf, ihr zu folgen. Beim Hinausgehen warf sie noch einmal einen Blick zurück, wo Dr. Stewart sich bereits über seinen nächsten Patienten beugte.

Sie sah Alexanders Hände, die die Armlehnen umfassten, und seinen dunkelblonden Haarschopf. Sah, wie breit seine Schultern über der hölzernen Lehne wirkten – ganz anders als bei Julius' kindlicher Gestalt. Sah, wie er plötzlich zusammenzuckte, und hörte ihn hastig und schmerzerfüllt ausatmen. Ihr Herz zog sich zusammen.

»Na, was haben wir denn da?«, hörte sie Dr. Stewart gerade noch murmeln, dann fiel die Tür hinter ihr ins Schloss.

Mit weichen Knien folgte sie Rieke und Julius, die die Treppe hinunterstürmten, trat hinaus auf die sonnendurchglühte Straße. Direkt gegenüber dem Haus stand eine Bank; dorthin setzte sie sich. Julius hatte aufgehört zu weinen und präsentierte Rieke stolz seinen gezogenen Zahn und die Zahnlücke.

Lina fühlte sich noch immer leicht zittrig. Ihr Blick wanderte nach oben, zu dem Fenster im ersten Stock, hinter dem Alexander womöglich gerade leiden musste. Ein Teil von ihr wollte bei ihm sein und ein anderer ganz weit weg. Was war bloß los mit ihr? Bitte, betete sie stumm, lass es nicht so schlimm für ihn werden ...

Das Fenster war geschlossen, es war nichts zu hören. Hinter dem Glas konnte sie eine Gestalt im dunklen Rock sehen – das war wahrscheinlich Dr. Stewart.

Rieke setzte sich neben Lina, dann kam Julius dazu. Auch er richtete einen prüfenden Blick nach oben.

»Wie lange braucht Alex denn noch?«, fragte er.

»Was weiß denn ich?«, fuhr Lina ihn an. Aber schon im nächsten Moment bereute sie ihren harschen Ton. Wieso war sie bloß so gereizt?

»Er ist bestimmt gleich fertig«, setzte sie daher sanfter nach. »Hoffe ich jedenfalls.«

Die Kinder sahen sich an und wie auf Kommando begannen beide zu kichern.

»Ich wüsste nicht, was daran so lustig ist«, sagte Lina verwirrt.

Julius hörte auf zu kichern, sein Mund mit der frischen Zahnlücke verzog sich zu einem frechen Grinsen. »Ich glaube, Alex mag dich auch.«

Eine Woge von Hitze schwappte über Lina, sicher wurde sie gerade rot wie ein Radieschen. »Ach ja?«, murmelte sie schwach.

Die Kinder hatten bald genug vom Stillsitzen, turnten um den Esel herum und versteckten sich hinter dem Karren. Die Straße belebte sich allmählich. Hier und da kam ein Fuhrwerk vorbei, öffnete ein Laden, eilte jemand vorüber. Ein Mann mit einer sichtbar geschwollenen rechten Wange näherte sich dem Haus, in dem Dr. Stewart seine Praxis hatte. Kurz bevor er das Haus erreicht hatte, blieb er stehen, schien ein paar Sekunden mit sich zu ringen, dann drehte er sich um und ging hastig wieder fort.

Lina hatte keine Uhr. Wahrscheinlich saß sie noch

keine halbe Stunde hier, aber ihr kam jede Minute davon endlos vor.

Nach einer Weile erschien der Mann mit der dicken Wange erneut. Diesmal schien er mehr Mut gefasst zu haben, denn mit energischen Schritten betrat er das Haus und blieb verschwunden. Und kurz darauf kam endlich Alexander aus der Tür. Die Erleichterung ließ ihr Herz schneller klopfen.

Sie sprang auf, wollte zu ihm laufen – und konnte sich nur im letzten Moment bremsen. Was sollte er nur von ihr denken? Sie war schließlich bloß das Dienstmädchen und er der Sohn ihres Arbeitgebers. Langsam sank sie zurück auf die Bank.

So stürmte nur Julius auf ihn zu. »War's schlimm?«

Alexander brummte irgendetwas Unverständliches. Er sah ein bisschen mitgenommen aus; seine Haare waren an den Schläfen feucht und seine Lippen ein wenig farblos. Er nickte Lina zu, dann ging er zum Karren, wo ihn der Esel lauthals begrüßte, streichelte das Tier und setzte sich dann auf den Kutschbock.

Lina blieb, wo sie war. Ihr war klar, dass er jetzt allein sein wollte.

»Jetzt müssen wir nur noch auf Vater warten«, verkündete Julius das Offensichtliche.

Tatsächlich dauerte es nicht lange, und ein durch das Fenster gedämpfter, kurzer Schrei war zu hören. Einmal und bald darauf noch einmal, diesmal etwas länger. Lina sah betreten zum Karren hinüber. Alexander hob den Kopf, ihre Blicke trafen sich.

114

»Siehst du, Vater schreit auch!«, wandte sich Julius an Rieke.

»Aber Alex hat nicht geschrien!«, konterte Rieke.

Lina biss sich auf die Lippen, um ein Lächeln zurückzuhalten.

»Er hat ja auch keinen Zahn gezogen bekommen«, erwiderte Julius. »Oder, Alex? Hast du?«

Alexander blickte kurz zu ihm hinüber und schüttelte den Kopf, dann verfiel er wieder in sein dumpfes Brüten.

Wenig später erschien dann auch Mr Treban bei ihnen – um zwei Zähne leichter und mit ebenso erleichtertem Geldbeutel, wie er etwas nuschelnd erklärte.

Dann ging es endlich an die Heimreise.

Kapitel 10

Lina gähnte verstohlen, dann beugte sie sich im Schein der einsamen Kerzenflamme wieder über ihre Näharbeit. Sie wäre gern ins Bett gegangen, aber noch war das nicht möglich. Mr Treban hatte Pastor Heine nämlich wieder einmal zu einem Glas Apfelwein überredet, und nun saßen die Männer seit gefühlten Stunden in der Stube, tranken und redeten. Bei einem Glas war es natürlich nicht geblieben – zumindest bei Treban nicht.

Wenn wenigstens Alexander dabei gewesen wäre. Aber der hatte sich schon früh entschuldigt und sich zurückgezogen.

Seit einiger Zeit kehrten ihre Gedanken immer öfter zu ihm zurück. Immer wieder musste sie daran denken, was Julius vor ein paar Tagen, nach ihrem Besuch bei Dr. Stewart, so leichthin behauptet hatte. Ob das wohl stimmte? Mochte Alexander sie wirklich?

Ein kleines, zartes Flämmchen hatte sich in ihrem Inneren entzündet. Wenn Alexander da war, ging ihr die Arbeit leichter, fast spielend von der Hand, und die Mü-

116

digkeit, die ihr auch heute Abend zu schaffen machte, war dann wie weggeblasen. In seiner Gegenwart fühlte sie sich meist ganz leicht. Und gleichzeitig angespannt. Dann machte sie dumme Fehler, stach sich an der Nadel oder verbrannte sich am Herd und kam sich albern vor, wenn sie doch etwas Kluges sagen wollte.

Die Sonne war schon lange untergegangen und die Kerzenflamme warf ein flackerndes Licht auf ihre Näharbeit. Eine leere Weinflasche diente als Kerzenhalter. Nur wenig Wachs war an der Flasche zu sehen – die Kerze wurde nicht oft angezündet. Mr Treban legte Wert auf Sparsamkeit.

Hin und her glitt die Nadel durch den Stoff von Julius' Hose, an der sie einen langen Riss flickte. Erneut unterdrückte Lina ein Gähnen und lauschte mit halbem Ohr dem Gespräch der beiden Männer. Gerade ging es um ihre gemeinsame Reise mit der *St. Pauli* hierher, mit der auch der dicke Seip gekommen war. Offenbar hatte Seip schon auf der Überfahrt die Siedler, die seiner Obhut anvertraut waren, schikaniert. Hatte ihre Rationen gekürzt und sie zu sinnlosen Strafarbeiten herangezogen.

»Wer hat diesen Mann eigentlich zum Agenten gemacht?«, grollte Treban. »Ich kenne niemanden, der auch nur ein gutes Haar an diesem Seip lässt.«

»Du hast sicher recht«, gab Pastor Heine zurück. »Trotzdem war es falsch, was du auf der *St. Pauli* getan hast. Kein Wunder, dass Seip dich jetzt auf dem Kieker hat.«

Treban rieb sich die Augen und blinzelte. »Du bist ein Mann der Kirche, Johann, du musst so etwas sagen. Auch die andere Wange hinhalten und all diese Dinge. Aber muss ich denn wissen, dass Seips Reben kein Salzwasser vertragen?«

Er lachte leise und Lina sah erstaunt auf. Der knorrige Treban hatte ja manchmal sogar Humor!

»Und wie Seip getobt hat, als er gemerkt hat, dass all seine schönen Weinstöcke eingegangen waren – allein das war es wert. Stell dir doch mal vor, Johann, wenn er auch noch angefangen hätte, hier Wein anzubauen! Mit dem Erfolg wäre er sicher noch unerträglicher geworden – auch wenn das kaum vorstellbar wäre. Nein, nein, es war schon richtig, was ich getan habe. Jeder der anderen Passagiere hat es mir gedankt.«

Lina beugte sich weiter über ihre Handarbeit und lächelte verstohlen. Wenn sie es richtig verstanden hatte, dann hatte Seip aus Europa Weinstöcke mitgenommen, um damit im sonnigen Klima Nelsons Wein anzubauen. Nach den vielen Schikanen an Bord hatte Rudolf Treban sich dann offenbar nicht anders zu helfen gewusst und die Reben heimlich mit Salzwasser übergossen, sodass sie eingegangen waren. Die Vorstellung erheiterte Lina, auch wenn es ganz sicher nicht christlich war.

Treban hustete, dann griff er in seine Jackentasche, tastete seine Weste ab, blickte sich um. »Lina, wo ist meine Pfeife?« Seine Stimme klang jetzt schon ziemlich verwaschen.

Die Pfeife lag auf dem Esstisch. Lina legte ihr Nähzeug beiseite und stand auf, um ihm das Gewünschte
zu bringen. Treban strömte den säuerlichen Geruch
von zu viel Apfelwein aus – schon wieder hatte er mehr
getrunken, als gut für ihn war.

»Mein Kompliment, Lina.« Pastor Heine lächelte sie
an, als würde er sie jetzt erst wahrnehmen. »Das wollte
ich dir übrigens schon lange einmal sagen. Du hast
dich wirklich gut eingelebt. Seit du hier bist, ist alles
wunderbar aufgeräumt und sauber.«

»Danke, Pastor. Ich fühle mich auch wohl hier.«

»Ja, bist ein gutes Mädchen«, bestätigte Treban mit
schwerer Zunge. »Ein... ein gutes Mädchen. Und... bist
wie eine Mutter zu den Kleinen. Kann ja jeden Tag
sehen, wie sie an dir hängen.«

»Ja, das habe ich auch schon gemerkt.« Pastor Heine
nickte ihr freundlich zu. »Der Mann, der dich mal heiratet, wird eine patente Frau bekommen.«

Treban blickte auf. Seine Augen glänzten und seine
Stimme schwankte, als er sagte: »Wenn hier jemand unsere Lina heiratet, dann bin ich das!«

Lina schoss das Blut ins Gesicht.

»Und ich werde sie auch gleich fragen.« Treban
machte Anstalten, von seinem Stuhl aufzustehen,
kämpfte mit dem Gleichgewicht und sank wieder zurück. »Lina! Lina, komm her! Sag, willst du mich heiraten?«

Lina war für einige Sekunden vollkommen sprachlos.

»Rudolf, du kannst ja nicht mehr klar denken«,

versuchte Pastor Heine, die Situation zu retten. »Ich glaube, wir bringen dich ins Bett, dass du deinen Rausch ausschlafen kannst.«

»Nein!« Treban schüttelte den Kopf. »Erst will ich eine Antwort! Also, Lina, was sagst du? Willst du mich heiraten?«

»Das ist... sehr freundlich von Ihnen, Mr Treban«, murmelte sie dann. »Aber... ich fürchte, das geht nicht.«

»Du willst nicht?«, fragte er. »Wieso nicht? Hast du einen anderen?«

Ihren Dienstherrn in einem solchen Zustand zu sehen, war Lina entsetzlich peinlich. Sie hatte noch nie verstehen können, wieso die Menschen sich betranken. In ihren Gedanken drehte sich alles.

»Ja«, murmelte sie, ohne selbst zu wissen, was sie da sagte.

»Wer? Wer ist der Glückliche?«

»Kommen Sie, Mr Treban«, sagte sie ausweichend. »Ich bringe Sie ins Bett.«

Als Treban endlich laut schnarchend in seinem Bett lag und der Pastor sich verabschiedet hatte, trat Lina noch einmal vor die Tür. Die Nacht war warm, ein paar Sterne funkelten vom samtschwarzen Himmel. Ein Schatten bewegte sich in der Dunkelheit und blieb dann vor dem Schuppen stehen. Alexander. Sah er zu ihr herüber?

Mit einem Mal klopfte ihr Herz schneller und das kleine Flämmchen in ihrem Inneren brannte für einen Moment lichterloh. Hastig trat sie zurück ins Haus.

Es war kurz vor Weihnachten und seit einigen Tagen war es so heiß, dass Lina manchmal ihren langen Rock verwünschte. Inzwischen ließ sie immerhin die Strümpfe weg – wenn sie darauf achtete, würde schon niemand sehen, dass sie nackte Beine hatte.

Weihnachten im Sommer. Ihr wurde weh ums Herz, wenn sie daran dachte. Das erste Fest ohne den Vater. Und ohne Schnee und klirrende Kälte. Ohne Weihnachtsbaum. Aber zumindest Letzteres konnte man ändern. Es gab hier zwar keine Tannen, aber stattdessen verwendete man den rot blühenden Eisenholzbaum. Alexander hatte ihr davon erzählt. Und dass einer dieser Bäume nicht weit entfernt stehe, an einem kleinen See mitten im Wald. Sie müsse nur dem Pfad folgen, der hinter dem Haus abzweige.

Geschenke würde es nicht geben. Das Geld war knapp, die Arbeit wurde nur selten in harter Münze ausgezahlt. Meist beließ man es beim Tauschhandel. Auch Lina und Rieke bekamen einen Teil ihres Lohns in Naturalien – in Zucker, Reis oder Kaffee. Aber vielleicht reichte die Zeit, um zusammen mit den Kindern ein paar Strohsterne herzustellen.

Der kleine Trampelpfad hinter dem Haus verlor sich schnell im dichten Wald. Alle Sträucher und Pflanzen standen in voller Blüte, in Gelb, Weiß, Rot und Lila. Überall summte und brummte es vor Leben, der Sonnenschein ließ die dunkelgrünen Blätter der Bäume glänzen, und der Wald hallte wider von Gezwitscher. Zwischen den Ästen hüpften zwei kleine graue Vögel mit weißer Brust umher und beäugten Lina neugierig. Dazwischen erklang der Ruf des Tui, den sie mittlerweile kannte, dann setzte ein zweiter ein, dann ein dritter. Oder war es immer nur derselbe, der ihr da einen Streich spielte?

Je weiter sie ging, desto unbehaglicher fühlte sie sich. Sie war noch nie so weit gegangen. Immer nur in die andere Richtung, in bewohntes Gebiet, hinunter nach Nelson, wo es Häuser und Straßen und Menschen gab. Hier dagegen war nur urwüchsige Natur. Grünes Licht. Grüne Schatten. Über ihrem Kopf hörte sie das Rauschen der Bäume. Dichtes Moos bedeckte den Pfad, ihre Schritte auf dem Waldboden waren kaum zu hören. Der Wald hatte hier so gut wie kein Unterholz. So weit sie blicken konnte, standen Scheinbuchen, deren dicke, dunkle Stämme zum Teil von Moosen und Flechten bedeckt waren. Nur ein paar Riesenfarne reckten ihre grünen Wedel in die Höhe. Es war geradezu unheimlich.

Dennoch lief sie weiter, schließlich wollte sie ihrer neuen Familie eine Freude machen. Denn auch wenn Treban es nicht sagte, so hatte sie doch den Eindruck, dass es ihm gefiel, wenn sie die Stube mit ein paar Blumen schmückte und auf Ordnung und Sauberkeit achtete.

Zu ihrer großen Erleichterung hatte er sie nicht mehr auf seinen seltsamen Heiratsantrag angesprochen und Lina hatte genauso geschwiegen. Vermutlich konnte er sich überhaupt nicht daran erinnern.

Um sich von dem beklemmend dunklen Wald abzulenken, überlegte sie, was sie wohl zum Weihnachtsfest kochen würde. Sie könnte die Schweinekeule zubereiten, die gepökelt in ihrer Speisekammer hing, dazu neue Kartoffeln und Steckrüben und danach vielleicht einen Pudding mit Obst.

Der Pfad führte immer weiter in den Wald, bis Lina auf einen winzigen See stieß. Eigentlich war es kaum mehr als ein Tümpel. Am Ufer wuchsen Flachs und die weißen Schilfbüsche des Toetoegrases an die drei Meter hoch. Als sie den Blick hob, lächelte sie: Auf der anderen Seite des Tümpels stand der Baum, den sie gesucht hatte, voll von großen, leuchtend roten Blüten. Er sah aus, als habe man ihn bereits mit farbigen Kugeln geschmückt. Das musste der Eisenholzbaum sein, von dem Alexander gesprochen hatte.

Sie trat näher ans Ufer. Es war so schrecklich heiß! Und das Wasser glitzerte verlockend. Zwar hatte sie nie schwimmen gelernt, aber sie könnte zumindest mit den Füßen hineingehen und sich etwas abkühlen.

Sie wollte gerade damit beginnen, sich den linken Schuh aufzuschnüren, als ihr Blick auf eine Gabelung in einem kleinen Baum fiel. Dort lag etwas, das aussah wie Stoff oder Kleidung. War hier etwa jemand? Im nächsten Moment ließ sie ein leises Geräusch wie ein Plätschern zusammenzucken.

Rasch duckte sie sich. Zum Fortlaufen war es zu spät. Und so drückte sie sich noch tiefer zwischen die Schilfhalme, machte sich so klein wie möglich und schloss die Augen.

Ihr Herz raste. Wieso war sie nur auf die blödsinnige Idee gekommen, hier alleine herumzustreifen? Wenn das nun einer dieser Wilden war – nein, das sollte sie ja nicht sagen – also, wenn das nun einer der Maori war, der sie hier entdeckte? Die grausigen Worte von Mr Treban über das Wairau-Massaker kamen ihr wieder ins Gedächtnis, die Vorstellung, wie man sie abschlachtete wie ein Tier ...

Sie hörte, wie jemand aus dem Wasser stieg, vernahm das leise Tappen nackter Füße auf Gras und das Rascheln von Stoff.

Es kribbelte in ihrer Nase. O nein, jetzt bloß nicht niesen! Das Kribbeln wurde stärker. Sie rümpfte die Nase, aber das machte es eher noch schlimmer. Ganz vorsichtig öffnete sie ein Auge.

Es war kein Maori, der ihr da die Kehrseite zuwandte. Es war Alexander, nass und splitternackt, der gerade dabei war, sich die Haare mit einem Leinenhandtuch abzurubbeln. Wasser rann in kleinen Rinnsalen seinen Körper hinunter.

Vor lauter Verlegenheit presste Lina sich noch tiefer in die Halme – und musste im nächsten Moment laut niesen.

Alexander fuhr herum. »Wer ist da? Lina?«

Lina hätte sich kaum eine peinlichere Situation vorstellen können. Konnte sich nicht einfach der Boden auftun und sie verschlingen?

Aber der Boden dachte nicht daran. Sie musste sich zeigen.

124

Langsam richtete sie sich im Schilf auf. Sie kam sich vor, als müsste sie jeden Moment vor Scham vergehen. »Ent... entschuldige.« Krampfhaft bemühte sie sich, nicht auf das Handtuch zu blicken, das er sich mit einer Hand vor seine Blöße hielt. »Ich... ich wollte nur... der Baum... wegen Weihnach...«

Sie verstummte, und vor lauter Schreck vergaß sie glatt zu atmen: Auf Alexanders rechtem Oberschenkel prangte eine Tätowierung, so groß wie zwei Männerfäuste, aus verschlungenen Linien und Mustern, die ein bisschen dem Laubwerk in alten Ornamenten ähnelten. Lina hatte solche kunstvollen Tätowierungen schon einige Male gesehen. Bei den Maori. Im Gesicht, bei manchen auch auf Armen oder Beinen.

»Das ist... du hast...« Sie brachte kein vernünftiges Wort heraus.

»Die Maori nennen es *moko*.« Alexander hatte sich schneller wieder im Griff als sie, obwohl auch er sichtlich befangen war. »Und jetzt würde ich mich gern anziehen, wenn du nichts dagegen hast.«

Lina nickte und trat fluchtartig den Rückzug an, rannte den Trampelpfad zurück, als wäre der Teufel hinter ihr her.

Und die ganze Zeit kreisten ihre Gedanken um eine Frage: Wie um alles in der Welt war Alexander zu einer Maori-Tätowierung gekommen?

Kapitel 11

Das Ferkel quiekte, als ginge es um sein Leben. Mit einem röhrenden Kreischen rannte es durch das umzäunte Geviert und versuchte, den vielen Händen zu entkommen, die es ergreifen wollten. Lina sah den kleinen gefleckten Körper auf sich zukommen und packte zu. Vergeblich – der geringelte, dick mit Seife eingeriebene Schwanz glitt ihr durch die Hände. Sie stolperte zurück und landete mit dem Hintern voran auf dem Boden. Zum Glück war es eine Rasenfläche; so würde ihr Kleid wenigstens keine Matschflecken aufweisen.

Lautes Gelächter der Umstehenden ertönte. Lina schoss heiße Röte ins Gesicht. Aber so leicht würde sie nicht aufgeben!

Jemand half ihr auf. »Danke«, murmelte sie verlegen. »Thank you.« Es war Appo Hocton, der junge Chinese, der sie am Ankunftstag an Land gebracht hatte.

Für einen Moment fing sie Alexanders finsteren Blick auf, dann setzte sie erneut dem Ferkel nach, genau wie die anderen Teilnehmer der Schweinejagd. Sie waren zu sechst; zwei Mädchen und vier junge Männer, die das kleine Schwein jagten. Lina machte sich normalerweise nicht viel aus solchen Spielen. Aber Alexander hatte so lange auf sie eingeredet, bis sie schließlich nachgegeben hatte. Und bisher, das musste sie zugeben, machte es einen Heidenspaß. Was möglicherweise an ihrem Mitspieler lag.

Das Ferkel hielt auf Alexander zu. Als es an ihm vorbeiwollte, stellte er sich ihm in den Weg. Das Tier drehte um und rannte zurück, auf Lina zu.

»Halt es am Körper fest«, rief Alexander ihr zu. »Nicht am Schwanz!«

Lina reagierte augenblicklich und stellte sich mit gespreizten Beinen hin. Als das Ferkel sich in ihrem langen Rock verfing, beugte sie sich rasch vor und griff nach dem kräftigen Körper. Das kleine Schwein quiekte empört auf und wand sich zappelnd, aber Lina hielt es mit Armen und Beinen fest. Schwer atmend, aber voller Triumph.

»Eins – zwei – drei!« Laut zählte die Menge. Drei Sekunden musste sie das Ferkel halten.

»Gewinnerin der Schweinejagd: Lina Salzmann!«, verkündete Pastor Heine feierlich.

Lina ließ das Tier wieder los und verbeugte sich ein wenig verlegen vor der klatschenden und jubelnden Menge. Ihr Blick streifte Alexander, der ebenfalls klatschte und ihr zulächelte.

Die Menge zerstreute sich rasch, um sich dem nächsten Spektakel zu widmen. Lina wusch sich die nach

Seife und Schwein riechenden Hände und das erhitzte Gesicht in einem bereitstehenden Wassertrog. Ein paar honigblonde Strähnen hatten sich aus ihrem Knoten gelöst und fielen ihr ins Gesicht. Sie trocknete sich die Hände an einem Leinentuch, strich die Strähnen zurück und steckte sie wieder fest. Als sie wieder aufblickte, stand Alexander neben ihr. Er sah sie an, als wolle er etwas sagen, hielt ihr dann aber nur einen Becher mit kaltem Tee hin.

»Danke«, murmelte sie und nahm den Becher.

Sie trank hastig, mehr aus Verlegenheit als aus Durst, und blickte über den Rand des Bechers. Da sah sie ihre Schwester und Julius kommen.

»Ina, Ina!«, quakte die kleine Sophie und streckte die dicken Ärmchen nach ihr aus. Rieke hatte sich um sie gekümmert, während Lina das Ferkel gejagt hatte. Nun nahm sie das kleine Mädchen wieder auf den Arm.

»Gehen wir jetzt zum Sackhüpfen?« Riekes Wangen waren rot vor Begeisterung.

»Und danach gibt's ein Ponyrennen!«, erklärte Julius neben ihr aufgeregt.

Lina warf Alexander einen scheuen Blick zu. Er nickte.

Die Straßen in der Ortsmitte waren voller Menschen, denn zum Nelson-Tag war so gut wie jeder Einwohner gekommen. Alle hatten an diesem Tag frei; das Volksfest wurde nun schon zum dritten Mal gefeiert, seit die ersten Siedler Anfang Februar 1842 in der Bucht von Whakatu gelandet waren. Vor Kurzem hatte es eine

Volkszählung gegeben: In Nelson lebten jetzt knapp dreitausend Menschen, darunter einhundertzwanzig Deutsche, die allgemein wegen ihres Fleißes geschätzt wurden.

Unter den Feiernden sah Lina auch ein paar Maori. Sie waren mit einem einfachen Kilt aus gewebtem Flachs bekleidet oder hatten sich in Decken gehüllt. Einer trug eine europäische Jacke über seinem Flachsröckchen, ein anderer eine weiße Hose. Auf seinem dichten, rostfarbenen Haar saß eine Biberpelzmütze mit einer schmalen Krempe, die viel zu klein war für seinen Kopf. Inzwischen wusste Lina zwar, dass die Maori aus Nelson nichts mit dem Wairau-Massaker zu tun hatten, doch mit ihren tätowierten Gesichtern, die furchterregenden Masken glichen, wirkten sie auf Lina dennoch abschreckend. Sie achtete darauf, ihnen nicht zu nahe zu kommen.

Am Vormittag hatten alle im Hafen einer kleinen Segelregatta zugeschaut. Besonders spannend war das Bootsrennen der Maori, das danach stattfand. In einem der Kanus saßen acht Ruderer, darunter sogar zwei Frauen, wie Lina staunend bemerkte, im anderen neun. Die Ruderer hatten sich ihrer europäischen Kleidung entledigt und zeigten ihre bloßen, kräftigen Schultern. Am Ende gewann das Boot mit den neun Insassen nur um Haaresbreite und begeisterter Applaus erscholl vom Ufer.

Anschließend hatte es Spiele wie Schubkarrenrennen und Blindekuh gegeben, Wettbewerbe im Schießen und

Pflügen, und in einem Gebäude hatte man eine Gartenschau aufgebaut, für die sich besonders Mr Treban interessierte. Jedermann wollte einen Blick auf die Gemüse- und Blumenausstellung werfen, bei der es nur so wimmelte von Weizen-, Gerste- und Haferbündeln, von Rettich, Gurken, Melonen und Tabakpflanzen. Seit dem Morgen übertrafen sich die Einwohner Nelsons damit, ihre Schätze mit Handwagen und Fuhrwerken heranzubringen; Körbe und Schubkarren voller Kürbisse und dicken Kartoffeln, Karotten, Zwiebeln und Bohnen oder voll mit bunten Blumen luden sie ab. Auch Mr Treban war vom Wettbewerbsfieber angesteckt worden. Alle Familienmitglieder hatten dabei geholfen, ein paar der schönsten Gewächse aus seinem Gemüsegarten heranzuschaffen und der Kommission vorzulegen. Am Nachmittag sollte die Auswertung stattfinden. Die Juroren mussten sich für mehrere Stunden hinter verschlossene Türen zurückziehen, um die Besten ihrer Art zu küren.

Derweil feuerte die ganze Familie Julius und Rieke beim Sackhüpfen an, sah dem Ponyrennen zu und lachte über die komischen Verrenkungen der Teilnehmer, die versuchten, eine eingefettete Stange hinaufzuklettern. Linas Wangen glühten vor Aufregung. So gut hatte sie sich lange nicht mehr gefühlt. Und nicht nur ihr ging es so. Überall wurde gelacht und gescherzt, sah sie frohe Gesichter und glückliche Menschen. Selbst der meist so wortkarge Mr Treban präsentierte ihnen am Nachmittag stolz den zweiten Preis, den er für einen seiner wunderbar gewachsenen Kürbisse bekommen hatte.

Zur Feier des Tages war sogar ein gemeinsames Abendessen eingeplant. Als jeder einen Platz an einem der vielen Tische gefunden hatte, standen alle auf und hoben ihre Tassen und Becher. Der erste Trinkspruch gebührte Königin Victoria von England, mit dem zweiten wurde schweigend der Gefallenen des Wairau-Massakers gedacht. Lina warf Alexander einen raschen Blick zu, aber dieser bemerkte es nicht.

Dann setzte man sich zu Butterbroten, Tee und Kuchen. Auch Lina hatte einen saftigen Früchtekuchen dazu beigesteuert, mit dem sich die kleine Sophie gerade bis über beide Ohren verschmierte. Lina nahm sie auf den Arm und ging rasch mit ihr zu einer Waschgelegenheit, um sie zu säubern.

Als sie zurückkamen, räumte man die Tische bereits ab, und auf dem Feld nebenan, das sonst zum Kricketspielen genutzt wurde, stellte sich soeben eine kleine Musikkapelle auf. Ein Mann holte seine Geige hervor, ein anderer eine Flöte und ein dritter hatte ein Akkordeon dabei.

»Lellek …« Das kleine Mädchen begann zu weinen, als sie Alexander nirgends entdeckte. Sophie liebte ihren großen Bruder, dabei sah sie ihn viel zu selten.

Auch Lina war enttäuscht. »Komm, Sophie, wir suchen Alex«, sagte sie, um die Kleine zu trösten, und fasste das Kind an der Hand.

Die Gassen um den Festplatz herum leerten sich allmählich, die meisten Feiernden fanden sich inzwischen auf dem Kricketplatz ein. Vom Meer her wehte der Geruch nach Tang, Fisch und Salz.

»Lellek!«, rief Sophie freudig aus und deutete auf eine kleine Gruppe Maori, die am Rand einer Kreuzung stand.

»Nein, Sophie, das ist nicht Alex…«

Er war es doch. Sie hatte ihn nur nicht gleich erkannt, weil auch einige der Maori europäische Kleidung trugen. Gleichermaßen erstaunt und verwirrt sah Lina, wie Alexander und ein großer Maori sich gegenseitig die Hand in den Nacken legten und kurz Stirn und Nase aneinanderpressten. Dann tat er dasselbe mit einem anderen Mann. Wie eine sehr vertraute Form der Begrüßung.

Ob Mr Treban wusste, dass sein ältester Sohn offenbar mit einigen Maori befreundet war? Lina bezweifelte es. Wahrscheinlich würde er ihn windelweich prügeln, wüsste er, was Alexander hier tat. Jetzt erinnerte sie sich auch wieder an die seltsame ornamentale Tätowierung, die sie kurz vor Weihnachten auf seinem Oberschenkel gesehen hatte. Das *moko,* wie er es genannt hatte. Sie hatten seitdem nie wieder darüber gesprochen.

Der zaghafte Ton einer einzelnen Flöte ertönte, in den sich sogleich Geigen- und Akkordeonklänge mischten und zu einer fröhlichen Melodie vereinigten. Lina nahm die Kleine auf den Arm, dann machte sie kehrt und ging schnurstracks zurück zum Kricketfeld.

Die kleine Kapelle spielte zum Volkstanz auf. Die ersten Paare hatten sich bereits auf der Rasenfläche aufgestellt und begannen zu tanzen. Gelächter und vereinzelter Gesang ertönte. Rieke, die mit Julius im Kreis herumhüpfte, winkte ihr fröhlich zu. Lina hätte auch gern getanzt. Ob vielleicht Alexander...? Aber nein, der war ja gerade anderweitig beschäftigt. Und so setzte sie sich eben mit Sophie auf eine der Bänke, neben Mr Treban, der ihr prompt einen Becher Bier in die Hand drückte – das erste in Nelson gebraute, wie er stolz verkündete. Lina versenkte die Nase in den Becher und trank von dem bitteren Getränk. Das warme Wetter hatte sie durstig gemacht.

»Na, das ist ein Bier, nicht wahr?«

Sie nickte. Dabei schmeckte es ihr nicht einmal besonders, aber sie wollte Mr Treban nicht verärgern. Wenigstens löschte es den Durst.

»Miss?« Sie fuhr zusammen, als Appo Hocton, der junge Chinese, plötzlich neben ihr stand. »Möchten Sie tanzen?«, fragte er auf Englisch.

Sie setzte den Becher ab und stand auf. »Gerne!« Sie brauchte doch Alexander nicht, um ein bisschen Spaß zu haben!

Es dauerte nicht lange, und Appo und sie drehten sich mit den anderen Tänzern zu den vertrauten Weisen. Appo war wirklich nett. Seit mehr als zwei Jahren war er in Nelson, also fast genauso lange wie Alexander. Seine Heimat in China hatte er im Alter von neun Jahren verlassen, um etwas von der Welt zu sehen, wie er ihr erzählte. Er hatte zuerst als Schiffsjunge auf verschiedenen britischen Schiffen gearbeitet, wo er die englische Sprache gelernt hatte. Bei seiner Ankunft in Nelson war er Proviantmeister auf einem Einwandererschiff gewesen. Doch der Schiffskapitän hatte ihn schlecht behandelt, wie er erklärte, hatte ihm zum Beispiel Seife verweigert, mit der er seine Kleidung waschen konnte. Er entschied sich zu desertieren und verließ in einer sternenklaren Nacht mit einigen anderen Mannschaftsmitgliedern das Schiff. Für ein paar Tage versteckte er sich in den Hügeln nahe dem Hafen, doch dann erwischte man ihn, stellte ihn vor Gericht und verurteilte ihn zu dreißig Tagen Haft. Er lachte, als er Lina davon erzählte – offenbar war es nicht weiter schlimm für ihn gewesen. Vor einiger Zeit hatte er bei einem Arzt Arbeit gefunden und kümmerte sich dort um alles, was im Haus anfiel. Seitdem hatte er fleißig gespart und sich schon bald einen Karren und einen Ochsen kaufen können. Doch noch immer galt er hier, anders als die meisten Einwanderer, als Ausländer und war noch nicht eingebürgert worden.

Sie stellten sich für den nächsten Tanz auf. Appo wollte ihr gerade von seinen Plänen für die Zukunft erzählen, als plötzlich Alexander neben ihnen stand.

»Entschuldigung, aber das ist meine Dame«, sagte er zu Appo.

Er sprach englisch und Lina war nicht sicher, ob er wirklich *my lady* gesagt hatte. Außerdem war ihr ein wenig schwindelig und ihr Herz klopfte plötzlich schneller. Kam das vom Bier oder war es die Aufregung?

Appo zögerte einen Moment, dann verbeugte er sich kurz vor Lina, nickte Alexander freundlich zu und ließ sie dann allein.

»Und wenn ich nicht mit dir tanzen will?«, fragte sie herausfordernd.

»Ach, aber mit Appo wolltest du tanzen?« Alexander klang richtiggehend verärgert.

Trotz seiner harschen Worte musste Lina in sich hineingrinsen. War da etwa jemand eifersüchtig? Ein warmes Gefühl breitete sich in ihrem Bauch aus. Nein, nicht nur warm – ihr war richtiggehend heiß. Die Sonne brannte aber auch wirklich. Lina konnte spüren, wie sich kleine Schweißtröpfchen auf ihrer Stirn bildeten.

Was immer sie ihn hatte fragen wollen – jetzt war alles fort. Noch während sie sich gegenüberstanden, wurden Rufe nach einem Walzer laut. Sogleich fing die Kapelle an, ein Lied im Dreivierteltakt zu spielen.

Alexander fasste Linas Hand und zog sie an sich. Früher, in Deutschland, hatte sie manchmal zum Spaß mit Rieke Walzer getanzt. Aber dabei hatten sie sich nur an den Händen gehalten und nie so nah zusammengestanden, wie sie und Alexander es jetzt taten. Seine linke Hand hielt ihre rechte, die plötzlich ganz glitschig war vor Schweiß, und mit seiner Rechten hielt er sie eng an sich gepresst. So eng, dass sie seine Körperwärme spürte und glaubte, seinen Herzschlag zu fühlen.

Als sie anfingen zu tanzen, blickte sie auf und sah in seine Augen. Sie waren von einem wundervollen dunklen Graublau. Wie Wolken bei Sturm. Wann war ihr das zum ersten Mal aufgefallen?

»Was ist los?«, fragte er leise spottend. »Hast du Angst vor mir?«

»Nein, wieso?«

»Du zitterst wie Espenlaub.«

Tat sie das wirklich? Sie fühlte sich seltsam schwerelos in seinen Armen. Ein bisschen so, als würde sie schweben, während sie sich hier mit ihm drehte.

Leider war der unebene Boden denkbar ungeeignet für einen Walzer. Es gab ein großes Gelächter, als die ersten Tänzer ins Straucheln gerieten oder sich gegenseitig auf die Füße stiegen. Auch Lina stolperte und wäre gefallen, wenn Alexander sie nicht gehalten hätte.

Er blieb stehen und hielt sie so fest, dass sie kaum mehr Luft bekam. Sein Gesicht war jetzt dicht neben ihrem, sein Atem streifte ihren Hals. Seine Nähe machte sie plötzlich nicht mehr verlegen, sondern glücklich. Ihr Herz klopfte wie wild. Sie sah auf, suchte seinen Blick und fand ein Lächeln in seinen Augen.

Von irgendwoher, weit, weit weg, drangen erregte Stimmen durch die schönen Walzerklänge. Eine klang wie die von Mr Treban. Aber das war jetzt nicht wichtig.

Sie schloss die Augen.

Gleich, gleich würde Alexander sie küssen ...

Er stieß einen leisen Fluch aus und ließ sie los. Im nächsten Moment war er fort. Lina blieb verwirrt mitten auf dem Rasen stehen, während die anderen Tän-

136

zer weiter um sie kreisten. Die Musik klang plötzlich schrill in ihren Ohren, misstönend. Was war denn passiert? Hatte sie etwas falsch gemacht?

Dann sah sie den Grund für Alexanders eigenartiges Benehmen: Mr Treban und der dicke Mr Seip standen sich gegenüber. Seip hatte die Hände in die feisten Hüften gestemmt. Die kleine Sophie saß weinend auf der Bank und drohte abzurutschen. Rasch eilte Lina zu ihr und nahm sie auf den Arm.

»Ich sage es Ihnen zum letzten Mal, Seip, ich habe Ihnen alles gegeben, was ich erübrigen konnte!« Trebans Kopf war hochrot.

»Das ist mir egal, Treban!« Seips tiefer Bass dröhnte. »Ich habe Ihnen lange genug Zeit gelassen.«

Alexander erschien an seines Vaters Seite. Alle Sanftheit war aus seinem Gesicht verschwunden, da war nur noch Wut. »Verschwinden Sie, Seip! Lassen Sie uns endlich in Ruhe!«

»Ah, der Maori-Freund.« Auf Seips Gesicht erschien ein abschätziges Lächeln. »Nur nicht so unfreundlich, junger Mann! Ich lasse euch in dem Moment in Ruhe, in dem ich das Geld habe, das mir zusteht.« Er trat einen Schritt auf Alexander zu und sprach plötzlich sehr leise. Lina, die ganz in der Nähe stand, konnte dennoch jedes Wort verstehen. »Es liegt auch an dir Mit ein bisschen gutem Willen könntest du euch den ganzen Ärger ersparen.«

Alexanders Gesicht verschloss sich. »Ich weiß nicht, wovon Sie sprechen.«

»Gehen Sie endlich, Seip!«, sagte Mr Treban.

Seip hob die Schultern. »Wie auch immer, Treban. Ich gebe Ihnen jetzt noch Zeit bis Ende Februar. Wenn ich bis dahin nicht mein Geld habe, schmeiße ich Sie von Ihrem Land!«

Kapitel 12

Lina stand in der Küche und füllte grob gemahlenes Hafermehl in eine Schüssel. Da sie keine Zeit zum Brotbacken gehabt hatte, sollte es heute Abend Pfannkuchen geben. Rieke war im Hühnerstall, um Eier zu holen.

Der schöne Tag hatte ein unschönes Ende genommen. Lina hatte Alexander so vieles fragen wollen. Über die Bücher, die er gelesen hatte. Wie er über sein Leben hier dachte. Vor allem aber, woher er die Maori kannte, die so vertraut mit ihm gewesen waren. Doch jetzt, zurück im Haus der Trebans, war die wundervolle Stimmung dahin und alles wieder wie vorher. Oder noch schlimmer. Brütendes Schweigen erfüllte die Stube, wo alle außer den Mädchen bereits am Tisch saßen.

Lina war wütend auf den widerlichen Mr Seip, der mit wenigen Sätzen alles kaputt gemacht hatte. Wütend, aber vor allem besorgt über seine Drohung, die Trebans von ihrem Land zu werfen, falls sie ihre Schulden bei ihm nicht bald bezahlen würden. Von den Schulden hatte sie nichts gewusst – oder sie hatte es vergessen. Rudolf Treban hatte nur einmal kurz erwähnt, dass Seip noch Geld von ihm bekam. Wie hoch die Schulden wohl waren? Würde Seip Mr Treban und seine Kinder wirklich auf die Straße werfen? Zuzutrauen wäre es ihm. Aber was würde dann aus der Familie werden? Und – aus ihr und Rieke?

Geistesabwesend rührte sie mit der Gabel in dem trockenen Mehl herum, ohne zu merken, dass die Eier noch fehlten. Und was, überlegte sie, hatte Seip damit gemeint, es liege auch an Alexander, der Familie aus dieser Zwangslage zu helfen? Konnte sie ihn danach fragen? Nein, besser nicht. Sie war schließlich nur eine Angestellte, das stand ihr sicher nicht zu. Abgesehen davon sah es nicht so aus, als ob sie in absehbarer Zeit allein mit ihm sprechen könnte.

Und doch – neben all ihrer Wut und Sorge war da noch ein anderes Gefühl. Ein Gefühl, das schon lange in ihr geschlummert hatte, das ihr jetzt aber zum ersten Mal wirklich bewusst geworden war. Verstohlen blickte sie Alexander an, und sofort war es wieder da, dieses Kribbeln und Flattern in ihrem Bauch, das sich anfühlte, als säße dort ein ganzer Schwarm voller Schmetterlinge. Er hatte mit ihr gelacht. Er hatte mit ihr getanzt. Und sicher hätte er sie auch geküsst, wenn nicht Mr Seip dazwischengekommen wäre.

Sie senkte den Blick, als er jetzt ebenfalls zu ihr herübersah und ein flüchtiges Lächeln über sein Gesicht huschte. Hatte er sie früher auch schon so angesehen? Mit diesem Lachen in den Augen? Glücklich zogen sich ihre Mundwinkel auseinander. War es so, wenn man verliebt war?

Treban räusperte sich und unterbrach damit ihr stummes, verstohlenes Zwiegespräch. Ärgerlich sah er zur Tür. »Wo bleibt das Mädchen so lange?«

»Ich gehe schon!« Lina wischte die Hände an ihrer Schürze ab und eilte hinaus. Auf Rieke konnte man sich aber auch wirklich nicht verlassen. Sie hatte doch nur ein paar Eier holen sollen und der Hühnerstall lag direkt gegenüber!

Die Sonne stand tief und tauchte den Abend in ein diffuses, leicht gleißendes Licht. Ihre Schwester hockte nach vorne gekrümmt auf einem Holzblock vor dem Stall und Lina wollte schon zu schimpfen anfangen, als Rieke aufsah: Sie atmete schwer und keuchend, ihre blauen Augen waren angstvoll geweitet, Schweiß glänzte auf ihrer Oberlippe.

»Rieke!« Lina ging neben ihr auf die Knie und fasste erschrocken nach ihrer schweißfeuchten Hand.

Mühsam schüttelte das Mädchen den Kopf. Sie versuchte etwas zu sagen, konnte es jedoch nicht.

Es tat Lina weh zu sehen, wie sehr sich ihre kleine Schwester quälte. Rieke war totenblass und ihre Lippen hatten bereits eine leicht bläuliche Färbung angenommen. Hastig öffnete sie Riekes Ausschnitt, rieb und klopfte ihr über die schmale, knochige Brust. All diese Dinge halfen kaum, das wusste sie, aber sie musste einfach irgendetwas tun.

Riekes Atem ging pfeifend, ihr schmaler Brustkorb

pumpte angestrengt, um die Luft aus ihren verengten Atemwegen wieder loszuwerden. In einem solchen Zustand war ein normales Ausatmen für sie kaum möglich.

»Kannst du laufen?«, fragte Lina. Rieke musste so schnell wie möglich von hier weg, wo sie jeder sehen konnte. Mr Treban durfte auf keinen Fall erfahren, dass ...

»Was ist denn hier los?« Als hätten ihre panischen Gedanken ihn herbeigerufen, stand Treban plötzlich vor ihnen. »Was fehlt ihr?«

Lina blickte auf. »Es ... es geht gleich wieder. Sie fühlt sich nur ein wenig schwach. Das war sicher nur die Aufregung von dem Fest. Und vom Tanzen.« Vor Angst redete sie immer schneller.

Treban nahm Riekes Kinn in die Hand und hob ihren Kopf hoch. »Haltet mich nicht zum Narren! Das ist keine Aufregung, das Kind erstickt! Was ist passiert? Hat sie sich an irgendetwas verschluckt? Da muss man doch etwas tun!« Und schon hatte er sich hinter das Mädchen gestellt und begann, ihr kräftig und gezielt auf den Rücken zu schlagen. Rieke gab ein verzweifeltes Seufzen von sich, konnte sich aber nicht dagegen wehren.

Lina sprang auf. »Nein, nein, bitte – hören Sie auf! Sie hat sich nicht verschluckt, sie ... sie hat einen Asthmaanfall!«

Treban ließ die Hand sinken. »Asthma?«, wiederholte er.

Lina nickte. Rieke hatte schon lange keinen schweren Anfall mehr gehabt. Die wenigen Male, die sie etwas kurzatmiger gewesen war und die stets schnell vorüber waren, hatten sie immer mit einer leichten Erkältung oder der ungewohnten Anstrengung erklären können. Lina hatte tatsächlich schon gehofft, das milde neuseeländische Klima würde Rieke womöglich ganz heilen. Ein Trugschluss, wie sich gerade zeigte.

Ein winziger Funke Hoffnung keimte in ihr auf, als nun auch Alexander im Hof erschien, gefolgt von Julius.

»Was können wir tun?«, fragte er. Offenbar hatte er die letzten Worte mitbekommen.

»Ich weiß es nicht«, gab Lina hilflos zurück. »So schlimm war es noch nie.«

Riekes pfeifendes, verzweifeltes Atmen klang schaurig. Alexander starrte einen Augenblick vor sich hin, als würde er angestrengt überlegen, und verschwand dann im Stall. Kurz darauf kam er wieder heraus. Hinter sich führte er den Esel, der sonst den Karren zog. Das keuchende, lang gezogene *I-ah, I-ah* des Tieres mischte sich mit Riekes pfeifenden Atemgeräuschen – fast so, als wollte der Esel sie nachmachen.

»Was hast du vor?«, wollte Mr Treban stirnrunzelnd wissen.

»Ich hole Dr. Braun«, entschied Alexander, während er versuchte, auf den Esel zu steigen. »Bleib stehen, du blödes Vieh!«

»Alexander, du wirst hierbleiben!« Sein Vater

stemmte die Hände in die Hüften. »Dafür haben wir kein Geld!«

»Willst du, dass sie stirbt?« Alexander hatte es geschafft, sich auf den Eselsrücken zu schwingen. Jetzt stieß er dem Tier die Fersen in die Flanken. Der Esel schüttelte sich unwillig, dann setzte er sich in Bewegung.

Lina sah ihm nach, wie er eilig davontrabte. Dann drückte sie die eiskalte Hand ihrer Schwester, die noch immer keuchend nach Luft rang.

»Es wird alles gut«, flüsterte sie. »Ganz bestimmt.«

»Lina, ich muss mit dir reden!« Mr Trebans Stimme verhieß nichts Gutes. Er saß in der Stube, die kalte Meerschaumpfeife im Mund. Es war später Abend, die Sonne vor Kurzem untergegangen und jetzt brannte nur die einzelne Kerze in ihrem Flaschenständer.

Lina trat langsam näher, ihre Hände krallten sich in ihre Schürze. Sie wünschte, Alexander wäre hier, aber er brachte den Arzt zurück, da es bereits dunkel war. Dr. Braun hatte Rieke mit verschiedenen Arzneien und sogar einem Aufguss aus Kaffee behandelt, doch erst eine kleine Dosis Arsen hatte endlich die ersehnte Wirkung gehabt: Ihr pfeifender, krampfhafter Atem war ruhiger geworden und auch ihre Lippen hatten wieder ein wenig Farbe angenommen. Lina hatte ihr noch etwas warmen Apfelwein gegeben. Jetzt schlief Rieke in der Kammer. Julius hatte es sich nicht nehmen lassen, für eine Weile bei seiner kleinen Freundin zu bleiben.

Trebans Pfeife war gestopft, aber nicht angezündet. Etwa aus Rücksicht auf Rieke? Jetzt nahm er die Pfeife aus dem Mund. Wieder einmal fiel Lina auf, wie ungesund er aussah. Müde und abgearbeitet. Aber wahrscheinlich sah sie heute Abend selbst auch nicht anders aus.

»Dr. Braun hat mich viel Geld gekostet«, begann er. »Geld, das ich nicht habe.«

Lina nickte beklommen. »Ich ... ich arbeite es ab, Mr Treban. Ich werde noch fleißiger sein. Ich ... ich kann auch weniger essen.«

Treban ging nicht darauf ein. »Du wusstest also, dass sie krank ist.« Es war eine Feststellung, keine Frage. Lina nickte erneut, mit zusammengepressten Lippen. Ihr Herz schlug einen langsamen, harten Takt. Was würde er gleich zu ihr sagen?

»Außerdem«, fuhr Treban fort, »hat Dr. Braun Zweifel über das Alter deiner Schwester geäußert. Er sagt, sie könne unmöglich schon dreizehn Jahre alt sein.«

Rieke hatte vor wenigen Wochen Geburtstag gehabt und die Mädchen hatten notgedrungen an der Geschichte mit dem falschen Alter festhalten müssen.

Lina sah ihn eine lange Weile stumm an, während sich die Gedanken in ihrem Kopf drehten.

»Sie ist elf«, gab sie schließlich tonlos zu. »Bitte, Mr Treban, Sie müssen mir glauben, wir ... ich wollte Sie nicht anlügen. Es war nur ... Anders hätte man uns nicht ausreisen lassen.«

In wenigen hastigen Sätzen versuchte sie zu erklären,

wie es dazu gekommen war. Erzählte ihm vom Tod des Vaters, von ihrer bitteren Armut und dem Entschluss, nach Neuseeland auszuwandern. Von ihrer Anmeldung im Amtshaus in Grevesmühlen, der Reise nach Hamburg und der Untersuchung am Hamburger Hafen. Treban hörte sich ihre Schilderung unbewegt an. Nur seine Kiefer mahlten dabei beständig, wie eine wiederkäuende Kuh.

»Ich weiß nicht, Lina, was ich glauben soll«, sagte er schließlich. »Du hast mich angelogen, was das Alter deiner Schwester betrifft. Außerdem hast du mich über ihre Krankheit im Unklaren gelassen. Ja, ich verstehe, warum du das getan hast, und über all diese Sachen könnte ich eventuell hinwegsehen, wenn dieser verdammte Seip nicht wäre. Du hast ja mitbekommen, womit er mir droht. Und jetzt stecke ich in ernsten Schwierigkeiten. So viel Geld, wie ich ihm schulde, habe ich nicht. Vor allem nicht, wenn noch zwei weitere Personen zu ernähren sind.«

Lina schluckte. Sie spürte, wie Panik in ihr aufstieg. »Was meinen Sie damit? Was ... was soll das heißen?«

Treban strich sich mit der Linken über die hageren Wangen. »Lina, ich will es kurz machen. Ich kann mir zwei Dienstmädchen, von denen das eine auch noch krank ist, einfach nicht mehr leisten. Es tut mir leid, aber sobald deine Schwester wieder gesund ist, muss sie uns verlassen.«

Lina kam sich vor, als hätte man ihr mit einem schweren Holzknüppel auf den Kopf geschlagen. Ge-

nauso wattig und dumpf musste es sich anfühlen. Und
genauso wehtun.

»Verlassen?«, wiederholte sie wie betäubt. »Aber ...
wohin soll sie denn gehen?«

»Ich weiß es nicht, Lina. Aber sie wird schon irgendwo
unterkommen.« Er steckte die Pfeife in den Mund und
sog daran. Dann erst merkte er offenbar, dass sie nicht
angezündet war, und nahm sie wieder heraus. »Glaub
nicht, dass ich das gerne tue. Aber ich habe keine andere Wahl. Zwei Dienstmädchen kann ich einfach nicht
mehr bezahlen.«

In dieser Nacht fand Lina keinen Schlaf. Immer wieder wälzte sie sich von einer Seite auf die andere. Sie
drängte die Tränen zurück, die in ihr aufsteigen wollten, und zwang sich nachzudenken. Neben sich hörte
sie Rieke verschleimt husten, sich umdrehen und wieder in einen unruhigen Schlaf fallen.

Sie konnte ihre Schwester nicht alleine gehen lassen.
Niemals. Aber dann gab es nur einen anderen Weg. Und
der bedeutete, dass sie beide gemeinsam die Trebans
verlassen mussten.

Fort von Julius und der kleinen Sophie. Fort von
Alexander.

Allein der Gedanke tat weh, und jetzt kamen ihr
doch die Tränen. Hatten sie nicht gerade erst angefangen, sich näherzukommen?

Sie wischte die Tränen fort und zwang ihre Gedanken in eine andere Richtung. Irgendwie musste es wei-

tergehen. Sie würden sich eine andere Stellung suchen müssen. Das würde nicht leicht werden. Wer würde sie schon nehmen? Sie wusste, dass es zurzeit schlecht aussah mit Arbeit. Jetzt, wo die Compagnie kein Geld mehr hatte, um Leute zu bezahlen. Und womöglich hatte sich sogar schon herumgesprochen, dass Rieke krank war. Vielleicht mussten sie es außerhalb von Nelson, in Waimea oder Riwaka, versuchen. Vielleicht in Ranzau, wo die Kellings lebten. Möglicherweise brauchte die Ehefrau von Fedor Kelling eine Haushaltshilfe. Aber sie bezweifelte, dass die Kellings Arbeit für sie hatten, schließlich hatten sie schon im vergangenen September das Höchstmaß an Leuten angestellt. Mehr war ihnen sicher nicht möglich.

Und dann, wie aus dem Nichts, war da plötzlich eine Idee. Eine Idee, die ihr als einzig mögliche Lösung für ihr Problem erschien – und die eigentlich viel zu anmaßend war, um funktionieren zu können, hätte Mr Treban selbst sie nicht darauf gebracht. Vorausgesetzt, er meinte immer noch ernst, was er sie damals gefragt hatte.

Aber – wie würde Alexander darüber denken? Für einen Augenblick kam es ihr vor, als würde man ihr das Herz bei lebendigem Leib aus der Brust reißen, so weh tat es. Nein, diesen Gedanken musste sie schnell zurückdrängen. Alexander hatte keinen Platz in diesem Plan. Um Rieke zu retten, blieb ihr keine andere Wahl.

Und sie würde Treban jetzt gleich fragen, bevor sie der Mut verließ.

Leise schlüpfte sie unter der Decke hervor. Sie griff nach ihrem Schultertuch und dann nach einer Kerze, die sie auf einer Holzscheibe befestigt hatte, schlich aus der kleinen Schlafstube und achtete darauf, die Tür sorgsam zu schließen. Dann tappte sie auf nackten Füßen zum Ofen in der Küche. Im Dunkeln stieß sie sich schmerzhaft an einem Stuhlbein und unterdrückte gerade noch einen Schmerzenslaut. Sie lauschte. Alles blieb ruhig; Julius, der irgendwo hier schlief, war nicht aufgewacht. Sie tastete sich zum Ofen vor, öffnete nahezu geräuschlos die Ofenklappe und hielt die Kerze so lange an die schwelende Glut, bis der Docht brannte.

Das Haus lag dunkel, nur das Kerzenlicht erhellte jetzt den kleinen Bereich um Lina herum. Leise erhob sie sich und ging zur Tür, die in Mr Trebans Schlafzimmer führte. Dahinter hörte sie ihn schnarchen. Sie hob die Hand, zögerte und ließ sie wieder sinken. Mit einem Mal erschien ihr der Vorschlag schrecklich vermessen ...

Aber es musste sein. Nur so konnte sie erreichen, dass Rieke und sie gemeinsam bei den Trebans bleiben konnten.

Erneut hob sie die Hand und klopfte zaghaft. Nichts geschah. Sie klopfte noch einmal, diesmal lauter. In der Stille der Nacht schien der Ton durch die ganze Blockhütte zu hallen.

Das Schnarchen brach ab, wurde zu einem verschluckten Grunzen, dann hörte sie Trebans Stimme. »Ja?«

Leise drückte sie die Klinke herunter und betrat mit der flackernden Kerze in der Hand das Zimmer.

Mr Treban hatte sich verschlafen im Bett aufgerichtet. Im Nachthemd, mit einer in einem langen Zipfel endenden Nachtmütze auf dem Kopf, wirkte er gar nicht mehr so streng. Eher wie der arme Poet auf dem Gemälde von Spitzweg, das sie einmal in einer Zeitung abgedruckt gesehen hatte. Wenn die Sache nicht so ernst gewesen wäre, hätte sie über diesen Anblick lächeln müssen.

»Lina! Ist etwas passiert? Geht es Rieke wieder schlechter?«

»Nein. Nein, es geht ihr gut.« Sie schloss die Tür hinter sich – Rieke musste nicht mitbekommen, dass sie hier war – und blieb dann an Ort und Stelle stehen. Ihr Herz klopfte rasend schnell und sie zitterte trotz der sommerlichen Wärme. Wie zum Schutz zog sie mit einer Hand ihr Tuch enger um sich.

Treban rieb sich die Augen. Inzwischen wirkte er hellwach. »Dann lässt dein Auftauchen in meinem Schlafzimmer wohl nur einen Schluss zu.« Er schüttelte den Kopf. »Das enttäuscht mich, Lina. Ich hätte dich wirklich für ein ehrbares Mädchen gehalten.«

Ihr wurde siedend heiß. So dachte er von ihr? Aber natürlich, diese Situation konnte man auch falsch verstehen.

»O nein, Mr Treban, deswegen bin ich nicht hier!« Gott, das Ganze war ihr so entsetzlich peinlich. »Es… es geht um Rieke. Und um mich. Ich…«, sie schluckte,

150

um den Kloß in ihrer Kehle zu vertreiben, und stellte den Holzteller mit der brennenden Kerze auf die Truhe zu ihrer Rechten.

Sie holte tief Luft und drehte sich zu ihm um.

»Mr Treban, möchten Sie mich noch immer heiraten?«

Kapitel 13

Lina musste sich zwingen, ihren Frühstücksbrei hinunterzuwürgen. Und auch dann schien er ihr pappig am Gaumen zu kleben und blieb ihr fast im Hals stecken. Sie hustete und griff nach ihrem Becher mit Tee. War es Aufregung oder Angst, die ihr die Kehle versperrte? Wahrscheinlich beides.

Alle aßen schweigend. Rieke saß auch dabei; blass und still, aber halbwegs wiederhergestellt. Bemerkte denn niemand die seltsame Stimmung, die heute Morgen hier herrschte? Und wie würde Alexander wohl aufnehmen, was sein Vater ihnen gleich eröffnen würde?

Lina ließ ihren Löffel in die Breischüssel sinken, sobald Mr Treban sein Frühstück beendet hatte. Er polierte seinen Löffel an seinem Hemdzipfel, legte ihn beiseite und sah seine Kinder eines nach dem anderen an. Alexander, Julius, Sophie. Lina legte Rieke sanft die Hand auf den Arm. Rieke blickte erstaunt auf, bis sie merkte, dass alle zu essen aufgehört hatten. Dann ließ auch sie den Löffel sinken.

»Ich habe etwas bekannt zu geben«, sagte Treban feierlich.

Lina seufzte lautlos und ballte die Fäuste unter dem Tisch.

»Ich habe mich entschlossen«, verkündete er, »Lina zu heiraten.«

Niemand rührte sich. Es war so still, dass man eine Nadel hätte fallen hören. Sogar die kleine Sophie unterbrach ihr kindliches Gemurmel. Rieke blickte Lina erstaunt an.

Als Erster fand Julius seine Sprache wieder. Er grinste. »Das ist ja lustig. Dann wird Lina meine Stiefmutter. Und du«, sagte er zu Rieke und jetzt grinste er bis zu den Ohren, »bist dann meine Stieftante.«

Rieke kicherte. Diese Vorstellung gefiel ihr offensichtlich.

Lina blickte auf ihre halb gefüllte Breischüssel und wagte nicht, Alexander anzusehen. Erneut ballte sie die Fäuste, so fest, dass es wehtat.

Treban war nach ihrem nächtlichen Besuch nicht ganz so verblüfft gewesen, wie sie erwartet hatte. Im Gegenteil: Er hatte sich durchaus an jenen Abend und seinen etwas verunglückten Heiratsantrag erinnert. Allerdings auch an ihre Ablehnung.

»Gab es nicht einen anderen?«, hatte er gefragt und sie skeptisch angesehen.

Lina schluckte. Wie eine Büßerin stand sie da im Hemd vor ihm und kam sich schrecklich klein und verwundbar vor.

»Was ist mit ihm? Will er dich nicht mehr?«

Sie schüttelte den Kopf. »Nein, nein, das ... das war nichts.«

Am liebsten wäre sie wieder zurückgerudert, aber das war jetzt nicht mehr möglich. Lina hatte sich selbst zugehört, wie sie ihn mit ruhiger Stimme erneut gebeten hatte, Rieke zu behalten. Dann würde sie ihn heiraten. Davon würde er doppelt profitieren, denn als Ehefrau würde sie auch keinen Lohn mehr kosten.

Treban hatte sie lange und wortlos angesehen. Und am Ende hatte er zugestimmt.

»Oh, meine zukünftige Stiefmutter gibt sich die Ehre.«

Alexander hatte seine Hemdsärmel bis zu den Ellbogen hochgekrempelt und wusch Hände und Arme im Waschtrog vor dem Blockhaus. Das Seifenstück, mit dem er sich den Dreck des Tages von der Haut schrubbte, war schon ziemlich klein geworden; Lina würde bald neue Seife aus Asche und Fett herstellen müssen.

Seit Kurzem arbeitete Alexander tageweise im Straßenbau und half mit, neue Wege in Nelson zu erschließen. Das brachte zumindest etwas Geld ein. In Australien, nur wenige Tagesreisen mit dem Schiff entfernt, hatten sie für solche Arbeiten Sträflinge. In Neuseeland dagegen mussten die Siedler alles selbst errichten. Aber Lina hatte noch nie gehört, dass Alexander sich über die harte Arbeit beschwerte. Ja fast schien es ihr, als wäre er froh, auf diese Weise nicht zum Nachdenken zu kommen.

Seips Drohung, die Trebans zum Monatsende von ihrem Land zu werfen, nagte an ihnen allen. Die beiden Männer arbeiteten schwer, um ihre Familie zu ernähren und Geld zusammenzutragen. Mr Treban kümmerte sich bis zur Erschöpfung um sein Gemüse, seine Apfel- und Birnbäume und die Weinherstellung und ging meist gleich nach dem Abendessen ins Bett. Manchmal sah sie, wie er sich während der Arbeit hinsetzte, um zu verschnaufen. Er sah nicht gut aus; seine Augen waren rot gerändert, die Wangen hager.

Es hatte einige Tage und mehrere Anläufe gebraucht, bis sie endlich den Mut gefunden hatte, mit Alexander zu reden. Dass er darauf offenbar keinen Wert legte, war er auch keine Hilfe gewesen. Auch jetzt noch wirkte er ausgesprochen schlecht gelaunt. Aber mit den Händen im Wasser konnte er ihr zumindest nicht länger aus dem Weg gehen.

»Willst du denn gar nicht wissen, warum ich das tue?«, fragte sie ihn jetzt.

Er lachte kurz und hart auf. »Nein, denn das kann ich mir auch so denken.« Er zog die Hände aus dem Wasser und griff nach dem Handtuch, das sie ihm reichte, ohne sie dabei anzusehen. »Ich war so dumm zu glauben, da wäre etwas zwischen uns. Dabei ging es dir von Anfang an nur darum, dir meinen Vater zu angeln. Aber wenn du denkst, dass du dich hier ins gemachte Nest setzen kannst, dann irrst du dich. Spätestens, wenn Vater dich die Haushaltsbücher sehen lässt, wirst du es merken: Bei uns gibt es nichts zu holen!«

Lina blickte ihn sprachlos an. Seine Worte klangen so kalt, dass sie innerlich erstarrte. So dachte er also über sie? Das hatte sie wirklich nicht verdient!

Sie hätte ihm sagen können, dass sie seit dem nächtlichen Gespräch mit seinem Vater freiwillig auf ihren Lohn verzichtete. Und dass sie ihr bis jetzt gespartes Geld als Mitgift in die Ehe bringen würde; Geld, das die Trebans dringend brauchen konnten. Wann sie und Rieke ihre Schulden bei den Kellings abbezahlen konnten, stand damit in den Sternen.

Aber sie hatte nicht mehr die Kraft, irgendetwas zu erwidern. Sie konnte sich nur noch umdrehen und stumm fortgehen. Nur weg hier, bevor er ihre Tränen sehen konnte.

»Magst du Mr Treban wirklich so sehr?«, fragte Rieke neugierig. Sie schob den Wassereimer weiter, während Lina auf dem Boden der Hütte kniete und die Holzbohlen schrubbte. Ihren schweren Asthmaanfall hatte Rieke zwar gut überstanden, aber Treban hatte vorerst ihren Schulbesuch gestrichen, damit sie mehr arbeiten und wenigstens zum Teil die Arztkosten wieder einbringen konnte.

Lina zögerte. Man heiratet nicht immer, weil man sich mag, lag es ihr auf der Zunge. Aber das konnte sie natürlich nicht sagen. Schließlich hatte sie Mr Treban – oder Rudolf, wie sie ihn jetzt nennen sollte – gebeten, ihrer Schwester nichts von ihrer beider Vereinbarung zu verraten. Sie wollte nicht, dass Rieke sich schuldig fühlte.

»Er ist ein freundlicher Mann«, entgegnete sie schließlich.

»Na ja, ich dachte immer, du würdest irgendwann Alex heiraten«, erklärte Rieke und grinste sie unter einer hellblonden Haarsträhne an.

Lina biss sich auf die Lippen. »Alex kann mich nicht leiden«, gab sie leise zurück und bearbeitete dann den Fußboden so heftig, dass ihr am ganzen Körper der Schweiß ausbrach und sie kurz innehalten musste.

»Nicht mehr«, ergänzte sie dann so leise, dass Rieke es sicher nicht hören konnte.

Sie war so weit fort mit den Gedanken, dass sie beim Zurückrutschen an den Eimer mit der Seifenlauge kam und ihn fast umwarf. Ein großer Schwall Wasser kippte heraus. Sofort breitete sich eine Wasserlache unter ihr aus und tränkte die Bohlen, ihr Rock wurde an Knie und Saum nass. Sie schimpfte mit sich selbst – und hätte doch am liebsten geweint.

Alexander hielt sie also für ein berechnendes Weibsbild, das nur auf seinen eigenen Vorteil schaute. Sie konnte es ihm nicht einmal verdenken – für ihn musste es ja so aussehen. Wenn er nur wüsste, wie unrecht er hatte!

Zu allem Überfluss musste auch Pastor Heine damit anfangen, als er am Mittag Julius von der Schule nach Hause begleitete.

»Bist du sicher, dass es Rudolf Treban ist, den du ehelichen willst?«, fragte er, als er sie einen Augenblick alleine erwischte.

»Ja natürlich«, erwiderte sie mit gesenktem Blick und strich sich über ihren Rock. Er war noch immer leicht feucht.

Ob sie womöglich heiraten *müsse,* fragte der Pastor dann. Lina wurde feuerrot und widersprach hastig. Großer Gott, meinte er etwa, sie sei schwanger?

»Dann verstehe ich es nicht.« Der Pastor schüttelte den Kopf. »Ich habe dich beim Nelson-Tag mit Alexander tanzen sehen. Du hast sehr glücklich ausgesehen. Jetzt aber siehst du nicht mehr glücklich aus.«

»Ich bin nur müde«, murmelte Lina. Konnte er denn nicht aufhören, ständig von Alexander zu reden?

Dabei war sie sich ganz und gar nicht sicher. Auch wenn sie Rudolf Treban selbst den Vorschlag gemacht hatte, so fürchtete sie sich doch vor dem Tag, an dem sie endgültig seine Frau werden würde.

Aber das konnte sie niemandem sagen.

Es kam einfach nicht genug zusammen. So schwer die beiden Männer auch schufteten – Geld war in der Kolonie Mangelware und die meisten Dienstherren konnten die Löhne nur in Naturalien zahlen. Am Ende der Woche brachte Alexander von seinem Knochenjob beim Straßenbau daher oft nur Lebensmittel wie Hafermehl oder Reis mit nach Hause und nur selten ein paar Münzen. Wenigstens mussten sie nicht hungern.

Immerhin gab es auch ein paar gute Neuigkeiten. Mit ihrem gesparten Geld, das Lina ihm schon jetzt gegeben hatte, war Rudolf Treban noch einmal zu Seip gegangen und hatte eine kleine Zahlung geleistet. Und tatsächlich hatte Seip sich nochmals auf einen kurzen Aufschub eingelassen, um den Trebans die Möglichkeit zu geben, ihre Schulden zu tilgen. Zumindest ein kleiner Anlass zur Hoffnung.

Außerdem wurden sämtliche Passagiere der *Skjold*, die in Nelson geblieben waren, zu britischen Staatsbürgern erklärt. »Naturalisiert« nannten sie das hier. Damit waren Lina und Rieke genau wie die Trebans nun offiziell Engländer und unterstanden ab sofort der britischen Krone. Lina wurde es ein bisschen wehmütig ums Herz, als ihr klar wurde, dass sie zumindest auf dem Papier nun keine Deutsche mehr war.

Einen geeigneten Hochzeitstermin zu finden, erwies sich dagegen als unerwartet problematisch. Im Februar jährte sich der Todestag von Rudolf Trebans erster Frau, und dann zu heiraten, wäre reichlich unpassend. Zum anderen begann bald die Apfelernte, und dafür wurden bis auf die kleine Sophie alle Familienmitglieder gebraucht. Man beschloss, die Ernte gleich nach der Hochzeit zu beginnen.

Und noch ein weiteres Hindernis tat sich auf: Mit sechzehn Jahren durfte Lina eigentlich nur mit Zustimmung ihrer Eltern heiraten. Da ihre Eltern aber nicht mehr lebten und sie auch keinen Vormund hatte, musste diese Angelegenheit erst geregelt werden. Pro forma wurde Fedor – ehemals Johann – Kelling zu ihrem Vormund ernannt, der dieses Amt auch gleich für Rieke übernahm.

Am 25. März 1845, dem Tag ihrer Hochzeit, war Lina zum Weinen zumute. Früher hatte sie sich immer in den leuchtendsten Farben ausgemalt, wie es wohl sein würde, wenn sie einmal heiratete. Darin war sie eine wunderschöne, glückliche Braut gewesen, und es hatte ein rauschendes Fest gegeben, mit vielen Gästen, die sich mit ihr freuten. Aber nie hätte sie erwartet, dass sie sich jetzt, da es wirklich so weit war, dermaßen schlecht fühlen würde. Sie trug ihr gutes Sonntagskleid aus schwarzem Stoff. Auf ihrem Haar, das trotz des häufigen Bürstens glanzlos und strohig wirkte, hatte sie einen langen weißen Schleier festgesteckt, den ihr Mr Kellings Frau geliehen hatte. Das Kleid saß ziemlich locker, denn sie hatte in den vergangenen Wochen noch weniger als sonst heruntergebracht. Pastor Heine hatte recht: Eine glückliche Braut sah anders aus.

Eine kleine Hochzeitsgesellschaft, bestehend aus Reisegefährten und Nachbarn der Familie, begleitete sie zu ihrer Trauung hinter die befestigte Palisade des Forts. In Nelson gab es noch kein richtiges lutherisches Gotteshaus, doch man hatte eines der Holzhäuser zur Kirche erklärt. Ein paar Frauen hatten das Innere mit Blumen und bunten Bändern geschmückt. Rudolfs Kinder waren ebenfalls festtäglich gewandet, auch wenn Alexander so grimmig blickte, als ginge er zu einer Beerdigung und nicht zu einer Hochzeit. Fedor Kelling sah mit seinem dunklen Rock und dem hohen Zylinder würdevoller aus als der Bräutigam, als er Lina zum Altar führte. Pastor Heine hielt seine Hochzeitspredigt über die Hochzeit zu Kanaan, dann waltete er seines Amtes und traute die beiden Brautleute.

Das anschließende Hochzeitsessen fand vor dem Haus der Trebans statt, wo man Tische und Bänke zu einer langen Tafel zusammengetragen hatte. Mit ein paar weißen Tischdecken und bunten Blumen sah es richtig feierlich aus. Einige der ehemaligen *Skjold*-Passagiere sowie ein paar von Trebans Reisegefährten von der *St. Pauli* drängten sich an den Tischen. Ein kurzes Lächeln huschte über Linas Gesicht, als sie unter den Gästen auch Cordt Bensemann und seine Tochter Anna entdeckte. Bensemann lebte mit seiner Familie im einen halben Tagesmarsch entfernten Ranzau, arbeitete in der Woche aber in Nelson. Stets begleitete ihn dabei seine Tochter Anna, die ihm den Haushalt führte. Obwohl sie nicht älter als Rieke war, wirkte sie weitaus erwachsener als Linas Schwester. Jetzt saß Anna mit rosigen Wangen neben ihrem Vater, vor sich Linas Brautstrauß, den sie gefangen hatte. Der Brauch besagte, dass Anna als Nächste heiraten würde. Lina fragte sich, wer wohl der Glückliche sein würde.

Die Deutschen blieben an diesem Tag unter sich. Lina hatte zwar kurz überlegt, auch Appo Hocton einzuladen, aber das hatte sie wieder verworfen. Appo sprach kein Deutsch und in der Gesellschaft der deutschen Auswanderer wäre er sich sicher wie das fünfte Rad am Wagen vorgekommen.

Genau wie Lina. Am liebsten hätte sie sich verkrochen. Sie brauchte ihre ganze Kraft, um die Gratulationen und guten Wünsche entgegenzunehmen, um zu lächeln und zu danken. Die neugierigen Blicke der meisten Gäste blieben ihr nicht verborgen. So manch einer schien sich über das ungleiche Brautpaar zu wundern, über das junge Mädchen und den Mann, der ihr Vater hätte sein können.

Der Geruch nach gegrilltem Fleisch erfüllte die Luft. Nachbarn und Freunde hatten es sich nicht nehmen lassen und ein Schwein geschlachtet, das jetzt auf offenem Feuer gebraten wurde. Außerdem hatte jemand ein paar Kakas, Fruchttauben und Aale zubereitet. Dazu wurden Kartoffeln, Rüben und Erbsen gereicht und zum Nachtisch Apfelkuchen. Es war ein richtiges Festmahl.

Lina aß kaum etwas. Mehrmals versuchte sie, einen Blick von Alexander zu erhaschen, der an Rudolf Trebans anderer Seite saß, aber stets wich er ihr aus. Und kaum war das Essen vorüber, gab er sogar demonstrativ seinen Platz auf und setzte sich einige Stühle weiter weg.

Es wurde Herbst, doch noch schmeckte die Luft sonnenschwer und nach Spätsommer. In den Bäumen ringsum lärmten die Tuis in ihrem grün und blau schillernden Federkleid, als freuten sie sich über das Fest. Die Dämmerung zog sich dahin wie schon den ganzen Sommer hindurch; die tief stehende Sonne verströmte noch lange ein diffuses, gleißendes Licht. Die Gäste aßen, tranken und ließen das Brautpaar hochleben. Bald schon ging es auch um andere Dinge als die Hochzeit.

»Habt ihr gelesen, was neulich im *Examiner* stand?«, fragte Mr Bensemann. »Sie wollen eine Bürgerwehr in Nelson gründen.«

»Eine Bürgerwehr?«, fragte Fedor Kelling und nahm sich noch ein Stück Apfelkuchen. »Weshalb?«

»Zum Schutz der Siedler vor den Maori. Jeder männliche Einwohner zwischen achtzehn und sechzig Jahren wird demnächst für einen Monat zum Dienst verpflichtet. Oben im Fort soll die Ausbildung stattfinden.«

»Jeder männliche Einwohner?«

Bensemann nickte. »Jeder zwischen achtzehn und sechzig Jahren. Nur Pfaffen und Wilde nicht - Entschuldigung, Pastor, ich meinte natürlich, Geistliche und Maori nicht.«

Pastor Heine nickte bedächtig und kaute mit vollen Backen.

»Gut so«, nickte ein anderer Gast, dessen Name Lina sich nicht hatte merken können. »Schließlich müssen wir uns gegen diese kriegerischen Wilden schützen. Wer weiß, wann hier so etwas passiert wie damals in Wairau!«

»Das ist lächerlich«, mischte sich Alexander ein. Er hatte die ganze Zeit noch nichts gesagt, aber jetzt konnte er sich offenbar nicht länger zurückhalten. »Man kann doch die Wairau-Maori nicht mit denen gleichsetzen, die hier leben.«

»Ach, diese Wilden sind doch alle gleich!«, gab der Gast zurück. »Peter Marxheimer hat erzählt, die Wilden sollen einen neuen Überfall planen. Und dass sie alle Weißen aus dem Land vertreiben wollen.«

»Ach komm schon!«, fiel Bensemann ein. »Peter hat auch erzählt, ihm sei auf dem Nachhauseweg ein Geist erschienen, mit dem er sich dann die ganze Nacht unterhalten habe. Dabei hatte er nur zu tief ins Glas geschaut!«

Alle lachten. Nur Alexander nicht. Lina beobachtete ihn verstohlen. Er war achtzehn Jahre alt. Oder sogar schon neunzehn? Sie hatte ihn noch nie gefragt, wann er Geburtstag hatte. Und jetzt war schon gar nicht der richtige Zeitpunkt dafür.

»Zahlen sie einem wenigstens Geld für diesen Dienst?«, knurrte Rudolf Treban neben ihr. »Sie können nicht verlangen, dass gleich zwei kräftige Männer ausfallen!«

»Natürlich«, bekräftigte Bensemann. »Es gibt sogar einen recht ordentlichen Sold, habe ich gelesen.«

»Ich werde jedenfalls nicht dorthin gehen«, verkündete Alexander. »Egal, was es dafür gibt.«

»Das würde ich mir aber noch mal überlegen«, sagte Bensemann. »Jeder, der nicht zum Dienst antritt oder unentschuldigt fehlt, wird ein Bußgeld zahlen müssen. Bis zu zwanzig englische Pfund, hieß es.«

»Da siehst du es.« Treban schnaufte und blickte über den Tisch hinweg seinen ältesten Sohn an. »Hör endlich auf, dich aufzuführen, als wärst du selbst einer von diesen Wilden! Als Bürger dieses Landes bist du zum Dienst verpflichtet. Und wenn du an der Reihe bist, wirst du gehen, genau wie wir alle auch. Das ist mein letztes Wort!« Er griff nach seinem Bierkrug und prostete seinen Gästen damit zu. »Und jetzt lasst uns fröhlich sein, es ist meine Hochzeit!«

Es war nicht sein erstes Bier. Lina mochte es nicht, wenn er getrunken hatte. Er sah schlecht aus. Über dem steifen Vatermörderkragen war sein Kopf rot, seine Augen flackerten und seine Stimme schwankte leicht. Die viele Arbeit der vergangenen Wochen und der Druck von Seip bekamen ihm nicht gut.

Als Lina den Blick von ihm löste, sah sie, dass Alexander aufgestanden war. Er sagte etwas, so leise, dass sie ihn nicht verstehen konnte, dann drehte er sich um und verließ die Festgesellschaft.

Sein Vater bemerkte nicht einmal, dass er ging.

Kapitel 14

Lina zuckte zusammen, als Mr Treban – nein, sie sollte ihn ja jetzt Rudolf nennen –, als Rudolf die Tür des Schlafzimmers hinter sich schloss. Er ließ sich schwer in den Stuhl neben dem Bett fallen und strich sich über seine eingefallenen Wangen.

»Ich muss ein bisschen verschnaufen. Das war ein anstrengender Tag.«

Lina blieb verlegen neben ihm stehen. Um Mitternacht hatte man ihr den weißen Brautschleier abgenommen, denn ab diesem Zeitpunkt war sie keine Braut mehr, sondern Ehefrau. Dann hatten alle noch anwesenden Gäste das Ehepaar ins Schlafzimmer begleitet, wie es Brauch war, und sich dort mit den besten Wünschen von ihnen verabschiedet.

Im Zimmer war es warm und etwas stickig. Eine einzelne Kerze gab ein schwaches, flackerndes Licht, das unruhige Schatten auf den Wänden tanzen ließ. Das kleine Haus der Trebans war ruhig. Kaum ein Laut war zu hören bis auf einen leichten Wind, der die Blätter der Bäume vor dem Fenster bewegte, und das tiefe *Buh-*

buk, Buh-buk des Kuckuckskauzes. Die Kinder schliefen schon lange, und wo Alexander war, wusste Lina nicht. Sie war allein mit Rudolf Treban. Ihrem Ehemann.

Ihr Nachthemd lag ordentlich ausgebreitet auf dem Bett, seines daneben. Lina war müde und gleichzeitig schrecklich nervös. Jetzt war sie also da, die Hochzeitsnacht. Sie sehnte sich nach der kleinen Kammer nebenan, in der Rieke und Sophie nun alleine schliefen. Am liebsten wäre sie hinübergelaufen und hätte sich zu ihnen gelegt. Aber als frischgebackene Ehefrau musste sie natürlich hier schlafen.

Mit spitzen Fingern griff sie nach ihrem Nachthemd und stand dann unschlüssig da. Sollte sie sich etwa hier vor ihm umziehen? Das letzte Mal, dass sie sich vor einem Mann hatte ausziehen müssen, war in Hamburg gewesen, als man sie und Rieke auf körperliche Schäden untersucht hatte. Damals war es ihr nur entsetzlich peinlich gewesen. Jetzt hatte sie auch noch Angst.

»Nun mach schon, ich schau schon nicht hin!«

Sie schluckte, zögerte, dann nickte sie. Es half ja nichts. Sie drehte Rudolf den Rücken zu und begann mit zitternden Fingern, die kleinen Verschlüsse aufzuknöpfen, die ihr gutes schwarzes Kleid am Hals schlossen. Langsam, einen nach dem anderen, als könnte sie damit das Unvermeidliche hinauszögern. Als alle Knöpfe offen waren, streifte sie das Kleid ab. Jetzt trug sie nur noch ihr Hemd. Sie zog ihre dünnen Lederschuhe aus, löste die Strumpfbänder und legte die langen braunen Strümpfe ab, dann schlüpfte sie hastig aus ihrem Hemd. Genauso eilig streifte sie das bodenlange, frisch gewaschene Nachthemd über.

Erst dann wagte sie, sich umzudrehen.

Rudolf sah sie aus leicht glasigen Augen an. Also hatte er ihr doch zugesehen… Hitze schoss ihr in die Wangen.

»Hoffentlich bringst du mir ein bisschen Glück, Lina«, sagte er mit schwerer Zunge. »Manchmal wünschte ich, ich wäre daheim in Deutschland geblieben. Dieses Land hier hat es noch nicht gut mit mir gemeint. Meine erste Frau ist auf der Reise gestorben. Kurz vor meiner Ankunft haben die verdammten Wilden meinen Bruder umgebracht. Und mein Sohn…« Er brach ab, als fehlten ihm plötzlich die Worte.

»Der Sohn? Alexander?«, fragte Lina, plötzlich hellwach. »Was war mit ihm?«

»Ich glaubte, auch er wäre tot… Nirgends war eine Spur von ihm.« Rudolfs Blick verlor sich irgendwo in der Vergangenheit. Dann kehrte er zu ihr zurück.

»Was? Was war denn passiert?« Lina musste an Alexanders Tätowierung denken und daran, wie freundschaftlich er mit den Maori umgegangen war. Ob sie nun endlich Antworten bekommen würde?

Rudolf seufzte. »Ach, Lina, ich bin müde und mein Schädel brummt. Morgen ist noch genug Zeit, um darüber zu reden.« Er rieb sich die Augen, blinzelte, dann sah er sie wieder an. Ein erschöpftes Lächeln glitt über seine Züge. »Jetzt sind wir also tatsächlich verheiratet, was?«

Sie zwang sich zu einem kleinen Lächeln und nickte stumm. Was hätte sie darauf auch sagen sollen?

»Nun, Lina, ich weiß, dass du mich nicht aus Liebe geheiratet hast«, sagte er. »Doch ich will versuchen, dir ein guter Ehemann zu sein. Mit der Zeit wirst du mich hoffentlich schätzen lernen.«

Lina sah ihn an, sein hageres, erschöpftes Gesicht. Seine Worte brachten etwas in ihr zum Klingen. Sollte man nicht den einen, den Richtigen heiraten?

Rudolf Treban war nicht der Richtige.

Er seufzte erneut. »Nun, dann wollen wir es mal hinter uns bringen.«

Lina erstarrte, trotz der Wärme kroch ihr ein Schauer über die Haut. Sie fürchtete sich vor dem, was gleich passieren würde. Bitte, lieber Herr Jesus, flüsterte sie lautlos, hilf mir heute Nacht!

Sie hatte nicht viel Ahnung von dem, was Eheleute unter der Bettdecke miteinander taten. Auf der *Skjold* hatte ihr eine junge Frau allerdings erzählt, es tue nur beim ersten Mal weh. Nun, heute war ihr erstes Mal.

Bist du sicher, dass es Mr Treban ist, den du ehelichen willst?, schoss ihr in diesem Moment auch noch Pastor Heines Frage durch den Kopf. Fast hätte sie laut *Nein, das bin ich nicht!* gerufen. Aber dafür war es jetzt zu spät.

Kurz gab sie sich der Vorstellung hin, es wäre Alexander und nicht sein Vater, mit dem sie hier allein in der Schlafstube wäre. Dass sie ihn geheiratet hätte und nicht Rudolf. Ob sie dann weniger Angst gehabt hätte?

Aber es war müßig, darüber zu spekulieren. Alexander war irgendwo da draußen und grollte ihr, und wahrscheinlich würde er das auch noch für die nächsten Wochen und Monate tun. Und sie war jetzt mit Rudolf Treban verheiratet. Für den Rest ihres Lebens.

Rudolf beugte sich ächzend vor. »Was für ein Tag das war! Ich fühle mich, als wären meine Schuhe etliche Nummern zu klein für meine Füße.«

Lina trat mit einem schnellen Schritt vor ihn. »Soll ich...?«

Er nickte dankbar und lehnte sich zurück, während sie sich auf den Boden kniete und begann, die raue Kordel seines rechten Schuhs aufzuschnüren. Der Geruch von Schweiß und Bier stieg ihr in die Nase. Und gleich würde sie neben ihm im Bett liegen müssen. Sie schluckte schwer, um ihren plötzlichen starken Widerwillen zu unterdrücken.

Rudolfs Fuß war geschwollen; es war nicht leicht, ihn aus dem engen Schuh herauszubekommen. Lina musste mit aller Kraft daran ziehen und zerren, bis er sich endlich löste und sie fast rückwärts auf den Boden fiel. Dann widmete sie sich dem zweiten, öffnete auch hier die Kordel und zog ebenfalls mit aller Kraft.

Sie blickte auf, als sie ein seltsames Keuchen hörte.

»Lina...« Rudolfs Stimme war kaum zu verstehen. Sie hörte sich an, als käme sie aus einem alten Leierkasten, ganz hoch und pfeifend. »Lina, hilf...«

Er hing verdreht auf dem Stuhl und schnappte nach Luft. Sein Gesicht war plötzlich aschfahl und schmerzverzerrt, seine rechte Hand krallte sich an seine Brust, mit der Linken ruderte er hilflos in der Luft herum.

Lina richtete sich auf, zu Tode erschrocken. »Was ... was ist? Mr Treban – Rudolf –, was ist denn los?«

Er gab keine Antwort, schüttelte nur hektisch und mit hervorquellenden Augen den Kopf.

Lina geriet in Panik. Der steife, hohe Stehkragen unter dem weißen Halstuch schnitt in Rudolfs Hals, es sah aus, als würde er ihm die Luft abschnüren. Sie zerrte daran, zwängte ihre Finger zwischen Hals und Kragen. Mit beiden Händen zog sie an dem festen Stoff. Ein Knopf riss ab, flog durch den Raum und landete mit einem lauten Klacken in einer Ecke, während Rudolfs angstvolles Keuchen in ihren Ohren klang.

Sein Körper sank gegen sie. Sie stemmte sich dagegen, und für einen Moment gelang es ihr, ihn zu halten. Dann verließ sie die Kraft und gemeinsam mit ihm fiel sie zu Boden. Schwer wie ein Felsbrocken lag er über ihr. Er zuckte, röchelte, dann war er still.

Lina konnte sich kaum rühren, ihr Herz raste vor Angst und Entsetzen.

»Rudolf?«, flüsterte sie mühsam. »Mr Treban? Ist alles in Ordnung?«

Er antwortete nicht. Bewegte sich nicht.

Noch einmal nahm sie alle Kraft zusammen, stemmte sich gegen ihn, bis es ihr schließlich gelang, den schweren Körper von sich herunterzuwälzen.

Zitternd und keuchend setzte sie sich auf. Rudolf lag rücklings und völlig reglos auf den hölzernen Bodendielen, wie ein gefällter Baum, etwas Speichel lief sein Kinn herunter. Das Schlimmste aber waren seine Augen. Sie waren geöffnet, aber blicklos nach oben gerichtet.

Bebend streckte sie die Hand aus, berührte ihn an der Schulter. »Rudolf?« Sie schüttelte ihn leicht.

Nichts.

O Gott, bitte, flehte sie still. Lass ihn nur betrunken sein!

Sie kam auf die Füße, wankte zur Tür und riss sie auf.

»Hilfe!«, schrie sie. Ihre Stimme hörte sich an, als gehöre sie nicht zu ihr, ganz hoch und dünn. »Hilfe!«

Sie stürzte in die Stube. Vielleicht war noch jemand von den Hochzeitsgästen anwesend, Fedor Kelling oder Pastor Heine oder Mr Bensemann?

Die Stube lag im fahlen Licht eines halben Mondes, der zu einem Fenster hereinlugte. Niemand von den Gästen war mehr da.

»Lina?« Julius richtete sich verschlafen von seinem Nachtlager auf. »Was ist denn los?«

»Ach, es...« Der Junge sollte seinen Vater nicht so sehen. »Nichts, gar nichts. Aber sag schnell, wo ist Alex?«

Julius rieb sich die Augen, dann hob er die Schultern. »Im Schuppen, glaube ich.«

Sie stürzte hinaus. Im geisterhaften Mondlicht waren der lange, geschmückte Tisch und Berge von benutztem Geschirr zu sehen. Normalerweise wäre es Linas Aufgabe gewesen, die Sachen fortzuräumen, aber an diesem Tag war sie natürlich von der Arbeit befreit, und sonst hatte wohl niemand daran gedacht.

Sie rannte über den Hof und schrie erneut nach Hilfe. Dabei übersah sie, was vor ihr lag, stieß sich das Bein an einem umgefallenen Stuhl und schluchzte vor Schmerz und Angst auf.

Sie wusste nicht, woher er auftauchte, aber plötzlich war Alexander da. »Was schreist du hier herum? Gefällt dir deine Hochzeitsnacht etwa nicht?«

Sie fuhr herum. »Alex, dein … dein Vater! Komm schnell, es geht ihm sehr schlecht!«

Obwohl es mitten in der Nacht war, schlief bis auf die kleine Sophie niemand im Hause Treban. Eine Kerze flackerte auf dem Küchentisch. Lina hatte den Ofen entzündet; Rieke und Julius standen daneben und hielten sich an den Händen, als könnten sie sich aneinander festhalten. Alexander lief wie ein Tiger im Käfig immer wieder von der einen zur anderen Seite der Stube, auf und ab, auf und ab. Er hatte Dr. Braun geholt. Der Arzt war jetzt schon seit einiger Zeit bei seinem Vater im Schlafzimmer.

Niemand sprach. Die Minuten verstrichen quälend langsam, die Warterei zerrte an den Nerven. An einem Haken an der Wand baumelte Rudolf Trebans Taschenuhr, gleich neben dem einfachen Kruzifix. Lina trug noch immer ihr Nachthemd, über das sie einen leichten Schal geworfen hatte. Sie saß auf einem Stuhl in der Nähe des Ofens, mit angezogenen Beinen, die nackten

Füße unter das Hemd gezogen. Ihr aufgeschürftes Bein pochte, aber sie bemerkte es kaum. Trotz der Wärme zitterte sie so sehr, als hätte sie in Eiswasser gebadet.

Von Zeit zu Zeit warf Alexander ihr einen Blick zu und dann glaubte sie den Vorwurf in seinen Augen zu sehen. *Was hast du mit ihm gemacht?*, schien seine stumme Frage zu lauten. Und Lina fühlte sich tatsächlich schuldig. Hatte sie nicht in ihrem Stoßgebet um Hilfe gebeten? Aber so etwas hatte sie doch nicht gewollt!

Auch jetzt betete sie. Stumm und flehentlich.

Die Tür des Schlafzimmers öffnete sich und sofort wandten sich alle Köpfe um. Alexander unterbrach sein rastloses Umherwandern und blieb stehen.

Dr. Braun schloss die Tür hinter sich und trat mit ernstem Gesicht zu ihnen. »Mrs Treban ...«

Lina zuckte bei der ungewohnten Anrede zusammen und sah den Arzt erschrocken an. »Ja?«

»Was ist mit ihm, Doktor?«, fragte Alexander.

»Es tut mir sehr leid«, wandte sich Dr. Braun nun an ihn, »aber ich konnte nichts mehr für ihn tun. Ihr Vater ist tot.«

Kapitel 15

Der März hatte aus Lina binnen kürzester Zeit erst eine Braut und dann eine Witwe gemacht, aus ihrem Hochzeits- ein Trauerkleid.

Der kleine Friedhof, auf dem Rudolf Treban seine letzte Ruhe finden würde, lag direkt neben dem Hafen. Nun kamen dieselben Leute, die auch mit ihnen Hochzeit gefeiert hatten, zu seinem Begräbnis. Passenderweise regnete es in Strömen. Ein starker Wind ließ Rockschöße und Hutbänder flattern und wehte den männlichen Trauergästen fast den Zylinder vom Kopf. Die Wellen schlugen klatschend an den Strand. Regen peitschte ihnen entgegen und drückte Lina den Trauerschleier ins Gesicht. Während sie Beileidsbekundungen entgegennahm, wurde sie in ihrem schwarzen Kleid nass bis auf die Haut. Alexander, der neben ihr stand, ging es sicher nicht anders, auch wenn sie vermied, ihn anzusehen. Rieke, die auf Linas anderer Seite stand, hatte die kleine Sophie auf dem Arm, die nicht so recht zu verstehen schien, was die vielen Leute hier taten. Julius schluchzte herzzerreißend.

Lina dagegen fühlte sich vollkommen leer. Sie konnte nicht einmal weinen. Mechanisch bedankte sie sich bei denen, die ihnen ihr Beileid aussprachen, nickte und schüttelte Hände. Genau wie Alexander neben ihr. Aber die ganze Zeit waren ihre Gedanken weit fort. Auch wenn sie Rudolf Treban nicht geliebt hatte, so war er doch ein anständiger Mann gewesen, der Rieke und ihr Arbeit und ein Zuhause gegeben hatte. Was nun aus ihnen beiden – nein, aus ihnen allen – werden sollte, das wusste nur Gott im Himmel.

Im Haus herrschte eine gedrückte Stimmung. Lina hatte alles weggeräumt, was noch an die Hochzeit erinnerte, all die bunten Tücher, Blumen und kleinen Geschenke. Stattdessen hatte sie den kleinen Spiegel in der Stube mit einem Tuch verhängt, wie es der Brauch gebot. Drei Tage hatte Rudolf in der Wohnstube aufgebahrt gelegen, während Nachbarn und Freunde die Totenwache gehalten hatten. Drei Tage, in denen geweihte Kerzen gebrannt hatten, die nicht gelöscht werden durften, solange der Tote im Haus war. Alexander hatte die Taschenuhr seines Vaters angehalten, wie es Brauch war. Der Tote hatte das Zeitliche verlassen, nun sollte seine Seele Ruhe finden. Alles Wasser im Haus war ausgegossen und alle Feuer gelöscht worden. Auch die Hausarbeit ruhte in dieser Zeit. Niemand im Haus durfte waschen, putzen, kochen oder Brot backen. Die Nachbarn brachten Essen.

Auch für den heutigen Trauerkaffee hatten die Nachbarn gesorgt: kalter Braten, Kuchen sowie belegte

Brote. Lina nippte gerade an einem Becher mit bitterem Tee, als sie unter den Trauergästen die feiste Gestalt von Mr Seip sah, der ein paar Zettel in der Hand hielt und aufgeregt auf Alexander einredete. Alexander sah aus, als wäre er kurz davor, auf Seip loszugehen. Schnell trat sie dazu.

»Haben Sie eigentlich überhaupt kein Ehrgefühl?«, hörte sie Alexander gerade sagen. »Wir haben gerade meinen Vater beerdigt!«

»Was ist denn hier los?«, mischte sie sich ins Gespräch.

Alexander sah sie kaum an. »Das ist nicht deine Angelegenheit.«

»Das ist es sehr wohl«, widersprach Lina. »Auch wenn du es nicht akzeptierst: Ich bin jetzt auch ein Teil deiner Familie. Ich bin genauso dafür verantwortlich wie du.«

Seip musterte sie mit einem beifälligen Blick. »Da hat sie recht, die junge Witwe. Ach, übrigens: mein Beileid.«

»Danke«, murmelte sie und sah ihn abwartend an. Er reagierte nicht. »Mr Seip, was können wir für Sie tun?«, fragte sie schließlich.

»Ah, natürlich. Wie ich schon dem jungen Mann hier sagte«, holte er mit großer Geste aus, »hat die Familie Treban noch etliches an Schulden bei mir, schließlich habe ich ihnen die Überfahrt nach Neuseeland gezahlt.« Er holte ein Tuch aus der Tasche seiner geblümten Brokatweste und tupfte sich den Schweiß von der Stirn. »Großzügig, wie ich bin, hatte ich dem verstorbenen Rudolf Treban – Gott hab ihn selig – noch einen letzten Aufschub gewährt, aber der ist nun um. Ich will mein Geld!«

»Müssen Sie ausgerechnet heute damit anfangen?«, fuhr Alexander ihn an. »Reicht es Ihnen nicht, dass Sie meinen Vater mit Ihrer Gier ins Grab gebracht haben?«

Lina konnte sehen, wie Seip puterrot anlief. »Das ist eine bodenlose Frechheit! Wie kannst du es wagen, mir so etwas…«

»Alex, Mr Seip, bitte«, ging Lina dazwischen. »Ich bin mir sicher, wir finden eine Lösung.«

Sie wusste auch nicht, woher sie plötzlich ihre Ruhe nahm. Vermutlich war sie einfach nur erschöpft. Und irgendjemand musste schließlich einen kühlen Kopf bewahren.

Seips Gesicht nahm wieder eine gesündere Färbung an. Er fuhr sich erneut mit dem Tuch über die Stirn und nickte wohlwollend. »Sehr schön, Karolina, das höre ich gern. Oder muss ich jetzt Mrs Treban sagen?«

»Das überlasse ich Ihnen.« Sie bemühte sich um eine feste Stimme, auch wenn ihr plötzlich ganz schwach zumute war. Aber sie musste es wissen. »Wie… wie viel schulden wir Ihnen denn?«

Seip zückte seine Papiere, fuhr mit dem Finger daran entlang und las schließlich vor: »Rudolf Treban, Obstbauer, und Johanna Treban, seine Ehefrau, je siebzehn englische Pfund und zehn Shilling. Julius Treban, neun Jahre, acht Pfund fünfzehn Shilling. Das auf der Überfahrt geborene Kind wurde nicht berechnet.« Er blickte kurz auf, dann senkte er den Kopf wieder. »Macht zusammen dreiundvierzig Pfund fünfzehn Shilling. Gezahlt wurden bis jetzt achtzehn Pfund, bleiben noch fünfundzwanzig Pfund und fünfzehn Shilling Restschulden.«

Lina zuckte innerlich zusammen. So viel?

»Das haben wir nicht, und das wissen Sie«, erwiderte Alexander. Auch er wirkte plötzlich ausgesprochen hilflos. »Was ich verdiene und was wir an Obst und Gemüse verkaufen konnten, war viel zu wenig. Und jetzt hat das Begräbnis auch noch unsere letzten Reserven verschlungen.«

Nachbarn und Freunde hatten zwar zusammengelegt und etwas dazu beigesteuert, aber das reichte bei Weitem nicht.

Seip achtete überhaupt nicht auf ihn. »Hör zu, Karolina, du scheinst mir eine vernünftige junge Frau zu sein. Nicht so ein Heißsporn wie dein Freund hier.« Er ist nicht mein Freund, hätte Lina fast erwidert, schwieg aber. Und ein Lob von diesem Mann war nun wirklich das Letzte, was sie brauchte. »Vielleicht kannst du ihn ja zur Vernunft bringen.«

»Aber er hat es doch schon gesagt: Wir haben das Geld nicht.«

»Oh, aber er weiß, wie er an welches kommen *könnte*. Besser gesagt, an etwas, das mindestens genauso gut ist.«

»Vergessen Sie es!«, schnaubte Alexander.

»Dann«, Seip hob in falschem Bedauern die Schultern, »werdet ihr mit den Konsequenzen leben müssen. Zwei Wochen, das ist mein letztes Wort. Ich gebe euch noch zwei Wochen Zeit. Wenn ich dann nicht die gesamte Summe von euch bekomme, muss ich leider euer Haus beschlagnahmen. Dann müsst ihr euch eine neue Bleibe suchen. Und das dürfte schwierig werden.« Er lüftete den Hut und lächelte süffisant. »Einen schönen Tag noch.«

Lina stand wie erstarrt, ihre Gedanken kamen nur langsam wieder in Gang. Seip wollte sie aus dem Haus werfen lassen! Ihnen allen das Zuhause nehmen! Wie konnte er nur so herzlos sein – und das so kurz nach Rudolfs Tod? So viel Schamlosigkeit machte sie sprachlos.

Alexander dagegen hatte es nicht die Sprache verschlagen. Er fluchte und fand dabei Worte für Seip, die Lina an einem anderen Tag die Schamesröte ins Gesicht getrieben hätten.

»Haben wir wirklich kein Geld mehr?«, fragte sie, nachdem er sich wieder beruhigt hatte.

»Nein«, gab er einsilbig zurück.

Erst jetzt ging ihr auf, dass Seip schon wieder etwas Ähnliches wie damals bei der Feier zum Nelson-Tag gesagt hatte.

»Was hat er gemeint?«, fragte sie. »Wie könntest du an Geld oder etwas Vergleichbares kommen?«

Aber Alexander schüttelte nur den Kopf und ließ sie stehen.

Alle mieden das väterliche Schlafzimmer, in dem Rudolf Treban gestorben war. Lina verbrachte die Nächte wie bisher mit Rieke und Sophie in der kleinen Kammer und auch Alexander machte keine Anstalten, seinen Platz im Geräteschuppen aufzugeben.

Lina bestand darauf, dass Rieke und Julius wieder zur Schule gingen – und zu ihrem Erstaunen fügten sie sich ohne Widerspruch. Mit gemischten Gefühlen sah sie den Kindern nach, wie sie den Weg entlanggingen, der hinunter nach Nelson führte, und aus ihrer Sicht verschwanden. Als auch Alexander aufgebrochen und Lina mit Sophie allein war, räumte sie das Frühstücksgeschirr ab und machte sich an den Abwasch. Da sie kaum noch Brot hatten, rührte sie Mehl, Wasser, Salz und Hefe zu einem Teig zusammen und stellte ihn abgedeckt zum Gehen. Dann setzte sie sich an den Küchentisch.

Eigentlich wäre mehr als genug zu tun gewesen – in den vergangenen Tagen war viel liegen geblieben. Das Haus musste nach der Totenwache gereinigt werden, Wäsche gewaschen, ein abgerissener Saum ausgebessert werden. Und so bald wie möglich musste sie ihre Kleidung schwarz färben, um für das kommende Jahr der Trauer genug Sachen zum Wechseln zu haben. Neue Kleider konnte sie sich natürlich nicht leisten.

Aber sie fühlte sich vollkommen kraftlos und erschöpft. Und von der Last der plötzlichen Verantwortung schier erdrückt. Mit Rudolfs Tod war alles noch schwerer geworden. Jetzt waren Alexander und sie nur noch zu zweit, um sich um alles zu kümmern – und um den Untergang abzuwenden.

Seips Drohung schwebte wie ein düsteres Damoklesschwert über ihnen allen. Alexander wollte heute Vormittag am Hafen und im Sägewerk am Maitai-Fluss nach Arbeit fragen, die mehr Geld einbrachte als die üblichen zehn Shilling pro Woche, die er beim Straßenbau verdiente. Auch sie selbst würde sich eine zusätzliche Arbeit suchen müssen. Manche der deutschen Frauen spannen Wolle und verkauften sie an eine Weberei. Einen Shilling am Tag bekamen sie dafür. Andere, so hatte sie gehört, bereiteten den einheimischen Flachs vor, aus dem dann Papier oder Taue hergestellt wurden. Ob sie das auch versuchen sollte? Gleich morgen wollte sie sich danach erkundigen. Vielleicht würden sogar Rieke und Julius nach der Schule dabei mithelfen können.

Schule. Hatte Fedor Kelling ihr nicht auf der Überfahrt mit der *Skjold* vorgeschlagen, eine Schule zu gründen? Große Güte, wie lange war das jetzt schon her? Außerdem würde es sowieso nicht funktionieren. Hier in Nelson versah Pastor Heine diese Aufgabe, und sosehr es sie auch reizen würde, fehlten ihr dafür doch das Geld und die Möglichkeit.

Aber wie sie es drehte und wendete: Selbst im besten Fall würde ihr Verdienst zusammen mit dem von Alexander nie und nimmer reichen, um in zwei Wochen fünfundzwanzig englische Pfund zusammenzubekommen.

182

Lina hatte plötzlich das Gefühl, als würde ihr die Decke auf den Kopf fallen. Sie ging hinaus und sah nach den Hühnern, ging in den Gemüsegarten, jätete ein wenig Unkraut, versorgte die Pflanzen mit Wasser – alles Aufgaben, um die Rudolf sich gekümmert hatte und die sie jetzt auch würde übernehmen müssen. Als sie sah, wie schön und leuchtend orange die Kürbisse wuchsen, kamen ihr zum ersten Mal seit Rudolfs Tod die Tränen, und sie weinte lange um ihn. Auf seine Kürbisse war er immer besonders stolz gewesen.

Als der Mittag näher rückte und damit die Zeit, dass die Kinder aus der Schule kamen, feuerte Lina den Herd an und bereitete ein einfaches Essen aus Kartoffeln und Zwiebeln zu. Für Alexander würde sie den Rest am Abend aufwärmen.

Rieke und Julius ließen sich mit dem Rückweg wirklich Zeit. Vermutlich waren sie nach der Schule noch zum Aaltümpel gegangen. Oder sie schauten zu, wie in der Mühle daneben Mehl gemahlen wurde. Es gab so viele Möglichkeiten. Vielleicht waren sie aber auch am Hafen und besuchten Cordt Bensemann, der dort mit vielen anderen Arbeitern einen Segelschoner aus den Wrackteilen der *Fifeshire* errichtete. Möglicherweise waren sie danach noch mit Anna Bensemann, die ihrem Vater normalerweise das Mittagessen an den Arbeitsplatz brachte, nach Hause gegangen.

Und das, während Lina hier mit dem Essen auf die beiden wartete. Sie versuchte, ihren Ärger zu unterdrücken. Seit Rudolfs Tod waren die Kinder einander noch enger verbunden und verbrachten fast jede freie Minute zusammen. Lina wollte es ihnen nicht verbieten, auch wenn es sich nicht gehörte. Sie waren beide noch so jung und sie schienen sich gegenseitig Halt zu geben. Vor allem Julius, der innerhalb von zwei Jahren beide Eltern verloren hatte, würde sie in nächster Zeit einiges nachsehen.

Dennoch: Das Essen war gekocht und wurde kalt. Nach einer weiteren halben Stunde setzte Lina sich alleine mit Sophie zu Tisch, fütterte das Kind und aß selbst mit wenig Hunger, dann widmete sie sich dem Brotteig. Wütend knetete sie den Teig durch und formte daraus einen länglichen Laib. Na, die beiden konnten etwas erleben!

Als sie am Nachmittag das Brot aus dem Ofen nahm, waren Rieke und Julius noch immer nicht aufgetaucht. So lange waren die beiden noch nie fortgeblieben. Ihnen war doch wohl nichts zugestoßen? Möglicherweise hatten sie Alexander getroffen und waren nun bei ihm. Ja, so war es bestimmt!

Am liebsten wäre auch Lina zu ihm gegangen. Aber sie wusste ja gar nicht genau, wo er war. Ohnehin konnte sie hier nicht weg, denn was wäre, wenn Julius und Rieke zurückkämen und niemanden vorfänden? Und wohin mit Sophie? Die hätte sie mitnehmen müssen. Ihr blieb nichts anderes übrig: Sie würde hier warten müssen, bis alle nach Hause kamen.

Die Stunden wurden ihr lang. Immer wieder ging sie vor bis an den Weg und blickte sich suchend um, war-

184

tete und hoffte, dass sie endlich zurückkamen. Endlich, mit Anbruch der Dämmerung, als das Licht allmählich schwächer wurde, sah sie Alexander, der müde den Weg heraufkam. Er war allein.

Sie nahm Sophie auf den Arm und lief ihm entgegen.

»Wo ... wo ist Rieke? Und Julius?«, fragte sie atemlos, als sie ihn erreicht hatte. »Hast du sie nicht gesehen?«

»Nein.« Er roch nach Holz und Sägemehl und wirkte erschöpft; wahrscheinlich hatte er den ganzen Tag wieder schwer gearbeitet. »Sollten sie nicht längst wieder zu Hause sein?«

»Ich warte schon seit dem Mittag auf sie. Ich dachte, sie wären vielleicht zu dir gegangen.«

»Beim Sägewerk? Da haben Kinder nichts verloren!«

»Lellek, Lellek ...!«, plapperte Sophie, die sich freute, ihren großen Bruder zu sehen, dazwischen.

»Ja, Kleines, jetzt nicht. Sie sind nicht hier, sagst du?« Alexander fluchte und lief mit großen Schritten voraus. Lina musste fast rennen, um mit ihm Schritt zu halten. Sophie auf ihrem Arm war schon reichlich schwer.

»Wieso hast du nicht auf sie aufgepasst?«, fuhr er sie an.

»Was?« Lina glaubte, sich verhört zu haben. »Sie waren in der Schule, und danach sollten sie eigentlich sofort nach Hause kommen!«

Sie waren bei der Farm angekommen. Alexander fuhr sich mit beiden Händen durch die Haare; das Sägemehl darin ließ sie stumpf aussehen, fast wie gepudert.

»Wahrscheinlich war es deine verrückte Schwester, die meinem Bruder Flausen in den Kopf gesetzt hat.«

»Ach, das sehe ich aber ganz anders! Es ist ja wohl dein Bruder, der ständig mit neuen Hirngespinsten kommt!« Lina atmete heftig, plötzliche Angst schnürte ihr die Kehle zu. »Bitte, Alex, wir müssen etwas tun! Wenn ihnen nun etwas zugestoßen ist. Oder falls… falls die Maori sie nun verschleppt haben…«

»Verschleppt?« Alexander sah sie plötzlich ganz misstrauisch an. »Wie kommst du denn auf solche Ideen?«

»Ich weiß nicht. Ich glaube, das habe ich irgendwo mal gehört. Es hieß, die Maori holen sich manchmal Kinder. Und dann machen sie sie zu ihren Sklaven.«

Sie holte tief Luft, drängte die Angst zurück, die immer mächtiger werden wollte, und zwang sich zum Nachdenken. Wo um alles in der Welt konnten die Kinder sein?

»Mr Seip!«, entfuhr es ihr dann. »Kann er etwas damit zu tun haben?«

Alexander lachte verächtlich. »Ich traue diesem fetten Mistkerl ja einiges zu, aber nicht, dass er die beiden entführt. Was hätte er davon?«

»Nein, das meine ich doch nicht. Aber… gestern, nach unserem Gespräch beim Trauerkaffee. Da habe ich gesehen, wie er mit Julius gesprochen hat.«

Alexanders Züge wurden hart. »Seip hat mit Julius gesprochen? Und das sagst du mir erst jetzt?«

»Es ist mir doch auch erst jetzt wieder eingefallen!«

»Hast du wenigstens gehört, worüber sie gesprochen haben?«

»Keine Ahnung, ich stand zu weit weg und Mr Kelling redete gerade mit mir.« Lina rieb eine ihrer feuchten Handflächen am Rock ab, mit der anderen schulterte sie Sophie neu. Das kleine Mädchen war an ihrer Schulter eingeschlafen. »Ich wollte Julius später danach fragen, aber dann muss ich es wohl vergessen haben.«

»Haben sie denn heute Morgen noch irgendetwas dazu gesagt? Oder etwas dagelassen?«

Lina schüttelte den Kopf. »Zumindest nicht da, wo ich es finden könnte.«

Er nickte, dann drehte er sich um und ging ohne ein weiteres Wort zu dem Schuppen über den Hof.

Lina lief ihm nach. An der geöffneten Tür des Schuppens blieb sie stehen und spähte neugierig hinein. Hier war sie noch nie gewesen.

Ein Licht leuchtete auf, als Alexander drinnen eine Petroleumlampe entzündete. Lina sah einige Kisten und Geräte, die dort herumstanden, und die Schlafstelle, die Alexander sich in einer Ecke eingerichtet hatte. Daneben konnte sie einen Stapel von Büchern erkennen. Viele Bücher. Da hatte sie nun schon seit Monaten mit ihm unter einem Dach gelebt und wusste doch kaum etwas über ihn.

Er hob die Decken hoch, warf irgendetwas zur Seite, wühlte in einem Kleiderstapel. Nichts. Für einen Augenblick wirkte er ratlos, dann begann er, hastig eines der Bücher durchzublättern. »Humboldt, Ansichten der Natur«, konnte Lina auf dem Titelblatt lesen. Ein Zettel fiel heraus. Alexander hob ihn auf, schien etwas zu lesen – und fluchte.

»Was?« Lina trat einen Schritt in den Schuppen. »Was ist? Hast du etwas gefunden?«

Er drehte sich zu ihr um, im schwachen Schein der Lampe leuchtete sein Gesicht geisterhaft. »Ich glaube, ich weiß, wo sie sind.«

Kapitel 16

»*Tut mir leid,* aber ich verstehe gar nichts.« Lina starrte auf den Zettel in ihrer Hand, den die Flamme der Petroleumlampe beleuchtete. Sophies Köpfchen lag entspannt an ihrer Schulter.

»Wir haben das *waka* genommen und suchen…«, stand da in Julius' kindlicher Schrift. Etwas war dick durchgestrichen, dann ging es weiter. »…was. Wenn wir es gefunden haben, kommen wir zurück. Dann haben wir keine Schulden mehr.«

Lina schüttelte verwirrt den Kopf. Ihr war ein großer Stein vom Herzen gefallen, denn offensichtlich war den Kindern nichts passiert. Die beiden waren bloß ausgerissen. Aber jetzt standen Alexander und sie vor ganz neuen Problemen.

»Was haben sie vor? Und was ist ein *waka?*«

»So nennen die Maori ihre Kanus«, erklärte Alexander. »Wir haben eines am Maitai-Fluss. Das heißt… ich fürchte, wir hatten.« Er schüttelte ärgerlich den Kopf. »Dieser kleine Bengel! Ich versohle ihm den Hintern, wenn ich ihn erwische!«

189

»Du weißt, wo sie sind?« Lina machte Anstalten, aus dem Schuppen zu laufen. »Dann schnell, wir müssen ihnen nach!«

Alexander war stehen geblieben. »*Wir* müssen überhaupt nichts. Ich werde ihnen folgen, sobald es wieder hell ist. Du bleibst hier und passt auf Sophie auf.«

»Nein.« Zum ersten Mal wagte sie es, ihm offen zu widersprechen. Aber diese Situation war zu kompliziert, um Alexander damit allein zu lassen. Und sie, Lina, war jetzt genauso für die Kinder verantwortlich. »Wir werden beide nach ihnen suchen. Sophie kann bei den Tucketts bleiben. Es geht schließlich um meine Schwester!«

»Und um meinen Bruder.«

»Nicht so laut!«, ermahnte ihn Lina. »Sophie wacht auf!«

Alexander schüttelte den Kopf, aber er sprach wieder leiser. »Du würdest mich nur behindern. Alleine komme ich schneller voran.«

»Das glaube ich nicht«, wandte Lina ein. »Du kannst nicht ständig unterwegs sein. Du musst auch mal ausruhen. Und essen. Und vier Augen sehen mehr als zwei.« Sie konnte nicht einfach hier herumsitzen und darauf warten und hoffen, dass Alexander mit den Kindern zurückkam. Das würde sie einfach nicht ertragen.

Er antwortete nicht, starrte nur auf das Buch in seinen Händen. Himmel, ließ er sich denn durch gar nichts überzeugen?

»Ich werde dich nicht stören«, versuchte Lina es erneut. »Du wirst mich überhaupt nicht bemerken. Ich ... ich werde so unauffällig wie ein Mäuschen sein.«

»Wie ein Mäuschen?« Jetzt musste er doch lächeln. Wie lange hatte sie das nicht mehr bei ihm gesehen?

Sie nickte mit Nachdruck.

Alexander zögerte, schien zu überlegen. »Vielleicht hast du recht«, sagte er dann und Lina hätte vor Erleichterung fast laut aufgeseufzt. »Wir müssen flussaufwärts fahren, das ist zu zweit sicher besser. Kannst du rudern? Oder staken?«

»Ich bin am Wasser aufgewachsen«, erwiderte sie. Das entsprach ja auch der Wahrheit. Hoffentlich fragte er nicht weiter. Am Wasser aufgewachsen zu sein, bedeutete in ihrem Fall nämlich gar nichts, denn sie konnte weder schwimmen noch hatte sie je ein Boot bewegt.

»Gut, dann machen wir es so.« Er legte das Buch zurück auf den Stapel und wartete, bis Lina an der Tür war, dann drehte er die Petroleumlampe herunter, blies die Flamme aus und kam ihr nach.

Draußen, im Freien, sah Lina für einen Moment fast nichts, dann gewöhnten sich ihre Augen langsam an die Dunkelheit. Mittlerweile war die Nacht über Nelson hereingebrochen. Die Bäume wisperten im Abendwind. Am Nachthimmel erschienen die ersten Sterne und im Osten schob sich ein silbrig schimmernder Halbmond über die schneebedeckten Bergkuppen. Von weiter unten, die schmale Straße herauf, drang der schwache Schimmer eines Herdfeuers. Dort wohnten die Tucketts, ihre nächsten Nachbarn.

»Kann es nicht sein, dass die beiden uns nur erschrecken wollten?«, sprach Lina in der Dunkelheit die Idee aus, die ihr gerade gekommen war. »Dass sie nur so getan haben, als würden sie das Boot nehmen? Und stattdessen sitzen sie irgendwo warm und gemütlich und lachen sich ins Fäustchen?«

Eigentlich glaubte sie selbst nicht daran. Im Gegenteil zu Lina war ihre kleine Schwester von einer schwer zu bezähmenden Abenteuerlust. Und in Julius hatte dieser Topf sein Deckelchen gefunden.

»Schön wäre es«, sagte Alexander dann auch. »Aber ich kenne Julius. Er wollte schon immer nichts lieber, als auch einmal…« Alexander ließ offen, was er hatte sagen wollen.

»Wohin?«, hakte Lina nach. »Sag es mir doch!«

Aber Alexander war schon längst mit anderen Dingen beschäftigt. »Ich gehe nachsehen. Wenn das *waka* fort ist, wissen wir Bescheid. Dann muss ich irgendwo ein neues Boot besorgen. Das heißt, ich werde eine Weile fort sein. Du kannst derweil ein paar Sachen zusammenpacken. Proviant, Decken, etwas zu trinken. Und was du so an Kleidung für ein paar Tage brauchst.«

»Ja sicher. Aber zuerst werde ich die Kleine zu den Tucketts bringen. Sie kennen Sophie. Sie werden gut für sie sorgen. Was meinst du: Ob sie sich auch um den Esel kümmern würden? Und um die Hühner?«

Alexander nickte. »Ich denke schon. Hier hilft man sich gegenseitig.« Er strich seiner schlafenden kleinen

Schwester über den Kopf. »Sei ein braves Mädchen, Sophie. Wir sind bald wieder zurück.«

»Wir sollten vielleicht einen Zettel hinlegen, falls Rieke und Julius zurückkehren und uns nicht vorfinden. Und jemandem Bescheid geben«, überlegte Lina. »Außer den Tucketts am besten noch Pastor Heine.«

»Gut. Den Pastor kann ich übernehmen. Bis morgen früh dann.« Und schon war er in der Nacht verschwunden.

»Ja, bis morgen«, murmelte Lina.

Es war spät in der Nacht, als Lina nach all den Vorbereitungen endlich unter ihre Decke kriechen konnte. Dennoch fand sie lange keinen Schlaf. So einsam war es noch nie im Haus gewesen. Rudolf Treban war tot, Sophie bei den Nachbarn, Alexander unterwegs.

Und Rieke und Julius? Wo waren sie bloß? Hatte Rieke Angst, da draußen in der Dunkelheit? Hatten die Kinder einen sicheren Platz zum Schlafen gefunden? Oder irrten sie hilflos durch die Nacht? Ruhelos wälzte Lina sich auf die andere Seite. Die Kinder waren ihr anvertraut gewesen, und jetzt waren sie fort! Hätte sie nicht früher etwas merken müssen?

Rieke konnte genauso wenig schwimmen wie sie selbst. Waren die beiden womöglich gekentert, das Boot umgeschlagen, die Kinder ertrunken? Jäh flackerte die Angst in Lina auf, als sie sich den leblosen Leib ihrer kleinen Schwester vorstellte, wie er im Wasser trieb.

Mühsam drängte sie diese Bilder zurück, versuchte, sich auf etwas weniger Angsteinflößendes zu konzentrieren. Sicher sah morgen alles schon wieder ganz anders aus. Vielleicht tauchten die beiden morgen früh schon wieder auf. Dann würde es ein gewaltiges Donnerwetter geben und alles wäre wieder in Ordnung.

Und wenn nicht? Dann würde Lina morgen früh mit Alexander aufbrechen, um nach den beiden zu suchen. Auch wenn sie ein vages Unbehagen über ihren Plan verspürte, in der Wildnis unterwegs sein zu müssen: Dass Alexander dabei war, sandte einen prickelnden Schauer der Vorfreude durch ihren Körper. Sie und er, alleine in einem Boot ... Bis ihr einfiel, dass sie in all der Aufregung um Riekes und Julius' Verschwinden etwas völlig übersehen hatte: Was war es, wonach die Kinder suchten? Und worüber Alexander nicht reden wollte?

Sie musste sich wohl oder übel gedulden. Irgendwann würde sie schon erfahren, was er ihr verheimlichte.

Als sie endlich in einen unruhigen Schlaf fiel, träumte sie von Booten und krächzenden Vögeln. Und von Alexander.

Bum, bum, bum.

Lina schreckte von dem dumpfen Geräusch aus dem Schlaf. Für einen Moment konnte sie es nicht zuordnen, dann klärte sich ihr schlaftrunkener Geist: Alexander pochte von außen an die Tür ihrer Kammer.

»Ja?« Sie richtete sich hastig auf.

»Es wird bald hell«, rief er ihr durch die geschlossene Tür zu. »Wenn du mitkommen willst, dann beeil dich!«

Hastig erhob sie sich und strich sich über ihre verknitterte Kleidung. Sie drehte sich die Haare zu einem einfachen Knoten und spritzte sich etwas Wasser aus der Waschschüssel ins Gesicht. Das musste reichen. Sie öffnete die Tür.

Alexander wartete in der Stube auf sie. Es war noch ziemlich dunkel, aber sie glaubte zu sehen, wie ein anerkennender Ausdruck über sein Gesicht ging.

»So schnell? Ich dachte, bei euch Frauen würde das länger dauern.«

»Ich habe in den Kleidern geschlafen«, erklärte sie verlegen. Sie hatte schließlich nicht riskieren wollen, dass er doch noch ohne sie aufbrach.

Rieke und Julius hatten offenbar tatsächlich das *waka* der Trebans genommen, erzählte Alexander ihr, während Lina im Stehen eine trockene Scheibe Brot aß. Zumindest war es nicht mehr da. Zum Glück hatte er schnell einen Ersatz gefunden: Er durfte sich das Boot von Cordt Bensemann ausleihen, der unter der Woche in Nelson wohnte.

»Was ist das?« Alexander deutete auf Linas prall gefüllte Reisetasche und die anderen Beutel, die in der Ecke der Stube standen.

Hastig schluckte sie den letzten Rest Brot hinunter. »Unser Gepäck«, erklärte sie. »Du hast doch gesagt, ich soll zusammenpacken, was wir brauchen.«

Er sah sie mit ausdruckslosem Gesicht an. »Wo sind die Töpfe?«

»Die Töpfe?«

»Und die Bratpfannen? Und – sag bloß, du hast die Gläser vergessen? Und mein Gott, etwa auch die Tischdecke? Und die Federbetten?«

Lina sah ihn betreten an. »Ich ... dachte doch nur, wir würden das brauchen.«

Er schüttelte den Kopf. »So geht das nicht. Wir haben kaum Platz auf dem Boot und du packst den halben Hausstand ein! Wir können nur das Allernötigste mitnehmen.« Und schon begann er, all die mühsam zusammengesuchten Sachen wieder auszupacken. Lina sah ihm stumm zu.

Am Ende blieben zwei handliche Bündel übrig, zu denen Alexander noch etwas Proviant und zwei Wasserflaschen packte.

»Das muss reichen«, entschied er. »Wenn wir Glück haben, sind wir morgen Abend alle schon wieder zu Hause.«

Der Morgen dämmerte gerade erst, als sie durch Nelsons Straßen zum Flussufer liefen. Über ihnen zog ein einsamer Vogel seine Kreise. Mr Bensemanns kleine Hütte stand in der Nähe des Ufers, sanft schwappten Wellen ans Ufer. Noch war nichts zu hören, kein Rauch kräuselte sich aus dem Schornstein, kein Geschirr klapperte. Anna und ihr Vater schliefen sicher noch.

Leise, um niemanden zu wecken, ließ Alexander das Boot zu Wasser. Das *waka* bestand lediglich aus einem flachen, ausgehöhlten Baumstamm, der ordentlich von Rinde und Ästen befreit worden war. Es wies keine der Schnitzereien auf, die Lina schon bei größeren Kanus gesehen hatte, und bot zwei Plätze zum Sitzen. Zwei Paddel, die wie ein spitz zulaufendes Blatt geformt waren, lagen darin und zwei lange Stecken.

Das *waka* war sehr schmal; Lina befürchtete, das Gleichgewicht nicht halten zu können und im nächsten Moment ins Wasser zu plumpsen. Hoffentlich sah sie nicht gar zu albern aus, wie sie in ihrem langen Rock auf allen vieren ans vordere Ende krabbelte.

Sie hatte sich kaum hingesetzt und den Rock gerichtet, als Alexander ihr auch schon die beiden Bündel reichte, die sie mitnehmen wollten. Nur einen länglichen Gegenstand, der in ein Tuch eingeschlagen war, verstaute er selbst. Lina erkannte die Form: ein Gewehr. Was wollte er denn mit einem Gewehr? Sie biss sich auf die Lippen, um ihn nicht danach zu fragen. Wenn sie gleich mit dem Nörgeln anfing, würde er sie womöglich doch nicht mitnehmen.

Der Boden unter ihr schwankte bedrohlich, als Alexander das Boot ins Wasser schob und einstieg.

»Wir müssen gegen die Strömung fahren«, sagte er. »Das bedeutet, wir müssen ordentlich paddeln. Und später wahrscheinlich staken. Schaffst du das?«

»Natürlich«, erklärte sie und griff nach einem der beiden Paddel.

Zum Glück war die Strömung nicht stark. Aber auch so hatte Lina Mühe, in dem schwankenden Boot ihr

Gleichgewicht zu halten. Alexander hinter ihr gab ihr kurze Anweisungen, wie sie das Paddel richtig zu bedienen hatte. Zweimal links, zweimal rechts. Links, links, rechts, rechts. Immer im Takt.

In den ersten Minuten glaubte sie, sie werde nie den richtigen Rhythmus finden. In dem niedrigen Boot saß sie gefährlich nah an der Wasseroberfläche; ab und zu konnte sie Fische darunter sehen. Vor allem Aale; die dunklen, schlangenähnlichen Leiber mit den kurzen Flossen waren über einen Meter lang, manche sogar noch länger. Anfangs achtete sie nur angespannt darauf, das Paddel richtig einzutauchen, sich nicht übermäßig vollzuspritzen und vor allem nicht ins Wasser zu fallen. Sie wagte nicht einmal, sich umzudrehen.

Aber allmählich wurde sie sicherer, ihre Anspannung legte sich. Die Sonne war aufgegangen und glänzte über dem Wasser. In den Häusern und Hütten entlang des Flusses arbeiteten ein paar Frauen in ihren Gemüsegärten und im Gebüsch am Uferrand sah sie einige Enten mit dunklem Gefieder. Es war schön hier. Für eine Weile vergaß sie sogar, dass sie nicht zum Vergnügen unterwegs waren.

Fast lautlos glitten sie über den morgenstillen Fluss, über dem hier und da ein paar Nebelschwaden schwebten. War ihr in der Morgenkühle noch etwas kalt gewesen, so wurde ihr durch das Paddeln bald warm. Inzwischen hatte sie ihren Rhythmus gefunden. Jetzt traute sie sich sogar, kurz nach hinten zu sehen.

Alexander kniete hinter ihr im Heck. Seine Bewegun-

gen mit dem Paddel wirkten mühelos, fast ohne Anstrengung.

»He!«, erklang dann seine Stimme. »Pass auf da
vorne!«

Lina drehte sich rasch wieder nach vorne. Das *waka*
driftete nach links und drohte, sich im Ufergestrüpp
zu verfangen. Im letzten Moment konnte sie es wieder
in die Flussmitte steuern. Schamrot beugte sie sich vor
und paddelte weiter.

Lina hatte sich diese Reise etwas anders ausgemalt. In
ihrer Vorstellung hatten Alexander und sie neben ihrer
Suche nach den Kindern bequem im Boot gesessen und
sich unterhalten. In der Wirklichkeit bestand der Groß-
teil des Tages darin, nach Rieke und Julius Ausschau
zu halten und das Boot voranzubringen. Das ständige
Paddeln gegen den Strom war anstrengend. Immer wieder machten sie am Ufer eine kurze Rast, aber in diesen
Pausen wusste Lina plötzlich nicht mehr, worüber sie
mit Alexander reden sollte. Mittlerweile taten ihr Arme
und Rücken weh und sie hatte Blasen an den Händen,
aber sie biss die Zähne zusammen und paddelte weiter.
Sie wollte vor Alexander schließlich nicht als weinerlich
dastehen.

Die Landschaft änderte sich allmählich, wurde wilder, ursprünglicher. Sumpf und schwammige Wiesen
säumten den Fluss, an dessen Rändern Binsen und
Flachs wuchsen. Lina war froh, dass sie nicht zu Fuß
dort hindurchmarschieren musste. Wind kam auf, der

landeinwärts wehte und ihre Fahrt ein wenig beschleunigte.

»Müssten wir sie nicht bald eingeholt haben?«, stellte sie am Nachmittag schließlich die Frage, die ihr schon länger durch den Kopf ging.

Zunächst kam keine Antwort. Erst nach einer Weile meinte Alexander: »Sie haben einen ganzen Tag Vorsprung.« Lina glaubte, einen gewissen Zweifel in seiner Stimme zu hören, aber vielleicht hatte sie sich auch getäuscht.

Sie waren nicht allein auf dem Fluss: Hinter einer Biegung kamen ihnen plötzlich zwei größere *waka* entgegen. Linas erste Reaktion war, sich zu ducken. Dann richtete sie sich wieder auf. Es war sinnlos: Natürlich hatten die Maori sie längst gesehen. Ihr Herz schlug rascher. Waren sie ihnen wirklich friedlich gesinnt? Es fiel ihr noch immer schwer, nicht in jedem Maori einen möglichen Feind zu sehen.

Die beiden *waka* glitten beängstigend schnell auf sie zu. In jedem saßen vier Maori-Männer mit nacktem Oberkörper und jeder von ihnen war tätowiert.

»Keine Angst«, sagte Alexander, der Linas plötzliche Anspannung bemerkt hatte. »Ich kenne sie.«

Sie waren freundlich. Sogar sehr freundlich. Zumindest behauptete das Alexander, der nach einem kurzen, über das Wasser gerufenen Wortwechsel das *waka* ebenfalls ans Ufer steuerte. Erneut konnte Lina sehen, wie Alexander mit den Maori das eigenartige Begrüßungsritual austauschte, indem sie Stirn und Nase anei-

nanderpressten. Nach einigem kurzen Geplänkel über-
reichten die Maori ihnen schließlich zwei Fische und
ein paar seltsam aussehende Kartoffeln. Jetzt redeten
sie mit Alexander und beäugten dabei Lina so unge-
niert, als hätten sie noch nie eine weiße Frau gesehen.
Lina hielt sich nah an Alexander und folgte angestrengt
dem schnellen Wortwechsel auf Maori, in das sich hier
und da ein paar englische Brocken mischten. Hatte sie
das richtig verstanden?

»Haben sie Rieke und Julius gesehen?«

Alexander nickte kurz zu ihr hinüber, auch er wirkte
plötzlich aufgeregt. »Gestern, sagen sie. Zwei *pakeha*-
Kinder.« *Pakeha* war der Name, den die Maori für die
Weißen verwendeten. »Ein Junge und ein Mädchen. Sie
haben ihnen sogar geholfen, ein ganzes Stück flussaufwärts zu kommen.«

Lina fiel ein Stein vom Herzen. Auch wenn das bedeutete, dass Rieke und Julius einen größeren Vorsprung hatten – zumindest waren Alexander und sie
auf dem richtigen Weg. Lina war so erleichtert, dass sie
es wagte, sich zum ersten Mal direkt an einen der Maori
zu wenden – denjenigen, der ihr am wenigsten Furcht
einflößend erschien.

»Wie ging es ihnen? Waren sie gesund?«, formulierte
sie in holprigem Englisch.

Als der Maori lächelte, verzog sich das Muster aus
dunklen Spiralen und Ornamenten, mit dem sein breites Gesicht überzogen war. »Ja, kleine Lady, es ging
ihnen gut. Sie haben gelacht und waren fröhlich.«

Dann deutete er auf Lina und sagte etwas zu Alexander, das sich anhörte wie *»whaia-ipo?«.*

Die anderen Maori lachten. Alexander schüttelte den Kopf und Lina wusste nicht, worüber sie sich mehr wundern sollte: dass Alexander diese Maori kannte und sogar ihre Sprache verstand oder dass er plötzlich rot geworden war.

»Was hat er gesagt?«, flüsterte sie neugierig.

»Nichts«, gab er zurück. »Wir müssen weiter.«

Kapitel 17

Die Umzäunung auf der Anhöhe bestand nur noch aus verrotteten Holzstämmen; dahinter konnte Lina eingefallene Hütten erkennen. Das hier waren die Überreste eines *pa*, einer Siedlung der Maori.

Ein kräftiger Wind wehte und es dämmerte bereits, als sie das *waka* am Ufer festmachten und ihre Sachen an Land brachten. Am mattgrauen Himmel ballten sich Wolken mit regenschweren Bäuchen. Der Wind trieb sie vor sich her wie ein Schäfer die Herde. Und jetzt fing es auch noch zu regnen an. Dicke Tropfen begannen, ihre Kleidung zu durchnässen. Lina war froh, unter ein Dach zu kommen, obwohl es löchrig war und das Wasser an manchen Stellen eindrang. Auch die Wände aus geflochtenen Matten waren an vielen Stellen beschädigt. Zumindest gab es eine Feuerstelle aus übereinandergeschichteten Steinen, auch wenn das Holz, das in der Maori-Hütte aufgeschichtet lag, feucht war.

Alexander packte kleine Zweige und Stücke von den abbröckelnden Wandmatten auf einen Haufen. Aus einem mitgebrachten Kästchen holte er Stahl, Stein und ein Eckchen Feuerschwamm. Während Lina in dem herumliegenden Holz zwei Stöcke für die Fische auswählte, sah sie ihm verstohlen zu. Wieder und wieder erklang das helle Klingen von Stahl auf Feuerstein, blitzte ein kleiner Funke auf. Es dauerte, bis der Schwamm endlich genug glühte, um den Reisig zu entzünden. Als es Alexander schließlich gelungen war, ein Feuer in Gang zu bringen, rauchte es so stark, dass es die ganze Hütte einnebelte.

Lina rückte näher an die Flammen. Jetzt am Abend wurde es rasch kühl. Mit der Linken hielt sie einen der geschenkten Fische am Schwanz fest, mit der Rechten fuhr sie mit der Rückseite eines schmalen Messers vorsichtig über die glänzende Haut. Die silbrigen Schuppen flogen in alle Richtungen. Einige der Blasen an ihren Händen waren aufgegangen und brannten höllisch, und unwillkürlich stöhnte sie auf.

»Was ist denn los?«, wollte Alexander wissen.

Lina legte das Messer fort und hob ihre Rechte. »Nur ein paar Blasen. Nicht so schlimm.«

Davon ließ er sich nicht so leicht überzeugen.

»Wir sollten das besser verbinden«, sagte er. »Sonst entzündet es sich noch.«

Stumm ließ Lina sich von ihm verarzten. Er zerriss ein Stück von seinem Halstuch zu zwei langen Streifen, benetzte sie mit Wasser und band sie dann um ihre Handflächen.

»Danke«, murmelte sie. War er wirklich um sie besorgt oder befürchtete er nur, dass sie morgen nicht mehr paddeln konnte?

Jetzt tat es schon viel weniger weh. Sie schuppte die Fische fertig und nahm sie aus, dann spießte sie jeden der Länge nach auf einen der beiden Stöcke. Die Maori-Kartoffeln, die Alexander *kumara* nannte, legten sie direkt ins Feuer.

Als die Fische fertig waren, holten sie die Kartoffeln mit ein paar Stöcken aus der Glut. Sie waren glühend heiß und, sobald sie abgekühlt waren, leider auch erst halb gar. Aber ihr orangefarbenes Fleisch war köstlich – süß und mehlig, ganz anders als die, die Lina von Deutschland oder von den Trebans kannte.

Alexander hatte seine Decke auf der anderen Seite des Feuers ausgebreitet und aß schweigend. Bis auf vorhin hatte er kaum ein Wort gesagt.

»Was Rieke und Julius wohl gerade machen?«, überlegte Lina laut und spuckte eine letzte Gräte aus. Sie hustete. Der Rauch, der die Hütte erfüllte, wurde immer dichter. Vergeblich versuchte sie, ihn fortzuwedeln.

»Wahrscheinlich sitzen sie ebenso wie wir irgendwo im Trockenen und finden es furchtbar lustig, allein unterwegs zu sein.« Auch er hustete. »Herrgott, was ist mit diesem Feuer los? Ich werde hier gleich geräuchert.« Er zog ein noch nicht angebranntes Scheit aus dem Feuer und breitete damit die Glut aus, um die Flammen schneller niederbrennen zu lassen.

Lina sah ihm zu, ihr Herz pochte plötzlich laut. »Wirst du es mir verraten?«

»Was denn?«

»Wohin sie wollen. Und wonach sie suchen.«

Er rührte erneut mit dem Stock in der Glut herum. »Das musst du nicht wissen.«

Lina schluckte. Deutlicher konnte man es wohl kaum sagen.

»Du bist noch immer sauer, weil ich ... weil ich deinen Vater geheiratet habe, nicht wahr?«

Alexander gab ein verächtliches Schnauben von sich. »Wir sollten jetzt schlafen.«

Lina legte sich neben das erlöschende Feuer und zog die Decke über sich. Sie war müde und fühlte sich wie zerschlagen von der ungewohnten Anstrengung, aber so konnte sie nicht den Tag beenden.

»Alex, ich muss dir etwas sagen.«

Schweigen. Sie drehte den Kopf, aber da der Rauch nur langsam abzog, konnte sie Alexander nur schemenhaft sehen. »Ich habe ihn nur aus einem Grund geheiratet.«

Alexander schwieg weiterhin. Hoffentlich hörte er ihr wenigstens zu.

Der Rauch biss noch immer in ihrer Kehle. Sie hustete erneut, dann begann sie stockend zu erklären.

»Es war nur wegen Rieke. Er wollte sie hinauswerfen nach ihrem Asthmaanfall. Und ... das konnte ich doch nicht zulassen. Dann hätten wir beide gehen müssen. Außerdem ... hatte er mir schon mal einen Heiratsantrag gemacht.« In wenigen Sätzen erzählte sie ihm von ihrer Angst, die Trebans verlassen zu müssen, und von

206

ihrem verzweifelten Entschluss, als sie Rudolf mitten in der Nacht aufgesucht hatte.

Alexander blieb weiterhin stumm, doch er hatte sich auf einen Ellbogen gestützt und sah sie über das nur noch leise schwelende Feuer hinweg an. Dann ließ er sich wieder sinken. Regentropfen trafen leise auf das Schilfdach, ein kleines Rinnsal lief die Wand hinunter.

»Hast du denn gar nichts dazu zu sagen?«, fragte sie schließlich, als ihr die Stille unerträglich wurde.

Er räusperte sich leise. »Wieso hast du mir das nicht schon früher erzählt?«

»Das wollte ich ja. Aber ... aber das hätte doch auch nichts geändert. Und du warst so ... so abwesend.«

»Jetzt bin ich also daran schuld?«

»Nein, natürlich nicht!« Himmel, er war aber auch schnell beleidigt ...

»Wir haben so oft gestritten, mein Vater und ich«, sagte Alexander dann unvermittelt. »Auch das letzte Mal, als ich mit ihm gesprochen habe.«

»Ich bin mir sicher, er wusste, dass du es nicht so gemeint hast.«

»Was hat er gesagt, bevor er ...« Alexander beendete den Satz nicht, aber Lina wusste auch so, was er meinte.

Es fiel ihr schwer, sich genau daran zu erinnern. Und es tat weh. Die Ereignisse jener schrecklichen Nacht lagen nur wenige Tage zurück, aber ihr kam es vor wie Wochen oder Monate.

»Er war müde.« Ihre Worte kamen stockend. »Aber er war nett zu mir. Er sagte, er wolle versuchen, mir ein guter Ehemann zu sein, auch wenn ... auch wenn ich ihn nicht lieben würde.« Die letzten Worte hatte sie nur noch geflüstert.

»Wirklich?« Alexanders Stimme klang plötzlich irgendwie anders. Als wäre er erkältet.

»Ja. Und dann ... seine Füße taten ihm weh. Ich wollte ihm gerade helfen, seine Schuhe auszuziehen, als er ... plötzlich umgefallen ist. Direkt auf mich. ›Hilf mir!‹, hat er noch gestammelt. Ich ... ich habe ihn noch mal geschüttelt, aber er hat nichts mehr gesagt. Und dann bin ich rausgerannt, um Hilfe zu holen.«

Alexander sagte nichts, aber sie glaubte zu hören, wie er ganz leise die Nase hochzog.

»Es tut mir sehr leid«, murmelte sie schließlich.

Das Feuer war fast erloschen. Lina lag auf dem Rücken und sah dem dünnen Rauchfaden nach, der zur Decke aufstieg. Bis auf das leise Rauschen des Regens und das Knistern des ersterbenden Feuers war nichts zu hören.

Sie lauschte. Schlief Alexander schon?

Sie selbst war viel zu aufgewühlt, um schlafen zu können. Die Sorge um Rieke und Julius hielt sie wach, und auch die Erinnerung an Rudolfs Tod setzte ihr zu. Außerdem war ihr kalt. Sehr kalt. Sie rollte sich unter ihrer Decke zusammen und bemühte sich, keinen Laut von sich zu geben, auch wenn sie vor Kälte zitterte.

»Was ist los?«, fragte Alexander. Er schlief also auch noch nicht.

»Ich friere.« Sie konnte gerade noch verhindern, dass ihre Zähne vor lauter Zittern aufeinanderschlugen.

»Ich auch«, sagte Alexander. »Stört es dich, wenn wir uns zusammen unter die Decken legen? Dann ist es wärmer.«

»Was?«

»War ja nur eine Frage«, gab er zurück. »Ich fass dich schon nicht an.«

»Nein, nein, so war das doch nicht gemeint ... Ich war nur so ... überrascht. Es stört mich nicht.« Natürlich nicht, hätte sie fast gerufen. Ganz im Gegenteil! »Und es ist eine gute Idee.« Hoffentlich war er jetzt nicht wieder eingeschnappt.

Offenbar war er es nicht. Vielleicht überwog auch nur die Vernunft. Jedenfalls stand er auf, breitete seine Decke über ihrer aus und kroch dann tatsächlich neben sie.

»Besser?«

Sie nickte. »Viel besser.«

»Na dann. Gute Nacht.«

Lina wagte kaum zu atmen. Ihr war plötzlich ganz warm und in ihrem Magen flatterte ein kleiner Schmetterling. Nein, gleich ein ganzer Schwarm.

Jetzt war ihr zwar nicht mehr kalt, doch schlafen konnte sie trotzdem nicht. Aber das machte nichts. Mit offenen Augen lauschte sie auf Alexanders leisen Atem neben sich, der schnell tiefer wurde und schließlich in ein kleines, süßes Schnarchen überging.

Er schlief. Er schlief tatsächlich hier, direkt neben ihr. Lina lag ganz still da, bemühte sich, nur ganz oberflächlich zu atmen, um ihn nicht zu stören, und lächelte glücklich in die Dunkelheit.

Am Morgen hatte der Regen aufgehört. Nebel trieb in Schwaden über dem Fluss, ein paar einsame Enten zogen ihre Bahn auf dem Wasser. Wie gestern schon begnügte Lina sich mit einer Katzenwäsche; um sich richtig zu waschen, hätte sie sich ausziehen müssen, und das kam hier natürlich nicht infrage.

Alexander, der gerade aus den Büschen zurückgekehrt war, hielt ihr einen Packen großer grüner Blätter mit gewellten Rändern hin. »Hier.«

Sie griff danach. Auf der Unterseite waren die Blätter von einem weichen, weißen Pelz überzogen. »Was ist das?«

»*Rangiora*. Die Weißen nennen es ›Freund des Buschmanns‹.«

»Aha«, machte Lina zweifelnd. »Und was soll ich mit diesem Freund?«

Jetzt musste Alexander doch grinsen. »Du kannst auch Toilettenpapier dazu sagen.«

»O – danke.« Lina spürte, wie sie knallrot wurde. »Das ist ... sehr nett von dir.«

»Keine Ursache.«

Nach einem kargen Mahl aus zwei Äpfeln und einem Rest Kartoffeln ging es weiter. Vögel zwitscherten lautstark in allen Tonlagen, ein leichter Wind bewegte Linas Haare und die Flachsbüschel am Ufer. Die Wolken hatten noch immer dicke, graue Bäuche, aber ihr oberer Rand leuchtete in sauberem Weiß. Die Sonne strahlte hinter einem Wolkensaum hervor, färbte ihn in zartem Purpur. Dann brach sie ganz hervor, Sonnenstrahlen fielen wie ein Fächer auf die Erde. Lina fühlte sich plötzlich unglaublich lebendig. War es wirklich erst ein Jahr her, seit sie in Deutschland die Anzeige gelesen hatte? Die Zeit dort erschien ihr auf einmal völlig unwirklich, als hätte sie das alles nur geträumt und wäre erst vor Kurzem aufgewacht.

Der Maitai führte jetzt durch einen Wald aus Buchen und Kiefern. Das Unterholz war so dicht, dass man nicht weit sehen konnte. Auch der Fluss veränderte sein Gesicht, die Strömung wurde stärker. Bald reichten die Paddel nicht mehr, und sie wechselten zu den langen Stangen, mit denen sie das Boot vom Grund abstießen. Lina, die sich gerade erst an das Paddeln gewöhnt hatte, kniete im vorderen Teil des Kanus. Im *waka* zu stehen, wie Alexander es tat, traute sie sich beim besten Willen nicht zu. Schon so war das Staken eine wackelige Angelegenheit und die offenen Blasen an ihren Händen machten es nicht besser.

Nach dem Wald erstreckte sich eine mit dichten Farnen und Büschen bedeckte Ebene zu beiden Seiten des Flusses. Dazwischen gab es immer wieder offenes Sumpfland, auf dem Flachs wuchs. Für einen Augenblick drehte sie sich um. Alexander stand aufrecht im Heck. Fasziniert beobachtete sie, wie er das *waka* mit der langen Stange vom Flussboden abstieß, die Stange wieder einholte und erneut abstieß. Es sah gar nicht schwer aus.

Das bislang ruhig fließende Gewässer wurde rauer. Immer wieder mussten sie auf große Steine achten, und mehr als einmal legte sich das *waka* gegen die Strömung und wäre fast umgeschlagen. Ob Rieke und Julius wirklich bis hierher gekommen waren? Als vor ihnen gar ein paar kleinere Stromschnellen das Wasser brachen, fragte sie Alexander danach.

Er gab zuerst keine Antwort. »Ja«, rief er ihr dann zu. »Ja, sie waren hier! Sieh nur!«

»Was?« Lina drehte sich um.

Er deutete auf eine Stelle am Ufer. »Da ist unser *waka!*«

»Wo?«

»Da, hinter dem – pass auf!«

Der Stoß kam so unerwartet, dass Lina keine Möglichkeit mehr hatte, sich im plötzlich stark schwankenden Kanu festzuhalten. Sie ruderte mit den Armen, verlor das Gleichgewicht und fiel mit einem Schrei in den Fluss.

Das Wasser war eiskalt, und als sie mit dem Kopf untertauchte, geriet sie in Panik. Die Strömung zog sie mit sich, sie wusste nicht mehr, wo oben und unten war. Hilflos strampelte sie, verfing sich in ihrem langen, schweren Rock, wollte schreien und schluckte Wasser. Ihre Hände griffen in Wasserpflanzen, berührten etwas Langes, Glitschiges – ein Aal? – und fuhren zurück. In ihrem Kopf dröhnte es, sie musste raus hier, sie brauchte Luft, aber wo war die Oberfläche…?

Dann wurde sie gepackt und nach oben gezogen. Hustend und keuchend hing sie in Alexanders Armen, bis sie wieder Grund unter den Füßen spürte und aufrecht stehen konnte.

Er atmete heftig, die nassen Haare hingen ihm in die Augen.

»Wieso hast du mir nicht gesagt, dass du nicht schwimmen kannst?«, schrie er sie an. »Was denkst du dir eigentlich? Du hättest gerade ertrinken können!«

Lina zitterte vor Schreck und Erleichterung. »Es... es tut mir leid«, stammelte sie. Ihre Kiefer wollten ihr kaum gehorchen.

»Und hör endlich auf, dich für alles und jeden zu entschuldigen! Das macht mich noch ganz krank!«

In seinen sturmblauen Augen spiegelte sich Wut. Und noch etwas anderes.

Linas Haarknoten war aufgegangen, die nassen Strähnen hingen ihr triefend ins Gesicht. Sie schniefte und wollte gerade zu einer weiteren hilflosen Erklärung ansetzen, als Alexander ihren Kopf plötzlich mit beiden Händen umfing. Und sie küsste. Nicht zärtlich, sondern wild, wütend, fast schon rau. Lina war so überrascht, dass sie stocksteif dastand und sogar das Atmen vergaß.

Dann ließ er sie los, drehte sich wortlos um und kämpfte sich durch das Wasser zu ihrem *waka* vor.

Hinter der als Sichtschutz aufgehängten Decke zitterte Lina vor Kälte. Die nassen Kleider klebten ihr am Leib.

»Hier, das kannst du anziehen«, hörte sie dann Alexanders Stimme und im nächsten Moment erschien seine Hand hinter der Decke. Mit einem Hemd von ihm. »Ich habe noch ein zweites dabei. Und sag nicht, dass das nicht geht. Wir sind hier in der Wildnis. Niemand sieht dich.«

Doch, hätte Lina fast erwidert. Du.

»Danke«, gab sie stattdessen mit klappernden Zähnen zurück. Die ganze Situation war ihr unglaublich peinlich. Aber das war Alexanders Schuld. Zumindest in der Kleiderfrage. Hätte er gestern früh nicht die Hälfte ihrer bereits verschnürten Kleidung wieder ausgepackt, hätte sie mehr als nur eine Garnitur. Andererseits – wieso war sie bloß nicht auf die Idee gekommen, selbst noch einmal den Packen zu überprüfen?

Sie konnte das Feuer knistern hören und sehnte sich nach der Wärme. Und schließlich schälte sie sich aus ihren triefend nassen Kleidern und streifte Alexanders Hemd über. Es war länger als ihres und reichte ihr bis zum Knie. Trotzdem hatte sie das Gefühl, sie stünde nackt da.

Alexander hatte eine Decke nach Maori-Art um sich geschlungen und saß am Feuer, seine Kleider lagen zum Trocknen ausgebreitet daneben. Er blickte auf, als Lina zu ihm trat, aber er sagte nichts. Sie war ihm dankbar dafür.

Auch wenn alles in ihr danach drängte, Rieke und Julius zu folgen – zuerst mussten ihre Haare und ihre nassen Sachen trocknen. Und so presste sie das Wasser aus Hemd, Rock und Strümpfen, hängte alles über den Busch neben dem Feuer und hockte sich zu Alexander.

Zaghaft blickte sie ihn an. Die Decke gab den Blick

auf die Tätowierung auf seinem Oberschenkel frei. Verschlungene Kreise und Linien, fremdartig und faszinierend zugleich. Den Kuss hatte er bislang mit keinem Wort erwähnt. Als ob nichts passiert wäre. Und vielleicht hatte sie sich das tatsächlich auch nur eingebildet.

Ihr von Mr Bensemann geliehenes *waka* hatte sich wenige Meter flussabwärts im Ufergestrüpp verfangen. Sie hatten ihre Sachen ausgeräumt, Paddel und Stangen unter einem Busch verstaut und das Boot am Ufer vertäut. Neben dem anderen, bei dem es sich tatsächlich um das *waka* der Trebans handelte. Dass es ebenfalls festgebunden am Ufer lag, konnte nur eines bedeuten: Die Kinder waren hier gewesen.

Eine ganze Weile saßen sie schweigend nebeneinander. Lina genoss die Wärme, die langsam wieder in ihren Körper zurückkehrte, und entwirrte mit den Fingern ihre Haarsträhnen. Ihre Haare waren noch feucht, aber es würde schon gehen. Sie fasste sie im Nacken zusammen und begann, sie wieder zu einem Knoten zusammenzudrehen.

»Lass sie doch offen«, sagte Alexander.

Lina hielt nur kurz inne. »In Deutschland tragen anständige Frauen die Haare nicht offen.«

»Wir sind hier aber nicht in Deutschland.«

»Trotzdem.« Lina steckte den feuchten Knoten im Nacken fest.

Alexander sah sie an, als wolle er noch etwas dazu sagen, dann schüttelte er nur den Kopf.

»Wir sind hier im Gebiet der *Ngati Apa*«, sagte er dann. Er deutete auf ein Stück Buschwerk. »Da hinten verläuft ein Maori-Pfad. Julius und Rieke sind ihm sicher gefolgt.«

Lina holte tief Luft, dann gab sie sich einen Ruck. »Woher weißt du so viel über die Maori?«, stellte sie die Frage, die ihr schon seit so langer Zeit unter den Nägeln brannte.

Er schwieg so lange, dass sie schon glaubte, er würde auch diesmal ausweichen. »Weil ich einer bin«, sagte er schließlich.

»Was?!«

»Ein *pakeha maori*. So nennen sie die Weißen, die bei den Maori leben.«

»Ach so. Aber ... du lebst ja nicht bei den Maori.«

»Nein«, gab er zurück. »Aber das habe ich.« Er erhob sich und befühlte die Kleidung neben dem Feuer. »Das ist fast trocken. Komm, wir müssen weiter. Und dann werde ich dir alles erzählen.«

Kapitel 18

Der Pfad führte gut sichtbar durch dichtes Gestrüpp und Büschel von rauem Tussockgras. Linas Kleidung fühlte sich noch etwas klamm an, aber durch das Gehen wurde ihr schnell warm, und der Rest würde an ihrem Körper trocknen. Durch ihre dünnen Ledersohlen spürte sie jeden Stein. Jetzt hätte sie gerne auch solche derben Schuhe gehabt, wie Alexander sie trug.

Er hielt sein Versprechen.

»Es fing alles mit Onkel Heinrich an«, begann er, noch bevor Lina nachfragen konnte. »Er war der ältere Bruder meines Vaters und so etwas wie das schwarze Schaf in der Familie, weil er nicht unbedingt das tat, was alle von ihm erwarteten. Mit ihm habe ich mich schon immer besser verstanden als mit meinem Vater.«

Nach den ersten stockenden Sätzen sprudelte es richtiggehend aus ihm heraus. Sein Onkel hatte schon vor Jahren dem Rheinland den Rücken gekehrt und war nach Northampton in England ausgewandert. Als Kartograf und Landvermesser hatte er es dort recht bald zu einem bescheidenen Ansehen gebracht.

Alexander zog es ebenfalls in die Ferne. Sobald er ein wenig Geld zusammen- und die Erlaubnis seines Vaters hatte, folgte er seinem Onkel nach England und lernte von ihm die ersten Grundlagen der Kartografie. Aber dort blieben sie nicht lange. Schon bald ergab sich für sie die Möglichkeit, mit einem der ersten Auswandererschiffe nach Neuseeland zu reisen. Dort hatte die englische Krone eine neue Kolonie eröffnet, und man suchte Leute, die das Land vermessen und Karten anfertigen konnten.

Sie waren bei den ersten Auswanderern, die im Februar 1842 in Nelson ankamen. Der Ort, den die ansässigen Maori *Whakatu* nannten, war kurz zuvor gegründet worden. Zelte, Hütten und erste Häuser wuchsen aus dem Boden, es herrschte Goldgräberstimmung. Schon bald stellten sie fest, dass sie in diesem Flecken Erde am Rande der Welt tatsächlich ein kleines Paradies gefunden hatten. Heinrichs begeisterte Briefe an seinen Bruder in Deutschland bewogen schließlich auch Rudolf Treban, mit dem Rest der Familie die Reise nach Neuseeland anzutreten.

Für die Bewohner des schnell wachsenden Ortes gab es allerdings ein Problem, wie sich bald herausstellte: Eingekeilt zwischen Meer und Bergen, fehlte es in Nelson an brauchbarem Land. Neuer Boden musste her.

Vor wenigen Jahren war ein Vertrag zwischen Siedlern und Maori geschlossen worden, der die Maori zu britischen Bürgern machte und ihre Ansprüche an ihrem Land sichern sollte. Dazu hatten die meisten

Weißen allerdings eine klare Meinung: Wer Grund und Boden nutze und bebaue, habe auch ein Recht darauf. So dachten auch Heinrich und sein Neffe. Die Maori dagegen ließen ihr Land zum größten Teil ungenutzt. Also erwarben die Siedler Land von ihnen. Die Eingeborenen mussten schließlich zutiefst dankbar sein für die Segnungen der Zivilisation, die sie im Austausch bekamen: Waffen, Decken und europäische Kleidung.

Anfangs hatten die ansässigen Stämme den weißen Siedlern gerne Land verkauft, aber jetzt, da immer mehr Weiße kamen, weigerten sich manche von ihnen, noch mehr zu verkaufen. Vor allem ein Maori-Häuptling widersetzte sich. Er legte Feuer, stahl Sachen und schürte Angst unter den Siedlern.

»Es war ein Missverständnis«, sagte Alexander. »Aber das habe ich auch erst später verstanden. Ich dachte lange, wir wären im Recht. Aber manche der Häuptlinge konnten überhaupt nicht lesen, was sie da unterzeichnet hatten. Sie dachten, die Weißen hätten vereinbart, das Land nur zeitlich begrenzt zu nutzen. Nur für ein paar Monate, wie eine Art Miete oder Pacht. Für sie war es nicht verkauft worden. Sie verstanden nur, dass die Weißen ihnen ihr Land wegnehmen wollten.«

Im Juni 1843 – Alexander war siebzehn Jahre alt und seit fast eineinhalb Jahren in Neuseeland – stellte Arthur Wakefield, der Gründer von Nelson, eine Expedition zusammen. Angeführt von Wakefield selbst, brachen an die fünfzig Landvermesser und Arbeiter auf, die die fruchtbare Wairau-Ebene vermessen und den uneinsichtigen Häuptling festnehmen sollten. Heinrich und Alexander waren mit von der Partie.

Der Weg war mühselig. Die Gruppe musste tagelang durch dichte Wälder und schlammige Buschpfade marschieren, bis sie endlich die große, grasige Ebene von Wairau erreichte. Dort stieß sie auf den gesuchten Häuptling und seinen Stamm.

Aber der Häuptling dachte nicht daran, sich festnehmen zu lassen. Die Maori hatten in den vergangenen Jahren viele Gewehre von den Weißen gekauft; jetzt kam es zu einem erbitterten Streit zwischen den beiden Gruppen. Alexander konnte nicht sagen, wer den ersten Schuss abfeuerte, aber schon bald brach die Hölle los. Auf beiden Seiten wurde geschossen, und Alexander musste mit ansehen, wie sein Onkel neben ihm von einer Kugel in die Brust getroffen wurde und zusammensackte.

Die Maori waren in der Überzahl. Viele Weiße ergriffen die Flucht, andere ergaben sich. Auch Alexander sank mit erhobenen Händen auf die Knie, das Herz laut pochend vor Angst.

An dieser Stelle wagte Lina es erstmals, ihn zu unterbrechen. »Wieso bist du nicht weggerannt?«

»Das wollte ich ja. Aber dann sah ich, wie sie einen der Fliehenden erschossen. Ich habe geglaubt, jeden Moment trifft auch mich eine Kugel.«

Unter den Maori gab es ein erhitztes Wortgefecht. Alexander konnte zu diesem Zeitpunkt nichts davon verstehen, aber es schien zwei verschiedene Lager zu geben. Ein gemäßigtes, das die Gefangenen verschonen wollte, und eines, das anderer Meinung war. Und offensichtlich gewann die letzte Gruppe. Was dann geschah, ließ ihm das Blut in den Adern gefrieren: Die Maori töteten ihre Gefangenen. Einige erschossen sie, andere wurden mit Äxten niedergeschlagen.

Warum sie ausgerechnet Alexander verschonten, wusste er nicht. Vielleicht sahen sie ihn noch nicht als Erwachsenen an. Sie fesselten ihn und nahmen ihn mit. Die ersten Tage nach dem Wairau-Massaker, wie sie es später nennen sollten, verwischten für Alexander zu einem einzigen Albtraum. Er hatte keine Ahnung, was sie mit ihm vorhatten – ob sie ihn doch noch töten würden oder ihn als Sklaven für sich arbeiten lassen wollten. Auch nicht, warum sie ihn schließlich bei einem anderen Stamm zurückließen und verschwanden. Erst später erfuhr er, dass sie die Südinsel aus Furcht vor der Rache der Weißen verlassen hatten.

Nur langsam wich die Angst. Er kannte sich in dem fremden Land nicht aus, sprach die Sprache der Eingeborenen nicht, fühlte sich hilflos und verloren. Er hasste alle Maori. Auch die, die ihn jetzt bei sich aufgenommen hatten. Aber zumindest, das hatte er begriffen, wollten die Menschen dieses Stammes ihn nicht umbringen. Mehr noch: Sie waren sogar freundlich zu ihm. Und allmählich änderte sich seine Einstellung. Einige der Maori sprachen Englisch und freundeten sich mit ihm an. Er lernte ihre Sprache, gewann ihr Vertrauen, begann, ihre Denkweise zu verstehen.

»Was in der Wairau-Ebene passiert ist, war schrecklich«, sagte er, »aber es hätte nicht sein müssen. Die Maori wollten anfangs kein Blutvergießen. Sie hatten diesen Handel nur nie anerkannt, fühlten sich ungerecht behandelt und wollten nun ihre Rechte an ihrem Land klarmachen. Wäre irgendjemand auf die Idee gekommen, ihnen *utu* zu zahlen, wäre das alles wahrscheinlich nicht passiert.«

»*Utu?*«, fragte Lina, ein wenig benommen von der Fülle an Informationen, die seit einiger Zeit auf sie einprasselte.

»Das ist eine Art rituelle Zahlung oder Entschädigung«, erklärte Alexander. »Um das Gleichgewicht wiederherzustellen. Aber das tat niemand.« Er blieb stehen und griff nach einer Pflanze. Es war ein kleiner, silbriger Farnwedel, der sich gerade erst entrollte. Auch Lina blieb stehen und sah zu, wie seine Finger über den Farn strichen.

»Weißt du«, versuchte er zu erklären, »Land bedeutet für einen Maori etwas anderes als für einen Weißen. Es ist das Land ihrer Ahnen. Es ist ihre Mutter, der die Götter Fruchtbarkeit gaben. Dieses Land kann man erobern, man kann es auch besitzen, aber man kann es nicht kaufen. Nicht so, wie die weißen Siedler sich das vorstellten, die plötzlich durch eine Unterschrift auf einem Stück Papier und etwas Geld über Maori-Land verfügen konnten.«

Lina nickte nachdenklich. So hatte sie das noch nie gesehen.

»Die Menschen werden irgendwann wieder verschwinden. Das Land aber bleibt für immer.«

»Du hörst dich wirklich wie ein Maori an«, gab sie nur halb im Scherz zurück.

Alexander ließ den Farn los und gemeinsam gingen sie weiter. Das Gelände stieg jetzt leicht an.

Schon bald, so erzählte er, durfte er an den Bräuchen und Feiern der Maori teilnehmen. Fühlte sich immer mehr als einer der Ihren. Wurde zu einem *pakeha maori*.

»Und irgendwann«, sagte er, und diesmal klang Stolz in seiner Stimme mit, »befanden sie mich für würdig, ein *moko* zu erhalten.«

»Deine Tätowierung?« Lina sah ihn an. »Das hat sicher wehgetan.«

Er zog eine Grimasse. »Ziemlich. Aber man darf es nicht zeigen. Das wäre ein Zeichen von Schwäche. Sie ertragen es alle ohne einen Laut.«

»Du auch?«

Er hob die Schultern. »Na ja. Zuerst dachte ich, das würde ich nie aushalten, als der *tohunga* anfing, die Farbe mit einem scharfen Meißel in die Haut zu klopfen.«

»Das hört sich ja fürchterlich an.«

»Ganz so schlimm war es auch wieder nicht. Man lernt, sich auf anderes zu konzentrieren. Der ganze Stamm versammelt sich und schaut zu. Sie singen für dich, fächeln dir Luft zu, versuchen, dich abzulenken. Den ganzen Tag, denn einmal angefangen, muss es auch beendet werden. Ein *moko* ist ein Zeichen großer Ehre und Ansehen.«

Er blieb stehen. Das dichte Gebüsch war verschwunden, nun standen sie vor einer mit Gras und kleinen Büschen bewachsenen Fläche. Dann wies er auf eine schmale Spur im Gras. »Dort entlang.«

»Wie ging es weiter?«, wollte Lina wissen. Inzwischen schien die Sonne warm herab, ihre Kleidung war vollständig getrocknet.

Alexander fühlte sich wohl bei den Maori, erzählte er. So wohl, dass er für immer bei ihnen bleiben wollte. Doch als der Sommer Einzug hielt, kam das Schicksal in Gestalt eines englischen Missionars vorbei.

Samuel Ironside hatte an der Küste eine Missionsstation eröffnet und schon viele Maori zum christlichen Glauben bekehrt. Auch einige Mitglieder des Stammes, der Alexander aufgenommen hatte. Vor einigen Monaten hatte er die Leichen der beim Wairau-Massaker Gefallenen begraben – darunter auch Onkel Heinrich. Jetzt und hier einen Überlebenden zu finden, versetzte ihn in helle Aufregung. Er überzeugte die Maori davon, Alexander zu seiner Familie zurückkehren zu lassen, die ihn schon lange für tot hielt. Und so brachte Ironside eines schönen Tages im November 1843, fünf Monate nach dem Wairau-Massaker, Alexander zurück nach Nelson.

Auch wenn sich alle über seine Rückkehr freuten – es war ein trauriges Wiedersehen. Erst jetzt erfuhr Alexander von der Geburt seiner kleinen Schwester – und vom Tod seiner Mutter. Am schwersten aber fiel ihm sein Versprechen, niemandem außerhalb der Familie etwas über seinen Aufenthalt bei den Maori zu erzählen.

Sein Vater hatte ihm strengstens verboten, auch nur ein Wort darüber zu verlieren. Rudolf Treban sah in ihnen nur die Wilden, die seinen Bruder ermordet und seinen Sohn verschleppt hatten.

»Ich habe versucht, es ihm zu erklären«, sagte Alexander. »Aber er wollte nichts davon hören. Nicht einmal, als –«

Er blieb so plötzlich stehen, dass Lina fast gegen ihn geprallt wäre.

»Was ist denn?«

Er blickte sich suchend um. »Ich dachte, ich hätte etwas gehört.«

»Rieke und Julius?«

Er schüttelte den Kopf. »Nein, eher etwas wie ein Pferdewiehern. Als würde uns jemand folgen.«

»Wer sollte uns denn folgen?« Lina sah sich ebenfalls um. Aber alles, was sie sehen konnte, waren Bäume und Buschland. Und einen Raubvogel, vermutlich ein Falke, der hoch oben am Himmel seine Kreise zog. Unter ihm, sich der drohenden Gefahr nicht bewusst, flatterte ein kleiner Vogel.

»Keine Ahnung. War wohl nur Einbildung.«

Lina wollte noch etwas erwidern, als der Falke einen gellenden Schrei ausstieß, die Flügel anlegte und im Sturzflug auf den kleineren Vogel zuschoss. Im nächsten Moment hatte er seine Beute mit den Krallen gepackt und flog mit ihr davon.

Lina starrte ihm mit offenem Mund hinterher, bis er aus ihrer Sicht verschwunden war.

Die Nacht war mild und der Blick atemberaubend. Der Himmel wies alle Schattierungen von Blau auf. Am westlichen Horizont, wo vor einer Weile die Sonne untergegangen war, war er heller, wie verdünnte Tinte. Im Osten dagegen zeigte sich ein tiefes, dunkles, fast schwarzes Blau. Über den schwarzen Schattenrissen der Bäume tauchten die ersten Sterne auf. Mehr, mehr und immer mehr. Bald funkelten über ihnen Tausende davon, als hätte jemand dort oben Juwelen verstreut.

Sie hatten ihr Nachtlager auf einer kleinen Lichtung im Wald unter freiem Himmel aufgeschlagen. Gemeinsam hatten sie Feuerholz zusammengetragen, die daumennagelgroßen roten Früchte der Nikau-Palme gepflückt und einige Farnwurzeln ausgegraben. Alexander war es außerdem gelungen, mit der Steinschleuder eine der vielen Fruchttauben zu erlegen, die sie bald darauf über dem Feuer gebraten hatten.

Lina war selten so glücklich gewesen. Selbst die ständige Sorge, ob es Rieke und Julius gut ging, konnte ihr Hochgefühl kaum trüben. Satt und gewärmt lag sie neben Alexander unter den Decken, denn wie selbstverständlich war er auch diesmal zu ihr gekommen.

»Siehst du die hellen Sterne dort?« Sein ausgestreckter Finger malte ein Kreuz vor den funkelnden Sternenhimmel.

»Ja«, flüsterte sie.

»Das ist das Kreuz des Südens. Die Maori nennen es *te punga* – den Anker.«

»Der Anker? Wovon?«

»Von einem riesigen *waka*. Du siehst es dort.« Seine Hand beschrieb einen Bogen und deutete auf den hellen, unregelmäßig geformten Streifen der Milchstraße, die sich über einen Teil des Horizonts spannte. »*Te waka o Tama-rereti.* Das *waka* von Tama-rereti. Da ist der Bug und da hinten das Heck.«

»Erzähl mir mehr davon«, bat Lina und schmiegte sich – unauffällig, so hoffte sie – ein kleines Stückchen näher an ihn. Das Bett aus zusammengeräumtem Laub knisterte leise unter ihr.

»Einst«, begann Alexander leise, »fischte der Krieger Tama-rereti fern von zu Hause mit seinem *waka* auf einem See. Da überraschte ihn die Nacht. Zu jener Zeit gab es noch keine Sterne, und in der Dunkelheit konnte das Monster *taniwha* die Menschen überfallen und verschlingen. Tama-rereti fuhr mit seinem *waka* den Fluss entlang, der sich in den Himmel ergoss, und streute leuchtende Kieselsteine vom Seeufer in den Himmel. Das gefiel Ranginui, dem Himmelsgott, und er nahm das *waka* und setzte es ebenfalls in den Himmel, um daran zu erinnern, wie die Sterne gemacht wurden.«

»Das ist wunderschön«, flüsterte Lina. Sie lauschte auf das Rascheln und Zirpen, all die leisen Geräusche der Nacht um sie herum, die ihr plötzlich nicht mehr fremd und bedrohlich, sondern irgendwie tröstlich erschienen.

»Lina?« Alexanders Stimme in der Dunkelheit, ganz nah an ihrem Ohr, ließ ihr Herz schneller klopfen.

»Ja?«

»Wenn das alles hier vorbei ist – ich meine, wenn
wir die Kinder gefunden haben und zurück in Nelson
sind ... was wirst du dann tun?«

»Was meinst du?«

»Wirst du fortgehen?«

»Nein, ich bleibe natürlich bei euch.« Sie schüttelte
den Kopf, dass die Blätter raschelten. »Wie sollst du das
denn alles allein schaffen? Und ich bin doch jetzt auch
für die Kinder verantwortlich.«

Er antwortete nicht.

»Habe ich was Falsches gesagt?«, fragte sie schließlich.

»Nein«, murmelte er einsilbig.

Aber wohl auch nicht das Richtige.

Noch während sie sich den Kopf zerbrach, was sie
jetzt wohl sagen sollte, spürte sie plötzlich ein sanftes
Kribbeln an ihrem Arm, wo ihr Blusenärmel endete. Sie
hielt die Luft an: Alexander fuhr mit einem Finger auf
der Innenseite ihres Unterarms entlang, vom Ellbogen
in Richtung Handgelenk. Ganz langsam. Ein Schauer
durchlief sie. Als er ihre Hand erreicht hatte, trafen sich
ihre Finger, umfassten sich, schlangen sich umeinan-
der. Lina wurde schwindelig vor lauter Glück.

Sie hätte ewig so daliegen können, ganz still und ihrem Herzschlag lauschend. Langsam und dumpf klopfte
es, erfüllte ihren ganzen Körper.

Es war nicht ihr Herz, das da so seltsam schlug.

Es kam von draußen.

Buuuuum, buuuum, buuuuum, schallte es durch die

Nacht, ein tiefes, kraftvolles Schlagen, das immer lauter wurde. Lina konnte es bis in ihre Eingeweide spüren.

»Hörst du das auch?«, flüsterte sie, nun doch ziemlich beunruhigt. »Was ist das?«

Alexander ließ ihre Hand los und stützte sich auf den Ellbogen. Das Geräusch ebbte ab, wurde leiser, verhallte immer mehr und verstummte ganz. Ein paar Sekunden war Stille, dann begann es erneut.

»Ich glaube, das ist ein Kakapo«, erklärte er.

»Ein *Kaka-po?*«, wiederholte Lina grinsend. »Das hast du gerade erfunden!«

»Nein!«, protestierte er. »So heißt er wirklich! Es bedeutet ›Papagei der Nacht‹. Das ist ein großer grüner Vogel, der nicht fliegen kann und der seltsam riecht. Mit diesen Tönen wirbt er nachts um sein Weibchen.«

»Der arme Kerl«, kicherte Lina. Jetzt, da sich die Quelle des unbekannten Geräuschs als harmlos entpuppt hatte, war ihr wieder ganz leicht zumute. »Und – erhört sie ihn?«

»Ich weiß nicht«, gab Alexander leise zurück. Er war ihr jetzt sehr nah. »Will sie ihn denn?«

Linas Herz schien einen Schlag auszusetzen, dann klopfte es umso schneller weiter.

»Ja«, murmelte sie. »Das will sie.«

Er beugte sich über sie. Und diesmal war sein Kuss ganz sanft und zärtlich.

Kapitel 19

Die Wirklichkeit stahl sich nur allmählich in ihr Bewusstsein. Ganz langsam wurde Lina wach, tauchte auf aus einem wundervollen Traum, in dem Alexander sie wieder und wieder geküsst hatte. Und sie gestreichelt hatte. Noch mit geschlossenen Augen glitt ein Lächeln über ihr Gesicht: Sie hatte nicht nur geträumt.

Ihre Finger fuhren ihre Lippen nach, versuchten, den letzten Hauch seiner Berührung zu behalten. Dann tastete ihre Hand an ihre rechte Seite, suchte nach ihm, der Wärme seiner Haut, seinem Geruch.

Da war nichts.

Erschrocken schlug sie die Augen auf. Es war heller Morgen, die Vögel zwitscherten lauthals und sie lag allein unter den beiden Decken. Alexander war nirgends zu sehen. Das Feuer war niedergebrannt, kalte Asche bedeckte die Feuerstelle. Daneben pickte ein braunes Buschhuhn in den Resten ihres Abendessens und beäugte Lina neugierig. Es schien keine Angst vor ihr zu haben. Gestern Abend hatte Alexander ein paar Schlingenfallen für diese flugunfähigen Vögel ausgelegt, die

230

hier überall durch das Unterholz staksten. Nach dem ersten Schrecken beruhigte sie sich wieder. Vermutlich war Alexander kurz in die Büsche gegangen oder sah nach den Fallen.

Sie wartete noch ein paar Augenblicke, dann erhob sie sich. Die Morgendämmerung zog ein purpurfarbenes Band über den östlichen Himmel. Lina schüttelte die Decken aus, faltete sie zusammen und verstaute sie in einem Beutel. Dann ging sie ihrerseits einem dringenden Bedürfnis nach. Danach pflückte sie noch so viele von den süßen Palmfrüchten, die Alexander so gerne aß, wie sie mit beiden Händen tragen konnte. Er würde sich bestimmt darüber freuen. Und sie vielleicht erneut küssen.

Als sie zurückkam, fröstelnd in der Morgenkühle, die Schuhe feucht vom Tau, war er immer noch nicht da.

Allmählich begann sie, sich Sorgen zu machen. Wo blieb er nur so lange? Und wieso hatte er ihr nicht Bescheid gegeben? Die Wildnis um sie herum mit all ihren vielen Büschen, Bäumen und den meterhohen Farnen kam ihr plötzlich wieder bedrohlich vor.

Sie trank ein paar Schlucke aus der Feldflasche, dann räumte sie den Rest ihrer Sachen zusammen. Etwas fehlte, aber sie kam nicht sofort darauf, was es war. Dann erstarrte sie. Das Gewehr! Alexander hatte das Gewehr mitgenommen!

Natürlich konnte das auch ganz harmlose Gründe haben. Er konnte zum Beispiel einen Vogel schießen wollen. Aber die meisten Vögel waren besser mit

Fallen oder der Steinschleuder als mit einer Schusswaffe zu erledigen und man verschwendete auch keine teure Munition. Abgesehen davon machte es wenig Spaß, auf Schrotkugeln herumzukauen. Und größere oder gefährliche Tiere gab es hier nicht. Nur den Menschen.

Hatte Alexander gestern nicht vermutet, ihnen würde jemand folgen? Wenn ihnen nun ein paar feindliche Maori nachstellten?

Das Knacken von Zweigen ließ sie herumfahren.

»Alex?«

Sie erhielt keine Antwort. Linas Nackenhaare stellten sich vor Furcht auf, es fühlte sich an, als laufe etwas mit vielen kleinen Beinchen ihr Genick empor. Sie griff nach dem Messer, das neben der Feuerstelle lag und mit dem sie in den vergangenen Tagen das Essen vorbereitet hatte.

Lina fuhr zusammen: Aus den Büschen stob laut krächzend ein Schwarm bunter Vögel auf.

»Alex?« Ihr Ruf war kaum mehr als ein lautes Flüstern.

Wieso meldete er sich nicht? War er womöglich in Gefahr?

Sie schluckte und griff das Messer fester. Irgendetwas stimmte hier nicht.

Sie würde ihn suchen gehen.

Lina kämpfte sich durch dorniges Gestrüpp, das an ihrem Rock zerrte. Ein reißendes Geräusch ertönte: Ein

Zweig hatte ihr den Rocksaum eingerissen. So ein Mist aber auch!

Immer dichter wurde das Gebüsch. Überall versperrten ihr lange, fingerdicke Ranken den Weg. Sie wanden sich um jeden Baumstamm, jeden Strauch und bildeten ein nahezu undurchdringliches Geflecht. Mit ihrem kleinen Messer konnte Lina sie nicht einmal durchschneiden. Winzige trockene Beeren hingen an den ineinander verschlungenen Ranken. *Supplejack* hatte Alexander diese Pflanze gestern genannt. Die jungen Triebe könne man kochen und essen, dann würden sie fast wie grüne Bohnen schmecken. Lina wollte keine Bohnen, sie wollte endlich Alexander finden. Wo war er bloß?

Sie wandte sich nach links, kämpfte sich eine Weile weiter, bis das furchtbare Gestrüpp endlich endete. Hier wuchsen riesige Farne, deren dunkelgrüne Wedel über zwei oder drei Meter hoch aufragten. Ein wahrer Urwald aus Farnen.

Sie schrak zurück, als hätte sie sich verbrannt: Nur einen Schritt weiter, und sie wäre einen Abhang hinuntergestürzt. Einige Sträucher und Farne wuchsen auf dem stark abschüssigen Gelände. Dahinter ging es offenbar senkrecht bergab. Tief unten breitete sich eine weite, grasbewachsene Ebene aus, durch die sich ein silbrig glitzernder Fluss wand.

Linas Gliedmaßen fühlten sich wie gelähmt an, in ihrem Magen zog es, als hätte sie etwas Schlechtes gegessen. Schon immer hatten ihr solche Höhen entsetzliche Angst gemacht.

Ihr Herz raste. Mit zitternden Knien wich sie langsam zurück auf sicheres Gelände, versuchte, ihre Beine wieder unter Kontrolle zu bringen.

»Ah, da ist ja das junge Fräulein!« Die Stimme ertönte so unvermittelt, dass Lina vor Schreck fast das Messer fallen gelassen hätte.

Sie fuhr herum. »Wer ... Mr ... Seip?!«

Den dicken Agenten der Neuseeland-Compagnie hier mitten in der Wildnis zu sehen, war so unwirklich, dass Lina sich für einen Augenblick fragte, ob sie nicht doch noch immer träumte. Wenn auch einen Albtraum.

»Ganz recht.« Seip schnaufte, als wäre er gerannt. Lina konnte einen schwachen Geruch nach Pferd an ihm wahrnehmen. »Und wenn du hier bist, dann ist der junge Treban sicher auch nicht weit.«

Wenn er so fragte, dann konnte er zumindest nichts mit Alexanders Verschwinden zu tun haben. Aber was wollte er hier?

»Was tun Sie hier, Mr Seip?« Sie bemühte sich um Gelassenheit, aber ihre Stimme und ihre Beine zitterten gleichermaßen. »Sind *Sie* uns etwa gefolgt?«

»Kluges Kind.« Seip grinste unangenehm und trat einen Schritt näher.

Lina wich ihm seitlich aus, weg vom Abgrund. »Aber wieso? Was wollen Sie von uns?«

Er lachte auf, es klang richtiggehend melodisch. »Komm schon, Mädchen, mich kannst du nicht für dumm verkaufen. So vertraut, wie ihr mittlerweile miteinander seid, hat der junge Treban dir sicher sein Geheimnis verraten.«

So vertraut? Lina schluckte. Hatte Seip sie etwa beobachtet? Hatte er ihnen etwa zugesehen, als sie sich geküsst hatten? Ihr wurde ganz schlecht bei diesem Gedanken.

Erst dann drang der Rest seiner Worte zu ihr vor. Alexanders Geheimnis?

»Wo ist er?« Seips Augen verengten sich, sein Blick wurde lauernd. Lina wunderte sich nicht, warum er von vielen Einwohnern Nelsons »die deutsche Schlange« genannt wurde. Fast erwartete sie, dass zwischen seinen Lippen plötzlich eine schmale, gespaltene Zunge auftauchen würde.

»Ich wüsste nicht, was Sie das angeht.« Sie bemühte sich, ihrer Stimme einen festen Klang zu geben, obwohl sie zitterte. Der Mann machte ihr Angst. Lieber Gott, flehte sie stumm, bitte, lass Alexander ganz schnell hier auftauchen!

»Oho, eine kleine Heldin! Komm schon, Karolina, ich habe keine Zeit für solche Spielchen.«

»Gehen Sie weg. Oder ... oder ...«

»Oder?«, höhnte Seip.

Sie hob das Messer, drehte es so, dass die Klinge auf ihn zeigte. »Ich kann mich wehren!«

»Ach wirklich?« Lina erstarrte, als sie plötzlich in den Lauf eines Revolvers blickte. »Ich glaube kaum, dass du dagegen etwas ausrichten kannst.«

Linas Herz klopfte schmerzhaft gegen ihre Rippen,

Schweiß sammelte sich auf ihrer Oberlippe. Eine Waffe! Er hatte eine Waffe auf sie gerichtet!

»Nun, wenn dein junger Freund sich nicht blicken lässt, wirst du mir eben weiterhelfen müssen. Er hat es dir doch verraten, oder?«

Lina nickte angstvoll.

Seip lächelte unschön und entblößte dabei eine Reihe erstaunlich gerader Zähne. »Sehr gut, dachte ich es mir doch. Nun, Karolina, dann wirst du mich jetzt augenblicklich an deinem Wissen teilhaben lassen. Was genau hat er gesagt?«

Lina zögerte. Durfte sie ihm das tatsächlich erzählen? Aber sie hatte nun wirklich keine andere Wahl. Was war an Alexanders Aufenthalt bei den Maori bloß dermaßen wichtig?

»Er... Alex war bei den Maori gewesen«, begann sie stockend. »Nach dem Wairau-Massaker. Für... für fast fünf Monate.«

»Ja«, sagte Seip ungeduldig und fuchtelte mit der Waffe. »Ja, ja und nochmals ja. Das weiß ich doch alles! Weiter!«

»Das wissen Sie?« Jetzt verstand Lina überhaupt nichts mehr. »Aber – warum fragen Sie mich dann danach?«

Er lachte auf. »Hör mal zu, junges Fräulein, ich habe jetzt lange genug Geduld mit dir gehabt. Länger wirst du mich nicht für dumm verkaufen. Du wirst mir jetzt augenblicklich sagen, wo er das Gold gefunden hat!«

»Gold?« Lina glaubte, sich verhört zu haben. »Alex hat Gold gefunden?«

»Ja natürlich.« Seip war inzwischen sichtlich ungehalten. »Damals, als er bei diesen Wilden war. Glänzende, schimmernde Nuggets, eines fast so groß wie ein Kieselstein.«

»Was? Woher ... woher wissen Sie das?«

»Weil sein Vater einen Teil seiner Schulden bei mir mit Gold bezahlt hat, kaum dass sein ältester Sprössling wieder zurück im Schoße der Familie war. Da habe ich natürlich eins und eins zusammenzählen können.«

Darauf bezogen sich also Seips seltsame Andeutungen, es liege an Alexander, seine Familie vor dem Ruin zu bewahren! Gold! Lina fühlte sich wie vor den Kopf gestoßen. Dass sie dabei in die Mündung eines Revolvers blickte, ließ sie erneut in kalten Schweiß ausbrechen und ihre Gedanken schwerfällig kreisen.

Seip senkte die Waffe ein kleines Stück. »Ich habe damals mit ihm gesprochen, in aller Ruhe. Mit weiterem Gold hätte er seine Familie leicht von all ihren Schulden befreien können. Aber davon wollte dein junger Freund ja nichts wissen.«

Allmählich fügten sich in Linas Kopf lauter einzelne Puzzleteile zu einem Ganzen. Fast konnte sie hören, wie sie leise klackend an ihren Platz rutschten. »Und deswegen haben Sie es jetzt über seinen kleinen Bruder versucht!«

»Was für ein überaus kluges Persönchen du doch bist.« Seip nickte anerkennend. »Du kannst mir glauben, der kleine Treban – Julius heißt er, nicht wahr? –

war schnell Feuer und Flamme für meine Idee. Vor allem als ich ihm sagte, dass es jetzt an ihm liege, seine Familie zu retten.«

»Ich glaube nicht, dass Julius weiß, wo Alexander Gold gefunden hat.«

»Nun, er wird zumindest eine ungefähre Ahnung haben. Und was noch viel wichtiger ist: Sein großer Bruder wird alles daransetzen, ihn zu finden.«

»Deswegen sind Sie uns also gefolgt? Weil Sie dachten, wir führen Sie zu dem Gold?«

»So ist es. Mit einem guten Pferd war es ein Leichtes, euch auf dem Landweg zu folgen.« Seip ließ die Waffe noch weiter sinken, holte ein geblümtes Taschentuch aus seiner Westentasche und tupfte sich den Schweiß von der Stirn. »Aber allmählich habe ich keine Lust mehr, euch hinterherzureiten. Wir kürzen die ganze Sache ab. Du verrätst mir jetzt augenblicklich, wo die Fundstelle ist, dann bin ich schneller wieder weg, als du deinen Namen sagen kannst.«

Linas Mund war plötzlich vollkommen trocken. Gleichzeitig schlugen ihre Gedanken Purzelbaum. Seip glaubte offenbar, Alexander hätte ihr die Fundstelle des Goldes verraten. Wenn sie die Wahrheit sagte und behauptete, nichts davon zu wissen, würde er sie womöglich niederschießen wie einen tollwütigen Hund. Und was war, wenn Alexander plötzlich hier auftauchte? Auch er hatte eine Waffe... Kalter Schweiß sammelte sich auf ihrem Rücken, als sie sich ausmalte, was alles passieren könnte.

Sie musste sich etwas einfallen lassen. Und Alexander warnen.

»Also?« Eine weitere ungeduldige Geste.

Wenn sie Seip zu Fall oder wenigstens kurz aus dem Gleichgewicht bringen könnte... dann hätte sie vielleicht genug Zeit, um wegzulaufen, sich in Sicherheit zu bringen.

»Versprechen Sie mir, uns nichts zu tun, wenn ich es Ihnen sage?«

Seip nickte gnädig. »Natürlich. Bin ja kein Unmensch.«

Lina hätte es fast gewürgt. »Dann... kommen Sie, ich zeige es Ihnen.«

Sie konnte direkt sehen, wie Misstrauen und Gier in ihm miteinander rangen. Die Gier gewann. »Wo?«

»Dort hinten«, sagte sie und wies hinunter in die Ebene. Ein leichter Schwindel ergriff sie und sie musste sich an einem großen Farn festhalten. Dort unten erstreckte sich ein großes, grasbewachsenes Tal, durch das sich ein Fluss wand. Gold wurde meist in Flussläufen gefunden, hatte sie einmal gehört. »Sehen Sie, wo der Fluss die große Biegung macht?«

Seip trat näher zu ihr. »Ich sehe es.«

Jetzt! Lina rammte ihr ganzes Gewicht gegen den schweren Körper, dann warf sie sich herum und rannte los. Oder versuchte es zumindest.

Eine eisenharte Hand schloss sich um ihren Oberarm. »Was fällt dir ein?«

Lina schluchzte auf vor Angst. Sie strampelte und

trat um sich, versuchte, ihn abzuschütteln, doch er war stärker.

»Versuch das nicht noch einmal!«, sagte er drohend und zerrte sie nach vorne.

Mühelos zog er sie an den Rand des Steilhangs. Das Herz klopfte ihr laut in den Ohren, ihre Beine waren wie Pudding. O Gott, es war so tief!

»Und jetzt zeig mir gefälligst die Stelle!«

So nah am Abgrund konnte sie nicht einen klaren Gedanken fassen. Alles drehte sich um sie, ihr Magen war ein steinharter Knoten Angst. Reflexartig wollte sie zurückweichen.

»Hiergeblieben, Mädchen!« Seips Hand schloss sich noch fester um ihren Oberarm, zog sie näher an die Kante.

Lina zuckte zurück, ihr ganzer Körper versteifte sich. Es fühlte sich an, als würde sich der Boden unter ihren Füßen lösen. Nein, es fühlte sich nicht nur so an, es geschah auch! Seip fluchte und ließ sie los. Sie schrie auf, wollte sich an ihm festklammern, fasste aber nur ins Leere.

Schreiend rutschte sie den Abhang hinunter. Der Himmel drehte sich über ihr, ein blendend weißer Schmerz schoss durch ihren linken Fußknöchel.

O bitte, lieber Gott, ich will nicht sterben…! Geröll und Äste schlugen ihr ins Gesicht. Verzweifelt versuchte sie, sich irgendwo festzuhalten, klammerte sich an Gräsern und Wurzeln fest, die ihr sofort wieder entglitten – und bekam endlich, endlich etwas zu fassen.

Mit einem Ruck, der ihr fast den Arm auskugelte und der ihren Körper schier zu zerreißen schien, wurde ihr Fall gestoppt.

Keuchend und zitternd blickte sie auf – und japste auf vor Schreck: Sie hing an einer Klippe, unter ihr gähnte der Abgrund, sicher mehr als hundert Meter tief. Wenn sie dort hinunterfiel, wäre sie tot. Nur ein knorriger, verwitterter Strauch, den sie mit ihrer Rechten zu fassen bekommen hatte, hielt ihr Gewicht.

Panisch hob sie den Kopf. Einige Meter über ihr, dort, wo der Steilhang in ebenes Gelände überging, sah sie Seip stehen. Mit kalkweißem Gesicht, den Revolver noch in der Hand, blickte er auf sie herunter.

»Mr Seip, Hilfe!« O Gott, der Strauch löste sich mit einem knirschenden Geräusch langsam aus der Erde. Erde rieselte an ihr vorbei, fiel dann in die Tiefe. Lange würde sie sich nicht mehr halten können! »Bitte! Bitte, beeilen Sie sich!«

Seip fluchte in einem Gemisch aus Deutsch und Englisch, steckte den Revolver ein und verschwand aus ihrem Blickfeld.

Was tat er? Holte er ein Seil oder etwas anderes, mit dem er ihr helfen konnte? Lina klammerte sich an diese Hoffnung, zwang sich, ruhig zu atmen. In ihrer Schulter riss es, wieder rieselte Erde an ihr vorüber. Der Strauch neigte sich bedrohlich.

Wieso kam Seip nicht zurück? Wieso sagte er nichts?

»Mr Seip!«, schrie sie. »Wo sind Sie?«

Sie erhielt keine Antwort. Nur das Rauschen des Blutes in ihren Ohren.

»Seip!«, schrie sie erneut. »Bitte, helfen Sie mir! Kommen Sie zurück! Sie können mich doch hier nicht alleine lassen ...«

Aber er kam nicht zurück. Er würde sie hier einfach sterben lassen.

Ihre rechte Hand, mit der sie sich an dem Strauch festklammerte und die ohnehin schon von den Blasen zerschunden war, brannte wie Feuer. Ihre Schulter fühlte sich an, als würde sie gleich zerreißen. Sie spürte, wie die paar Zweige ihr immer mehr entglitten. Ihre freie linke Hand angelte nach oben, versuchte, ebenfalls den Strauch zu erhaschen, erreichte ihn aber nicht.

»Hilfe, bitte helfen Sie mir!« Ihre Stimme wurde schriller, überschlug sich vor Panik.

O Gott, o Gott, die Zweige rutschten ihr aus der Hand, gleich würde sie fallen, tief und immer tiefer, würde dort unten aufschlagen ...

»Ich hab dich!«

Zwei Hände schlossen sich um ihren Unterarm.

Kapitel 20

Plötzlich waren noch weitere Hände und Arme da. Lina fühlte sich nach oben gezogen und emporgehoben. Fort von dem entsetzlichen Abgrund, weiter aufwärts. Wie betäubt vor Schock sah sie, wie Geröll und Sand hinabrieselten, über die Kante fielen und aus ihrer Sicht verschwanden.

Zwei Männer hielten sie, trugen sie den Abhang hinauf. Der eine war Alexander. Er sprach mit ihr, wiederholte immer wieder, dass sie in Sicherheit sei. Es tat so gut, seine Stimme zu hören, zu wissen, dass er da war. Dass sie gerettet war. Lina klammerte sich an ihn. Sie merkte kaum, wie sie schluchzte und zitterte.

Sobald sie ebenes Gelände erreicht hatten, einige Meter von der Kante entfernt, wurde sie vorsichtig abgesetzt. Doch kaum stand sie, schoss ein scharfer Schmerz durch ihren linken Fuß. Sie versuchte, sich an Alexander festzuhalten, sank aber wimmernd zusammen. Alles drehte sich um sie, schwarze Schleier griffen nach ihr.

»Was ist los?«, fragte Alexander besorgt und kniete

sich neben sie. »Hast du dich verletzt?« Er nahm ihre rechte Hand in seine.

»Mein Fuß«, keuchte Lina. Schock und Schmerz ließen sie am ganzen Leib zittern. »Ich glaube, er ist gebrochen. Ich kann nicht auftreten.«

Eine fremde Stimme sagte etwas und Lina hob den Blick. Ihre Augen weiteten sich, als sie zum ersten Mal wirklich wahrnahm, wer mit Alexander gekommen war.

Es war ein kräftiger Maori von ungefähr fünfzig Jahren. Er trug nicht mehr als ein einfaches Flachsröckchen, über das sich ein stattlicher Bauch wölbte. Brust, Schultern, Oberschenkel und auch sein Gesicht waren bedeckt von ornamentalen Tätowierungen, die langen schwarzen Haare am Oberkopf zusammengebunden und mit Federn geschmückt. An seinem Hals hing ein geschnitzter Anhänger in Form eines Angelhakens, sein linkes Ohrläppchen war von einem knöchernen Schmuckstück durchstoßen. Doch trotz seiner martialischen Aufmachung war der Ausdruck in seinen dunklen Augen freundlich.

»Wer ... ist das?«, wollte Lina benommen wissen. Die ganze Situation erschien ihr vollkommen unwirklich. Vielleicht träumte sie ja noch immer?

»Darf ich vorstellen«, sagte Alexander und deutete auf seinen Begleiter. »Te Raukura. Ein guter Freund von mir.« Seine Finger streichelten über ihren Handrücken. »Und das«, fuhr er auf Englisch fort und wies auf sie, »ist Lina. Meine ...« Er zögerte kurz. Gleich würde er sicher dieses grässliche Wort »Stiefmutter« sagen.

244

»...meine *whaia-ipo*.« Diesmal sah sie ganz deutlich, dass er rot wurde.

Sie lächelte verwirrt. »Was heißt das?«

»Freundin«, erklärte der große Maori neben ihr mit einem breiten Lächeln, das seine Gesichtstätowierung zu einem furchterregenden Muster verzog.

Lina spürte, wie ihr vor Freude und Aufregung ebenfalls die Hitze ins Gesicht schoss. Ihr Herz tat gleich mehrere stolpernde Sprünge.

Seine Freundin. Alexander hatte sie seine Freundin genannt. Plötzlich schien der Schmerz in ihrem Fuß und in ihrer Schulter völlig nebensächlich.

»*Kia ora, e hine.* Willkommen, Mädchen.« Der Maori neigte den Kopf und lächelte erneut. »Areka hat mir schon von dir erzählt.«

»Areka?« Lina war nicht sicher, alles richtig verstanden zu haben, auch wenn der Maori gutes Englisch sprach. So viel stürzte gerade auf sie ein, und sie war gleichzeitig verwirrt, zittrig und unglaublich glücklich.

»So nennen sie mich«, erklärte Alexander. »Die Maori tun sich etwas schwer mit unseren Namen. Alexander heißt bei ihnen Arekahanara. Oder eben nur Areka.« Er stieß sie sanft an. »Du bist übrigens Terina.«

»Terina«, wiederholte sie langsam. Der Name gefiel ihr. Er hatte einen weichen und doch fremdartigen Klang. Terina und Areka. Lina und Alex.

Der fremde Maori, Te Raukura, ging vor ihr in die Hocke. Sein gewaltiger Bauch war jetzt ganz dicht vor ihr, der Anhänger baumelte vor ihren Augen. »Darf ich dich auf unsere Art begrüßen, Terina? Indem wir unseren Atem teilen?«

Was sollte das nun wieder bedeuten? Lina warf Alexander einen raschen Blick zu, dann nickte sie zögernd.

Te Raukura beugte sich vor, umfasste mit der rechten Hand den Haarknoten an ihrem Hinterkopf und zog sie sanft an sich. Das Gesicht des Maori war nun ganz nah vor ihrem. Näher und näher kam er, bis seine Stirn die ihre berührte. Dann drückte er seinen Nasenrücken auf ihre Nasenspitze und schloss seine Augen. Ganz so, wie sie es bei Alexander und den anderen Maori gesehen hatte.

Auch Lina schloss die Augen. So nah war sie einem fremden Menschen noch nie gekommen. Sie spürte die Wärme seines Atems auf ihrem Gesicht. Für einen Moment verharrte er so, dann ließ er sie wieder los.

Lina öffnete die Augen. »Das war... schön«, murmelte sie.

Ihr Blick fiel auf die Schrotflinte, die nicht weit von ihr entfernt im Gras lag. Scheu lächelte sie Alexander an. Jetzt kehrte das Zittern in ihren Körper zurück. »Wo warst du denn?«, fragte sie. »Ich habe dich überall gesucht. Und dann...«

Alexander kniete noch immer neben ihr, seine Finger verflochten sich mit ihren.

»Ich bin so froh, dass dir nichts passiert ist«, sagte er leise. »Als ich dich da über dem Abgrund hängen sah, dachte ich schon, ich würde dich gleich für immer verlieren. Was war denn los?«

246

Lina schluckte. Sofort kehrte die Erinnerung an den Schrecken zurück, der ihr noch immer in allen Gliedern saß.

»Seip«, stammelte sie. »Seip war hier! Hast du ihn denn nicht gesehen?«

»Was? Nein! Seip war hier?« Alexander sah sich ungläubig um, dann sprang er auf. »Dann war er es also, der uns gefolgt ist ... Natürlich, das hätte ich mir ja denken können.« Er schnaubte. »Hat er dich etwa den Abhang hinuntergeworfen? Dieses miese Schwein, ich breche ihm –«

»Nein, ich bin abgerutscht und von selbst gefallen. Aber er hat mir auch nicht geholfen.« Lina holte tief und zittrig Luft. Allmählich beruhigte sie sich wieder. Sie warf einen raschen Blick auf Te Raukura und senkte ihre Stimme. »Er wollte wissen, wo du das Gold gefunden hast.«

Alexander sah sie lange und schweigend an. »Deshalb also«, sagte er dann gedehnt.

»Deshalb?« Linas Kopf ruckte hoch. »Dann hat er also recht? Du hast wirklich ...« Erneut verfiel sie in ein Flüstern. »Du hast wirklich Gold gefunden?«

»Du kannst ruhig normal reden, Te Raukura weiß Bescheid.«

»Ach, er weiß Bescheid, aber mir erzählst du nichts?«

»Ich weiß, ich hätte es dir sagen sollen. Aber ...«

»Aber du wusstest nicht, ob du mir trauen kannst«.

Er sah sie mit einer Mischung aus verlegenem Grinsen und Schulterzucken an. »Na ja – nicht nur.«

»Aber auch. Vielen Dank auch.«

»Versteh doch, ich ... hatte meine Gründe.«

»Ja«, gab Lina zurück, nun doch etwas aufgebracht. Sie entzog ihm ihre Finger. »Du dachtest, ich wollte an das Geld deines Vaters und mich ins gemachte Nest setzen. Das habe ich schon verstanden. Aber du hättest mir wenigstens sagen können, was Rieke und Julius da draußen in der Wildnis wollen. Und ...« Sie hob die Hand, als er zu einer weiteren Erklärung ansetzen wollte. »Und wieso bist du einfach fortgegangen, ohne mir etwas zu sagen?«

»Aber das habe ich!«

»Davon weiß ich aber nichts!«

»Du hast sogar genickt«, widersprach er. »Und gleich weitergeschlafen. Und wenn du mich jetzt auch mal zu Wort kommen lassen würdest, könnte ich dir auch noch mehr erzählen. Ich habe nämlich gute Nachrichten.«

Alexander, so schilderte er, war früh aufgestanden, weil er etwas zum Frühstück hatte besorgen wollen. Zur Sicherheit hatte er auch noch die Schrotflinte mitgenommen, schließlich war er nicht sicher, ob sie nicht doch verfolgt wurden. Statt auf feindliche Maori war er aber auf Te Raukura getroffen, der gerade auf dem Weg zu ihm war.

»Wieso denn das?«, fragte Lina.

»Weil er uns erzählen wollte, wo Julius und Rieke sind!«

»Rieke und Julius?« Sofort war alles andere vergessen. »Sie wissen es?«, wandte Lina sich aufgeregt an den Maori.

Dieser nickte lächelnd und wirkte dabei so gelassen, als könne ihn nichts auf der Welt aus der Ruhe bringen. Ganz im Gegensatz zu Lina.

»Wo?«, fragte sie. »Haben Sie sie gesehen? Geht es ihnen gut?« Sie sprang auf – und sank sofort stöhnend wieder zusammen. Sie hatte völlig ihren verletzten Fuß vergessen.

»Langsam, Terina.« Te Raukura kniete sich vor sie. »Lass mich sehen.«

»Lieber nicht«, murmelte sie und zog ihren Fuß näher an sich. Was wusste ein halb nackter Maori schon von moderner Medizin?

»Doch, zeig es ihm. Er ist ein *tohunga*«, erklärte Alexander. »Das ist so etwas wie ein Heiler oder Wissender.«

Zögernd fügte sie sich. Sie streckte den Fuß aus und sah argwöhnisch zu, wie der Maori die Bänder ihres leichten Schuhs aufschnürte. Dann streifte er ihn von ihrem Fuß. Ganz vorsichtig, dennoch stöhnte Lina leise auf, als der Schmerz durch ihren Knöchel schoss.

»Den Strumpf auch?«, fragte sie.

Der Maori nickte.

Lina runzelte die Stirn. Es schickte sich nicht, einem Mann seine Fußknöchel zu zeigen. Schon gar nicht, wenn diese Knöchel unbekleidet waren. Aber in diesem Fall war es wohl nicht zu ändern.

Sie zog ihren langen Rock tiefer und bemühte sich,

unter den schwarzen Stoff zu kommen, ohne den Männern ihre Beine zu zeigen. Sie sah, wie Te Raukura bei ihren Verrenkungen leise lächelte. Dann musste sie selbst lächeln. Wie hatte Alexander es gesagt? Sie waren hier nicht mehr in Deutschland.

»Ach, egal«, sagte sie schließlich, hob ihren Rock hoch und griff nach ihrem rechten Knie. Sie öffnete das Strumpfband, rollte den Strumpf hinunter und zog ihn aus.

Ihr Gelenk war deutlich dicker als sonst, fühlte sich heiß an und pochte. Sie streckte den Fuß wieder aus.

»Au!« Sie seufzte auf, als Te Raukura den geschwollenen Knöchel abtastete. Dennoch waren seine dicken Finger erstaunlich sanft. Dann sagte er etwas auf Maori.

»Er ist nicht gebrochen«, übersetzte Alexander. »Aber verrenkt. Te Raukura wird versuchen, ihn wieder einzurenken.«

Einrenken. Das hörte sich nicht gut an. Lina verkrampfte sich, als der Maori ihr Bein leicht anhob. Ihr Fuß passte bequem in seine riesenhafte Faust. Ob er wirklich wusste, was er da tat? »Ich weiß nicht. Vielleicht wäre es doch besser, wenn wir einen Arzt…?«

»Wo wollen wir den denn jetzt herkriegen?« Alexander setzte sich noch ein bisschen dichter zu ihr und nahm erneut ihre Hand in seine. Seine Nähe war tröstlich und machte sie ganz schwindelig. »Weißt du eigentlich«, sagte er, »dass du wunderschöne Augen hast?«

»Findest du?« Lina lächelte und vergaß für einen Moment ihre Angst. »Du aber –«

Sie schrie laut auf, als ein grässlicher Schmerz durch ihren Knöchel raste. Durch ihr ganzes Bein bis hinauf in ihre Hüfte, es fühlte sich an, als ob sich ein Dutzend glühender Nadeln in sie bohren würde. Te Raukura hielt mit der Linken ihren Unterschenkel und bog mit der Rechten langsam ihren Fuß nach unten. Immer weiter.

Dann, mit einem satten, schmatzenden Geräusch, das ihr durch und durch ging, glitt der Knöchel wieder an seinen richtigen Platz. Augenblicklich ließ auch der Schmerz nach, auch wenn er noch immer da war. Lina seufzte auf.

»Du kannst mich jetzt loslassen«, sagte Alexander neben ihr. Er grinste. »Du musst aber nicht.«

»Was?« Sie hatte gar nicht gemerkt, dass sie sich mit beiden Händen an ihn geklammert hatte. Sie ließ ihn los und wischte sich verstohlen die Tränen aus den Augen.

»Nicht weglaufen«, sagte der Maori und erhob sich. »Ich suche Pflanzen.« Und schon war er zwischen dem Farn verschwunden.

Alexander musterte sie besorgt. »Tut es noch sehr weh?«

»Es geht schon«, behauptete Lina, obwohl ihr Fuß sich anfühlte wie ein einziger matschiger Klumpen.

»Wenn ich mich doch nur zweiteilen könnte!«, schimpfte er. »Dann würde ich diesen verdammten Seip

251

suchen und zur Rede stellen. Und gleichzeitig würde ich mich um Julius und deine Schwester kümmern.«

»Dich gleich zweimal?«, gluckste sie. Trotz ihrer Schmerzen war ihr wunderbar leicht zumute, fast schon albern. Nicht einmal der abscheuliche Seip konnte sie jetzt noch schrecken. »Ich weiß nicht, ob ich das aushalten würde.«

Alexander sah kurz in die Richtung, in die der Maori verschwunden war. Dann beugte er sich vor, strich ihr eine Strähne aus dem Gesicht und küsste sie.

»Du kratzt!«, beschwerte sie sich lachend.

Er fuhr sich über die Wangen, die inzwischen von hellbraunen Stoppeln bedeckt waren. »Gestern Abend hat es dich noch nicht gestört.«

»Da waren wir aber auch allein.« Oder zumindest fast. Sie hatten schließlich nichts von einem Zuschauer gewusst. Es schüttelte sie bei dem Gedanken, dass Seip sie offenbar beobachtet hatte. »Dein Freund kann jeden Moment zurückkommen.« Sie blickte in das Farndickicht, wo der Maori verschwunden war. »Weiß er wirklich, wo die Kinder sind? Woher kennst du ihn überhaupt? Und woher wusste er, dass wir die beiden suchen?«

»Männer von seinem Stamm haben es ihm erzählt. Die, die wir vorgestern auf dem Fluss getroffen haben. Keine Sorge, du kannst ihm vertrauen. Er war mein *kaiako*, mein Lehrer, als ich bei den Maori war. Er hat mich ihre Sprache gelehrt und sich um mich gekümmert.«

»*Er* war das?« Lina nickte, nun weitaus beruhigter. In diesem Fall war der Maori wohl wirklich vertrauenswürdig.

Schon bald kam Te Raukura mit einigen langen grünen Blättern des neuseeländischen Flachses zurück. Neugierig sah Lina zu, wie der Maori eines der Blätter mithilfe zweier Steine zu einer grünen Paste zerrieb, die er dann auf ihrem Knöchel verteilte. Die restlichen Blätter wickelte er wie eine Bandage fest darum.

Vorsichtig bewegte sie ihren Fuß. Es tat noch immer weh. Damit konnte sie bestimmt nicht laufen.

Te Raukura erhob sich. »Ich werde dich tragen«, sagte er und reichte ihr seine große Hand.

Kapitel 21

Te Raukuras Rücken war wie ein breites, wiegendes Schiff. Nach anfänglichen Bedenken hatte Lina ihre Arme um seinen Hals gelegt und die Hände vor seiner nackten Brust verschränkt. Seine Hände lagen um ihre Kniekehlen – eigentlich ein Unding, weil sie dazu ihren Rock hatte raffen müssen. Aber schließlich hatte er schon vorhin ihre Beine gesehen.

Obwohl sie sich schwer wie ein Mehlsack vorkam, trug der Maori sie so mühelos durch das Gelände, als wäre sie eine Feder; schweigend, mit großen, raumgreifenden Schritten. Lina hatte sich schnell an das leichte Schaukeln gewöhnt. Es war seltsam, wie ein kleines Kind durch die Gegend getragen zu werden, aber bald schon dachte sie nicht mehr darüber nach. Es war wichtiger, dass sie schnell vorankamen. So schnell wäre Lina mit ihrem verletzten Knöchel nie gewesen. Wahrscheinlich hätte sie langsam durch die Gegend humpeln können, aber das hätte sie alle aufgehalten, und ihrem Fuß hätte es auch geschadet. Alleine zurückbleiben konnte und wollte sie natürlich auch nicht. Nicht, solange dieser grässliche Seip noch in der Gegend war.

Die Landschaft wurde immer wilder und urwüchsiger. Weiter ging es durch hohes Gras und Büsche, zu denen bald wieder einzelne Bäume kamen. Dann wurden es immer mehr, bis sie wieder in einen dichten, grünen Wald eintauchten. Alexander lief neben ihnen und trug ihre Sachen, die sie noch schnell von ihrem Lagerplatz geholt hatten. Lina wäre gern noch länger allein mit ihm gewesen, aber das war natürlich nicht möglich. Zumindest erfuhr sie, wie der Maori zu ihnen gestoßen war. Nachdem Te Raukura gehört hatte, dass Alexander zwei *pakeha*-Kinder suchte, hatte er sich selbst auf die Suche gemacht. Und sie gefunden.

»Wo?«, wollte Lina wissen.

»Nicht weit«, war alles, was der Maori dazu sagte. »Wir haben sie bald eingeholt. Siehst du?« Er wies auf abgeknickte Zweige vor ihnen und den Abdruck eines Schuhs in der schlammigen Erde. »Das ist noch ganz frisch.«

Immerhin wusste sie jetzt, warum Rieke und Julius fortgelaufen waren.

»Du hast wirklich Gold gefunden?«, fragte sie Alexander, als sie es vor Neugier nicht mehr aushielt.

Er nickte. »Als ich einmal alleine auf der Jagd war. Ich musste nur die Hand danach ausstrecken. Sie lagen im Uferwasser und glitzerten in der Sonne. Mehrere Nuggets, in unterschiedlichen Größen.«

»Aber …« Sie verstummte, weil sie nicht wusste, wie sie es ausdrücken sollte.

Alexander hob den Blick. »Ich weiß genau, was du jetzt sagen willst.«

»Ach ja? Was denn?«

»Wieso ich nicht an dieselbe Stelle gehe und schaue, ob ich nicht noch mehr Gold finde. Wieso ich damit nicht unsere Schulden bei Seip bezahle. Wieso ich mich so anstelle. Wolltest du das fragen?«

Sie nickte ertappt. »So in etwa.«

»Gut, dann antworte ich mit einer Gegenfrage. Hast du schon einmal vom ›Pfad der Tränen‹ gehört?«

Lina schüttelte den Kopf. »Was ist das?«

»In Georgia in den Vereinigten Staaten von Amerika haben sie vor einigen Jahren Gold gefunden«, erklärte Alexander. »Auf Land, das den Cherokee-Indianern gehörte. Daraufhin brach ein Goldrausch aus. Hunderte, nein Tausende von weißen Goldsuchern kamen nach Georgia, jeden Monat wurden es mehr. Aus Deutschland, aus England, aus der ganzen Welt. Sie errichteten Städte, durchwühlten die Erde auf der Suche nach Reichtümern – alles auf Cherokee-Land. Sie überschwemmten es geradezu. Das ging natürlich nicht lange gut. Die Indianer versuchten, sich zu wehren. Ohne Erfolg.« Er schüttelte den Kopf. »Man hat sie gezwungen, ihr Land zu verlassen. Nicht nur die Cherokee, auch noch ein paar andere Indianerstämme. Ganze Stämme, stell dir das mal vor! Das waren viele Tausend Menschen. Sie mussten ihre Heimat im Osten der Vereinigten Staaten verlassen, um viele, viele Meilen weiter westlich angesiedelt zu werden. Dort, wo sie nieman-

256

den störten. Auf diesem Weg starben mehrere Tausend von ihnen.«

»Mehrere Tausend?«, wiederholte Lina bestürzt.

Er nickte. »An Krankheiten, Kälte, Hunger und Erschöpfung. Deshalb nennt man ihn den ›Pfad der Tränen‹.«

»Mein Vater wollte auch immer nach Amerika auswandern«, murmelte sie. Sie blickte auf Te Raukuras breiten Rücken unter sich, der schweigend voranstapfte. Was er wohl über all diese Sachen dachte? »Woher weißt du das alles?«

Alexander hob die Schultern. »Ich lese viel.« Lina erinnerte sich an den Bücherstapel, den sie an seinem Schlafplatz im Geräteschuppen gesehen hatte.

»Es ist immer dasselbe«, fuhr er düster fort. »Sobald die Weißen wissen, dass es irgendwo Gold gibt, werden sie zu Bestien. Das Land wird zerstört, die Einheimischen vertrieben oder getötet.« Er seufzte. »Und das Gleiche würde auch hier passieren. Deswegen habe ich nichts von dem Gold gesagt. Und das werde ich auch weiterhin nicht. Es war schon ein großer Fehler, Julius davon zu erzählen, auch wenn er mir versprechen musste, mit niemandem darüber zu reden. Und ein noch größerer, meinem Vater etwas davon zu geben. Aber ich konnte doch nicht wissen, dass er damit gleich zu diesem verdammten Seip rennt, um seine Schulden zu bezahlen.« Er blickte zu ihr auf. »Verstehst du jetzt, warum ich dir nichts davon erzählt habe?«

»Weil du mir nicht vertraut hast.«

»Nein! Na ja, das heißt, nicht nur. Es war auch, um dich zu schützen. Was du nicht weißt, kann dich auch nicht in Gefahr bringen.«

Lina nickte. Dann schoss ihr ein neuer Gedanke durch den Kopf. »Aber Seip glaubt, dass ich es weiß«, sagte sie.

»Um Seip«, sagte Alexander, »kümmern wir uns nach unserer Rückkehr. Jetzt habe ich erst mal ein ernstes Wörtchen mit meinem Bruder zu reden.«

Am späten Vormittag kamen sie durch einen noch dichteren Wald. Durch eine Lücke in den Baumkronen konnte Lina einen Vogelschwarm sehen, der in großer Höhe kreiste.

»Wir sind gleich da«, sagte Te Raukura und drehte seinen Kopf. »Hörst du das, Terina?«

Lina auf seinem Rücken lauschte. Da waren die leisen Schritte der beiden Männer auf dem Waldboden, das Rascheln der Blätter, entferntes Vogelgeschrei. Sonst nichts. Sie wollte schon den Kopf schütteln, doch dann, ganz leise, drang noch etwas an ihr Ohr. Etwas wie ein entferntes Rauschen oder Brüllen. Ein Tier?

Immer näher kamen sie dem seltsamen Geräusch, immer lauter wurde es mit jedem Schritt, den sie weiter vorankamen. Nein, das konnte kein Tier sein. Kein Tier brüllte in einem dermaßen gleichmäßigen Ton.

Dann trat Te Raukura durch die dichte Wand aus Büschen und Bäumen, und über seine Schulter hinweg sah Lina, was diesen Lärm verursachte: Sie blickte von oben auf einen großen Wasserfall. Über eine breite, felsige Kante ergoss sich das Wasser im freien Fall senkrecht eine Felswand hinab, stürzte in einer mächtigen Kaskade viele Meter nach unten. Ein Absatz im Gestein spaltete den Strom in zwei breite Fälle auf, die sich in einem kleinen, fast kreisrunden See sammelten. Weiße Gischt stob auf, in der Luft tanzten bunte Schlieren. Ein feiner Nebel aus winzigen Wassertröpfchen erfüllte die Luft; in Sekunden war Linas Gesicht mit einer feuchten Schicht überzogen. Überall wogte es vor Grün.

Lina war stumm vor Erstaunen. Ein solch majestätisches Gefälle hatte sie noch nie gesehen. Eigentlich hatte sie noch nie einen richtigen Wasserfall gesehen, höchstens ein paar Rinnsale, die diesen Namen nicht wirklich verdienten.

»Da sind sie! Ich sehe sie!«

Aufgeregt wies sie nach unten auf den See. Am Ufer stand eine kleine Gestalt. War das nicht Rieke? Das Mädchen hatte den Blick aufs Wasser gerichtet und winkte einer Person zu, die gerade den Kopf aus dem Wasser steckte und gleich danach wieder untertauchte. Das war bestimmt Julius.

Lina lachte befreit. Auch Alexander war die Erleichterung anzusehen. Er winkte und rief, aber sie waren zu weit entfernt und der Wasserfall zu laut, als dass die Kinder sie hätten bemerken können.

»Wir gehen runter«, beschloss er.

Beim Abstieg über einen schmalen, matschigen Pfad

klammerte Lina sich erneut an Te Raukuras breitem Oberkörper fest. Alexander und der Maori mussten die Füße hier vorsichtiger als auf der geraden Strecke setzen, denn der feuchte Sprühnebel, der hier überall in der Luft hing, machte den Weg rutschig. Erneut tauchten sie ein in den dichten Wald. Für eine Weile verloren sie dabei die Kinder aus den Augen.

Es dauerte nicht lange, bis sie den Fuß des Wasserfalls erreicht hatten und zum See liefen. Grünes, saftiges Gras bedeckte hier den Boden.

Es war tatsächlich Rieke, die noch immer am Ufer stand und auf den See hinausblickte. Dort, wo Julius durchs Wasser paddelte. Im nächsten Moment war er wieder untergetaucht. Rieke drehte sich um.

Als sie Alexander erblickte, der sie als Erster erreichte, formte ihr Mund vor Überraschung ein stummes »O«. Beim Anblick des Maori hinter ihm schwankte sie offensichtlich zwischen Verwirrung und Furcht, bis sie ihre Schwester auf seinem Rücken entdeckte. Ein breites Strahlen ging über ihr Gesicht.

»Lina!«

Te Raukura ließ Lina vorsichtig von seinem Rücken gleiten, auf das weiche Gras. Sie konnte stehen, achtete aber darauf, den verletzten Fuß nicht zu belasten. Im nächsten Moment fielen sich die Schwestern in die Arme.

»Friederike Salzmann, so etwas darfst du nie wieder machen, hörst du?« Lina musste schreien, um den tosenden Wasserfall zu übertönen. Hier unten war es

260

furchtbar laut. »Ihr habt uns einen riesigen Schrecken eingejagt!«

»Aber Julius und ich wollten doch nur nach dem Gold suchen«, gab Rieke zurück. »Dann sind wir nämlich reich und können unsere Schulden bezahlen.«

Lina fühlte sich gepackt und von ihrer Schwester fortgezogen. Sie wollte schon protestieren, als sie Alexanders besorgtes Gesicht sah.

»Julius taucht nach Gold?«, rief er Rieke zu.

»Ja, schon ganz lange«, gab das Mädchen brüllend zurück. »Er hat gesagt, irgendwo da drinnen muss es sein. Ich hab ihm gesagt, er soll rauskommen, aber er hört nicht auf mich.«

Bis auf die Stelle, wo der Wasserfall ihn aufwirbelte, lag der See ruhig da. Zu ruhig. Keine planschenden Füße oder Arme. Keine Luftbläschen, die anzeigten, dass hier jemand unter Wasser schwamm.

Lina konnte sehen, wie die Farbe aus Alexanders Gesicht wich.

»Müsste er nicht längst wieder aufgetaucht sein?«, wollte sie gerade fragen, aber da zerrte er sich schon die schweren Schuhe von den Füßen und rannte ins Wasser. Te Raukura folgte ihm augenblicklich.

Um Linas Herz legte sich ein eisernes Band, Kälte kroch in ihr hoch. Julius! Was passierte hier? War er etwa – sie wagte kaum, diesen Gedanken zu formulieren – ertrunken? Jetzt, wo sie die Kinder gerade gefunden hatten?

Auch Rieke hatte verstanden. Mit entsetzt aufgerissenen Augen stand sie gemeinsam mit Lina am Ufer und starrte zur Mitte des kleinen Sees, wo die beiden Männer nun untertauchten.

Lina kam sich entsetzlich hilflos vor. Wenn sie doch nur schwimmen könnte! So aber musste sie nutzlos am Ufer stehen und konnte nicht mehr als hoffen, bangen und beten.

Da! Da kam einer wieder hoch! Nein, es war nur Alexander, der nach Luft schnappte, sich hektisch umsah und sofort wieder unter Wasser verschwand. Auch Te Raukura tauchte kurz zum Atemholen auf und danach sofort wieder unter.

Weitere endlose Sekunden vergingen. Tack, tack, tack. Lina zählte angespannt mit. Wie lange konnte man unter Wasser bleiben, ohne dass man atmen musste? Sie hatte selbst einmal versucht, so lange wie möglich den Atem anzuhalten, aber sie war nicht weit gekommen.

Dann, endlich, erschienen beide wieder an der Oberfläche. Und diesmal – ja, Alexander hielt etwas in seinen Armen. Julius! Ein Glück, sie hatten ihn gefunden!

Aber etwas stimmte nicht. Der Junge rührte sich nicht, seine Arme und Beine hingen wie leblos herab, als sie ihn ans Ufer trugen. Seine Haut war aschfahl, seine Lippen blau.

»Nein«, schluchzte Rieke. »Nein! Julius!«

Alexander dagegen brachte kein einziges Wort hervor. Stumm und mit einem Ausdruck von fassungslosem Entsetzen ging er am grasigen Ufer in die Knie, ohne Julius loszulassen, und wiegte seinen kleinen Bruder in den Armen.

In Linas Kopf ging alles durcheinander, ihre Gedanken wirbelten in grauen Schlieren durch ihren Kopf und zogen sie hinab. Das konnte, das durfte nicht wahr sein!

Dann endlich drang ein einzelner, wichtiger Gedanke durch: Sie konnte helfen! Sie wusste, was sie tun musste!

Sie humpelte zu Alexander und kniete sich neben ihn nieder. »Lass mich etwas versuchen.«

Er sah sie an und in seinen Augen glomm ein Fünkchen verzweifelter Hoffnung auf. Sie nahm ihm Julius' nassen, bewegungslosen Körper aus den Armen. Versuchte, all ihre Ängste und Sorgen, alle anderen Gedanken auszuschalten. Nur an die nächsten Schritte zu denken.

Sie musste Julius retten. Aber ihr Kopf war vollkommen leer. Was war zu tun?

In Boltenhagen an der Ostseeküste hatte sie immer wieder die am Strand aufgehängten Plakate studiert, die erklärten, wie man mit einem Ertrunkenen umzugehen hatte. Aber was genau stand darauf? Was musste sie tun?

Sie schloss die Augen und versuchte, sich das Plakat in Erinnerung zu rufen. Sah die Tafel aus groben Holzplanken wieder vor sich, die platt geklopften Nägel, den Sand, der über die Ständer wehte. Roch die salzige Luft, Seetang, Muscheln. Und langsam formte sich ein Bild, bis Lina das Plakat so deutlich vor sich sah, als läge es neben ihr. Sie wusste es wieder.

Sie zog ihre kurze Jacke aus und knüllte sie zusammen. Mit Alexanders Hilfe hob sie Julius' Brustkorb an, schob die Jacke darunter und legte den Jungen dann sanft zurück. Alexander sagte nichts, half ihr nur stumm dabei. Sie kniete sich hinter den Kopf des Jungen, griff nach seinen Handgelenken, kreuzte seine schlaffen Arme vor seiner Brust und drückte sie fest auf den kindlichen Brustkorb. Dann löste sie den Druck und zog Julius' Arme weit nach oben. Eins. Zwei. Drei. Vier. Fünf. Erneut beugte sie sich vor, presste seine gekreuzten Arme auf seinen Brustkorb, löste den Druck, zählte erneut bis fünf. Und noch einmal. Und noch einmal.

Es half nichts. Er atmete nicht.

Wieder und wieder versuchte sie es. Presste, löste, zählte. Nichts.

Ein Arm legte sich um sie. »Terina«, hörte sie Te Raukuras Stimme an ihrem Ohr. »Hör auf.«

Schluchzend ließ sie von Julius' leblosem Körper ab. Sie senkte den Kopf, wagte nicht, Alexander oder Rieke anzusehen oder irgendetwas zu sagen. Sie hatte es nicht geschafft. Sie hatte versagt. Julius war tot.

Aber das konnte nicht sein! Gab es denn wirklich nichts, was den Jungen zum Leben erwecken würde?

Ihr Blick fiel auf den großen Maori, der mit gesenktem Kopf neben ihr kniete. Heute Morgen erst hatte er ihr gemeinsam mit Alexander das Leben gerettet, hatte mit ihr den Atem geteilt, wie er es nannte, hatte ...

Das war es! Sie musste ihren Atem mit Julius teilen! Erfüllt von neuer Hoffnung rutschte sie seitlich neben den Jungen. Alexander sah sie verständnislos an, aber sie achtete nicht auf ihn. Mit der linken Hand öffnete sie Julius' schlaffe Kiefer und hielt ihm mit der Rechten die Nase zu. Dann holte sie tief Luft, beugte sich über ihn, als wolle sie ihn küssen. Ihre Lippen legten sich über seine kalte, klamme Haut, als sie vorsichtig ihren Atem in seinen geöffneten Mund blies.

Ein kurzer Blick zeigte ihr, dass sich der kindliche Brustkorb leicht hob. Sie hielt kurz inne, bis der Brustkorb sich wieder senkte, dann holte sie erneut Luft und blies sie wie zuvor in Julius' Mund. Täuschte sie sich oder wies die Haut des Jungen tatsächlich eine leicht rosige Färbung auf?

Später sollte sie sich noch oft an diese unwirkliche Situation erinnern: wie sie versuchte, Julius neuen Atem einzuhauchen, umringt von Alexander, Rieke und Te Raukura, im Hintergrund der tosende Wasserfall, Sprühnebel in der Luft, das weiche Gras unter ihr.

Sie hatte kein Gefühl mehr dafür, wie viel Zeit vergangen war, wie oft sie ihren Atem mit Julius geteilt hatte. Aber plötzlich bewegte sich der tot geglaubte Körper unter ihr. Verkrampfte sich. Hustete. Mit einem großen Schwall kam Wasser aus Julius' Mund und durchnässte Linas Kleidung. Einmal und noch einmal hustete er, dann schlug er die Augen auf. Er sah verwirrt um sich, hustete erneut, dann richtete sich sein Blick auf seinen Bruder.

»Alex?«, murmelte er.

Und Alexander nickte und schluchzte und umarmte ihn stürmisch. Über Julius' Kopf hinweg richtete sich sein Blick auf Lina.

»Danke«, formten seine Lippen lautlos.

Kapitel 22

»*Julius ist doch nicht* mit Absicht ertrunken«, erklärte Rieke. »Er wollte doch nur nach dem Gold tauchen.«

Lina musste sich zurückhalten, um nicht zu lachen. Ihre Schwester legte sich ja mächtig ins Zeug für ihren kleinen Freund.

Julius nickte zur Bestätigung. Er war in zwei Decken gehüllt und zitterte leicht, aber sein anfangs noch käsebleiches Gesicht hatte schon wieder Farbe. Sie hatten sich einen Platz weiter abseits unter ein paar Bäumen gesucht, wo das Tosen des Wasserfalls nur noch als ein leises Rauschen zu hören war.

»Du hättest um ein Haar sterben können, ist dir das eigentlich klar?«, schimpfte Alexander.

Auch er hatte eine Decke um sich geschlungen, während seine Kleider an einem prasselnden Feuer trockneten – wieder einmal. Te Raukuras Flachsröckchen war dagegen schon wieder trocken.

»Alex, bitte«, versuchte Lina einzulenken. »Es ist ja noch einmal gut gegangen.«

267

»Ja, aber nur, weil du nicht aufgegeben hast.«

Rieke nickte wichtig zu Julius hinüber. »Sie hat dich nämlich geküsst.«

»Was?«, machte dieser entsetzt. »So richtig auf den Mund?«

Rieke nickte erneut.

»Igitt!«

Lina sah, dass sich jetzt auch Alexander das Lachen verkneifen musste. Dennoch gelang es ihm, Julius streng anzusehen. »Tu das nie, nie wieder, hörst du?«

»Aber...«

»Nie wieder!« Alexander war gar nicht so böse, wie er sich anhörte – dafür waren er und auch Lina viel zu froh und erleichtert, dass Julius wieder unter den Lebenden weilte. Das Donnerwetter, das sich die Kinder hatten anhören müssen, war daher weitaus glimpflicher als geplant abgelaufen.

Julius wollte noch etwas erwidern, aber er schluckte es hinunter, senkte den Blick und nickte stumm.

»In Ordnung, dann ist es ja gut.« Alexander streckte die Hand aus und fuhr seinem verschämt grinsenden kleinen Bruder durch das feuchte Haar. »Außerdem gibt es hier kein Gold.«

»Es gibt kein Gold?«, wiederholte Julius. »Aber... du hast damals doch gesagt, du hast das Gold am Wasserfall gefunden.«

»So ist es. Aber nicht an diesem Wasserfall. Hier wirst du kein Gold finden.«

»Ach so...«, machte Julius enttäuscht.

»Nicht an diesem?«, wiederholte Lina. Insgeheim hatte auch sie gehofft, dass sie mit einem möglichen Goldfund ihre Schulden loswerden könnten. Es musste ja niemand davon erfahren.

»Nein«, erwiderte Alexander, und das war das Letzte, was er dazu sagte.

Lina griff nach einem neuen Flachsblatt und kniff mit dem Daumennagel die harte innere Mittelrippe fort. Dann teilte sie die verbliebenen Stränge und zog sie vorsichtig auseinander, sodass sie lange, fingerbreite Streifen erhielt. Wenn man nicht aufpasste, schnitten sie einem in die Finger, außerdem waren ihre Blasen noch immer nicht verheilt.

Sie saß an der Böschung über einem schmalen Flusslauf, hatte den Fuß auf einen Grashügel gelegt und stellte Flachsbänder her. Te Raukura hatte ihr einen Packen der langen, festen Blätter gebracht, die er ganz in der Nähe geschnitten hatte. Von der Flachspflanze, hatte er ihr erklärt, durfte man nur die äußeren Blätter verwenden, die er *tupuna*, Großeltern, nannte. Die Eltern und das Baby, wie die inneren Blätter hießen, durften nicht verletzt werden, sonst würde die Pflanze sterben. Er hatte ihr noch eine ganze Menge mehr über Pflanzen und ihre Heilkräfte erzählt, während sie hierhergelaufen waren – auf geheimen Pfaden durch den Busch. Selbst Alexander hatte zugegeben, dass er diesen Weg nicht kannte. Der Maori hatte Lina erneut getragen, obwohl sie protestiert und versichert hatte, ihrem Fuß gehe es wieder gut. Aber sie musste zugeben, dass es besser war, wenn sie den Knöchel noch ein wenig schonte; allein der kurze Weg in die Büsche vorhin hatte ihn erneut schmerzhaft pochen lassen.

Der Fluss, der träge und schmutzig braun dort unten entlangfloss, würde sie am schnellsten zurück auf den Maitai und damit nach Nelson führen. Das hatte zumindest Te Raukura behauptet.

Linas Blick ging ans Flussufer, wo die Kinder den Rohrkolben schnitten, der hier in dichten Büscheln wuchs. *Raupo* nannten ihn die Maori. Später wollte Te Raukura ihnen zeigen, wie man daraus ein Boot bauen konnte. Rieke stand neben Julius am Ufer, nahm die abgeschnittenen *raupo*-Stauden in Empfang und legte sie zum Trocknen aus. Lina musste lächeln, als sie sah, wie sehr ihre Schwester sich damit beeilte, um schnell wieder an Julius' Seite zu sein.

Ihr Lächeln vertiefte sich und die Schmetterlinge in ihrem Bauch flatterten auf, als Alexander mit einem Armvoll langer grüner Flachsblätter die Böschung heraufkam und die Blätter auf ihren Stapel legte. Als sich ihre Finger dabei berührten, hielt er ihre Hand für einen Moment fest und drückte sie, dann löste er seinen Griff wieder.

Als Lina ihm glücklich nachsah, erhaschte sie einen Blick von Rieke: Ihre kleine Schwester grinste bis über beide Ohren. Lina schoss das Blut ins Gesicht. Mist, Rieke hatte etwas gemerkt!

Jetzt, da sie nicht mehr alleine waren, mussten Alexander und sie ihre Gefühle füreinander verbergen. Ein heimlicher Blick, eine verstohlene Berührung – mehr war kaum möglich. Lina war schließlich gerade Witwe geworden und musste das Trauerjahr einhalten. Und als wäre das alles noch nicht genug, war sie offiziell auch noch die Stiefmutter von Sophie, Julius – und auch von Alexander. Eine verzwickte Situation. Es war besser, wenn sie beide sich vorerst so unauffällig wie möglich verhielten.

Daneben beschäftigte sie schon seit einiger Zeit ein bestimmter Gedanke: Sie war zwar mit Rudolf vermählt worden, doch die Ehe war nicht vollzogen worden. War sie unter diesen Umständen überhaupt richtig verheiratet gewesen? Und falls nicht: Welche Konsequenzen hätte das für sie?

Sie musste wirklich dringend mit Alexander reden. Aber nicht hier, nicht, wenn die Kinder dabei waren.

Am späten Nachmittag begannen sie mit dem Bau eines *mokihi,* wie Te Raukura es nannte. Lina und die Kinder sahen zu, wie Alexander und der Maori aus dem getrockneten *raupo* ein großes, dickes Bündel formten, breit in der Mitte, zu den Enden hin spitz auslaufend, und alles mit den Flachsbändern zusammenbanden. Auf die gleiche Weise entstanden weitere Bündel, wobei diesmal auch die Kinder und Lina mithalfen.

Es war eine schweißtreibende Angelegenheit. Drei der Bündel legten sie nebeneinander und zurrten sie mit Flachs so aneinander, dass sie ein flaches Floß bildeten. Aus einem weiteren Bündel, das sie in der Mitte anbrachten, wurde eine Art Kiel. Jetzt war der Boden fertig.

»Umdrehen«, wies Te Raukura sie an und gemeinsam stülpten sie den Boden um. Jetzt kamen zwei schmalere Bündel der Länge nach an die Außenseiten. Da Lina sich als die Geschickteste von ihnen erwiesen hatte, musste sie alles mit Flachs zusammenbinden. Als Letztes stopften sie weiteres *raupo* in alle Lücken und zurrten alles noch einmal gut fest, dann war das *mokihi* fertig.

Ein Kanu aus Binsen, groß genug, um fünf Leute zu tragen. Nach Hause.

Am nächsten Morgen, nach einem Frühstück aus Beeren und frischem, in Flachsblättern gedünstetem Fisch, sah sich Te Raukura noch einmal Linas Fuß an. Die Nachtruhe und die Pflanzenpaste hatten dem eingerenkten Knöchel gutgetan; die Schwellung war sichtbar zurückgegangen und auch die Schmerzen waren fast verschwunden. Der Maori bestrich das Gelenk erneut mit dem Pflanzenbrei und verband es wieder.

Dann ließen sie das Boot zu Wasser. Für ein paar ängstliche Augenblicke bezweifelte Lina, dass das *mokihi* sie alle wirklich tragen würde. Tatsächlich sank es gefährlich tief ein, als Te Raukura als Letzter hineinkletterte. Aber es schwamm.

Der Rückweg nach Nelson war weitaus schneller und komfortabler als der Hinweg, schließlich trug sie diesmal die Strömung flussabwärts. Sie mussten lediglich darauf achten, das *mokihi* mit ein paar behelfsmäßigen Paddeln in der Flussmitte zu halten. Würden sie zu nah ans Ufer kommen, würde der Binsenkiel zu schnell vom sandigen Flussbett aufgerieben werden.

Sie hatten sich noch nicht lange den schmalen Fluss hinuntertreiben lassen, als das Gewässer eine große Biegung machte. Te Raukura lenkte das Binsenkanu ans Ufer. Ab hier, so erklärte er ihnen, führe dieser Fluss für sie in die falsche Richtung. Also hieß es laufen – nur Lina durfte wieder auf Te Raukuras breiten Rücken steigen. Sie ließen das *mokihi* am Ufer und mussten dann noch eine gute Stunde über Stock und Stein laufen, bis erneut Wasser vor ihnen glitzerte: der Maitai. Schnell hatten sie die Stelle erreicht, wo sie damals zu Fuß weitergegangen waren. Die beiden *waka*, die sie dort vor zwei Tagen im Schutz der Uferböschung hatten liegen lassen, waren noch dort. Ein paar erste Ranken hatten bereits begonnen, die Boote zu umschlingen.

Hier verabschiedete sich Te Raukura von ihnen. Mit jedem von ihnen tauschte er das *hongi*, presste Nase und Stirn mit ihnen zusammen und strich ihnen über den Kopf. Lina war traurig, dass der große Maori sie verlassen würde. In den vergangenen zwei Tagen war er für sie alle zu einem guten Freund geworden. Sie würde ihn vermissen.

»*Kia kaha*, Terina«, sagte er zu Lina. »Sei stark.«

Sie nickte und lächelte. »*Haere ra*.« Leb wohl.

Te Raukura winkte und war im nächsten Moment zwischen den Bäumen verschwunden.

Es war noch hell, als sie mit den beiden *waka* in Nelson ankamen – die Kinder vorneweg, Lina und Alexander hinter ihnen. Und so entspannt sich die Rückfahrt heute auch gestaltet hatte, so froh war Lina, als sie die vertrauten Häuser und Hügel der kleinen Stadt wiedersah und schon bald darauf anlegen und wieder auf festen Boden gehen konnte.

Während Alexander das geliehene *waka* zu Cordt Bensemann zurückbrachte, ging Lina mit Rieke und Julius langsam nach Hause. Auf einen Stock gestützt, humpelte sie die Straße entlang. Alexander hatte ihr zwar angeboten, dass sie warten solle, bis er den Karren geholt habe, aber das hatte sie abgelehnt. Ihr Fuß tat schließlich kaum noch weh. Vereinzelt begegneten ihnen Leute. Hier und dort erschollen Rufe, aus einem Wirtshaus drang lautes Gelächter. Es war Freitagabend, die meisten Einwohner bereiteten sich auf den Feierabend vor.

Kurz bevor sie den Weg erreicht hatten, der zum Haus der Trebans führte, holte Alexander sie wieder ein.

»Na los, lauft schon«, sagte er zu Julius, der ihn sehnsüchtig ansah. Das ließen sich die Kinder nicht zweimal sagen. Wie zwei junge Hunde stürmten sie ausgelassen den ansteigenden Weg hinauf und verschwanden aus ihrer Sicht, wo die Straße um die Kurve ging. Lina lächelte. Wenn Julius schon wieder so rennen konnte, war er wohl wirklich gesund.

Alexander war stehen geblieben.

»Endlich«, seufzte er. »Sophie können wir morgen abholen, was meinst du?«

Lina nickte. »Ich muss dir noch etwas sagen«, begann sie leise. Dabei hatte sie keine Ahnung, wie sie die Sache mit der Hochzeitsnacht formulieren sollte, die nicht stattgefunden hatte.

»Das kann warten«, murmelte er und zog sie näher an sich. »Wer weiß, wann wir das nächste Mal alleine sind.« Im nächsten Moment spürte sie seine Lippen auf ihren.

Selig und mit pochendem Herzen versank sie in seiner Umarmung. Sie vergaß die Zeit, vergaß, wo sie war, und alles um sich herum. Er war da. Alles war gut.

Bis sie ein Geräusch aufschrecken ließ: schnelle Schritte von Kinderfüßen, die die abschüssige Straße heruntergerannt kamen. Hastig fuhren sie auseinander.

Im nächsten Moment bogen Julius und Rieke auch schon um die Kurve.

»Was ist los? Ist etwas passiert?«, fragte Alexander alarmiert.

»Ein Brief«, keuchte Julius und wedelte mit etwas Hellem in seiner Hand. »Er steckte an unserer Tür. Er ist für dich!«

Der mehrmals gefaltete und mit einem offiziellen Siegel versehene Brief war verknickt, das Papier wellig, als wäre es schon einmal feucht geworden; wahrscheinlich hatte jemand das Schreiben kurz nach ihrem Aufbruch in die Tür geklemmt.

Alexander zerriss das Siegel und faltete das Papier auseinander.

»Was steht denn da?«, quakte Rieke.

»Ja, was steht da?«, wiederholte Julius.

Alexander überflog das Schreiben, dann sah er auf, mit einem ungläubigen Ausdruck im Gesicht. »Jetzt schon? Das können sie doch nicht ernst meinen!«

»Was? Was ist los, sag schon!« Lina war ernsthaft besorgt. »Ist es ... von Seip? Wirft er uns jetzt raus?«

»Was? Nein, das hat nichts mit Seip zu tun.« Er sah Lina an. »Welches Datum ist heute?«

Sie überlegte, rechnete. »Der ... dritte April«, gab sie dann zurück. »Ach nein, wir haben ja schon den vierten.«

»Schon der vierte?« Alexander ließ einen deftigen Fluch hören.

»Wieso«, drängte Lina. »Wieso musst du das wissen? Was ist das?«

»Meine Einberufung zu dieser idiotischen Bürgerwehr.«

»Bürgerwehr?« Lina konnte sich nur noch schwach daran erinnern. Hatten sie nicht auf ihrer Hochzeit darüber gesprochen? Das alles kam ihr vor, als würde es Jahre zurückliegen.

»Du weißt doch noch: zum Schutz gegen die Maori – dass ich nicht lache! Sie ziehen die ersten wehrfähigen

Männer ein, um sie auszubilden. Ich muss für einen Monat ins Fort.« Alexander ließ das Schreiben sinken. »Ab morgen.«

Kapitel 23

Beim Frühstück am nächsten Morgen unterdrückte Lina mit Mühe ein Gähnen. Auch Alexander hatte tiefe Ringe unter den Augen und sah aus, als hätte er kaum geschlafen. Nur Rieke und Julius waren schon wieder voller Flausen und Unternehmungslust.

»Wieso kann ich nicht für dich gehen?«, maulte Julius und rührte in seinem Morgenbrei. »Man kriegt ein Gewehr und darf auf Maori schießen!«

»Auf Maori schießen?« Alexanders Augen wurden schmal. »Hast du eigentlich überhaupt nichts gelernt aus den letzten Tagen?«

Julius blickte schuldbewusst auf seinen Teller. »Doch«, murmelte er.

Lina stand auf und stellte ihren noch halb gefüllten Teller in die Spüle. Sie hatte kaum etwas heruntergekommen. Dass Alexander aber auch ausgerechnet jetzt zum Wehrdienst musste! Und wofür? Um für eine angebliche Bedrohung durch die Maori gewappnet zu sein. Mittlerweile fand Lina das fast genauso absurd wie Alexander, hatte sie in den vergangenen Tagen doch nur Gutes von den Maori erfahren. Die Männer, die ihnen den Weg gewiesen und ihnen Fisch und Kartoffeln geschenkt hatten. Oder Te Raukura, der sie zu den Kindern geführt hatte. Ohne ihre Hilfe wären sie noch lange nicht wieder zu Hause.

Und jetzt das. Alexander und sie hatten doch gerade erst zueinandergefunden. Wie viel leichter wäre es gewesen, wenn sie mehr Zeit gehabt hätten. Wenn sie die nächsten Schritte gemeinsam hätten planen können. Wenn sie sich doch nicht so schnell wieder trennen müssten.

Offenbar fing man bei den jungen Männern an. Und mit seinen neunzehn Jahren stand Alexander wahrscheinlich ganz oben auf der Liste.

Die halbe Nacht hatten sie darüber geredet.

»Ich gehe da nicht hin«, war Alexanders Reaktion gewesen, sobald sie die Kinder zur Nachtruhe geschickt hatten. Gleich darauf hatte er die Einberufung zerknüllt und in die Stubenecke gefeuert. »Sie können mich nicht zwingen!«

»Dir wird aber nichts anderes übrig bleiben«, erwiderte Lina. Sie ging in die Ecke und hob das zusammengeknüllte Papier wieder auf.

»Du hörst dich an wie mein Vater!«, gab er aufgebracht zurück.

Es war kühl in der Stube, und Lina zitterte vor Kälte und Müdigkeit. Aber bevor diese Sache nicht geklärt war, konnte und wollte sie nicht ins Bett gehen. Aus der Kammer, in der Lina sonst zusammen mit ihrer

Schwester schlief, drang leises Kichern. Rieke und Julius waren offenbar immer noch wach. Alexander hatte die beiden kurzerhand zusammen in die Mädchenkammer geschickt, um in Ruhe mit Lina reden zu können.

Sie faltete das Schreiben vorsichtig wieder auf. Jetzt wies es überall unschöne Knicke auf.

»Dann sag mir doch, woher du das Geld nehmen willst, das du dann als Strafe bezahlen musst. Zusätzlich zu den sonstigen Schulden.«

Sie legte das Schreiben auf den Tisch und strich es behutsam glatt. Das Licht einer einzelnen Kerze zeichnete einen flackernden Schein darauf. Mit dem Finger fuhr sie den Text ab und suchte nach der fraglichen Stelle.

»Hier steht es: ›Alle männlichen Untertanen der britischen Krone zwischen achtzehn und sechzig Jahren‹«, las sie auf Englisch vor, »»sind zum Dienst verpflichtet. Wer nicht zum angegebenen Ort und Zeitpunkt erscheint, wird zu einer Strafe von zwanzig Pfund verurteilt.‹« Sie blickte auf. »Zwanzig Pfund! Weißt du, wie lange du dafür arbeiten müsstest? Und unsere Schulden werden dadurch noch größer!«

Alexander nahm ihr das Schreiben aus der Hand und suchte nun seinerseits etwas. »Da steht aber auch: ›Ausgenommen hiervon sind lediglich Geistliche und Maori.‹«

»Ja, und? Du bist weder Priester noch Maori«, gab Lina zu bedenken.

»Doch«, kam es fast trotzig von Alexander. »Nicht vom Blut, aber vom Kopf. Ein *pakeha maori*.«

Lina schüttelte den Kopf. »Ich fürchte, das werden die Verantwortlichen etwas anders sehen. Außerdem zahlen sie doch auch einen Sold für den Dienst. Das Geld können wir gut brauchen.«

Am Ende, irgendwann spät in der Nacht, hatte er zugestimmt, wenn auch zähneknirschend. Was blieb ihm auch anderes übrig.

Die Zeit des Abschieds kam viel zu schnell. Während Lina ein paar letzte Sachen einpackte, nahm Alexander Julius beiseite.

»Wehe, wenn ich später erfahre, dass du Lina nicht gehorcht hast!«, schärfte er seinem kleinen Bruder ein.

Julius nickte eifrig und mit Unschuldsmiene. Er hatte schließlich einiges wiedergutzumachen. »Aber – Alex?«

»Ja?«

»Wenn du weg bist, bin ich doch der Mann im Haus, oder? Und dann muss ich doch auf Rieke und Sophie aufpassen. Und auch auf Lina.«

Wider Willen musste Alexander lachen. »Versuchst du schon wieder, den Spieß umzudrehen? Lina kann schon auf sich selbst aufpassen. Und du wirst tun, was sie dir sagt.«

Er seufzte und nahm das Bündel auf, das sie ihm reichte. »Ich wünschte, ich wäre schon wieder zurück.«

»Es ist doch nur für einen Monat«, sagte Lina, während sie ihm nach draußen folgte. »Und du bist ja gar nicht richtig weg.«

Das sagte sich so leicht. Dabei kam es ihr selbst gerade so vor, als würde jemand in ihren Brustkorb greifen und eine eisige Hand um ihr Herz legen. Achtundzwanzig Tage. Einen ganzen Monat! Sie schluckte, kämpfte mit den aufsteigenden Tränen. Manchmal war es so schwer, vernünftig zu sein.

Er blickte über die dicht belaubten Bäume hinweg auf den großen Hügel, wo man die Palisaden und Gebäude von Fort Arthur sehen konnte. Dort, wo die Mitglieder der Bürgerwehr ihren Wehrdienst abzuleisten hatten.

»Ja, ich weiß. Das Gelände verlassen darf ich trotzdem nicht. Aber… vielleicht lassen sie sich überzeugen, dass ich momentan hier gebraucht werde. Schließlich ist mein Vater tot, und ich habe zwei kleine Geschwister, und dann…« Er brach ab. »Ich will nicht weg«, flüsterte er. Seine Lippen bewegten sich ohne einen Ton, aber Lina verstand ihn auch so.

Von dir.

»Ich weiß«, sagte Lina leise. Sie hätte so gern noch viel mehr gesagt, doch die Kinder standen dabei. »Aber irgendwann musst du sowieso hin, da ist es besser, wir bringen es jetzt hinter uns.«

»Da hast du wahrscheinlich recht.« Er seufzte erneut und sah Lina an. »Wirst du alles allein hinkriegen?«

Sie nickte, mit mehr Zuversicht, als sie in Wirklichkeit verspürte. »Natürlich. Gleich hole ich Sophie bei den Tucketts ab. Und davor…« Sie zögerte. Die Kinder mussten nicht alles wissen, was in der Wildnis passiert war. Dass Seip ihnen gefolgt war, hatten sie ihnen nicht erzählt.»... erledige ich noch, was wir besprochen haben.«

Alexander verabschiedete sich von Rieke und Julius und schärfte den beiden noch einmal ein, Lina zu gehorchen. Dann kam er zu ihr. Eigenartig befangen standen sie einander gegenüber. Lina hätte ihn gern umarmt und geküsst, aber da die Kinder dabeistanden, wagte sie es nicht. Die beiden grinsten ohnehin schon wie zwei Honigkuchenpferde. Und so schüttelte sie ihm nur förmlich die Hand. Ein Kribbeln überlief sie, als er mit dem Daumen ihren Handrücken streichelte.

»Pass gut auf dich auf«, sagte sie.»Ich denke an dich«, flüsterte sie dann noch lautlos.

Er nickte wortlos. Dann schulterte er sein Bündel, drehte sich um und ging rasch die Straße hinunter, als hätte er es eilig, von hier zu verschwinden. Oder als wollte er nicht, dass sie sein Gesicht sah.

Kurz vor der Biegung drehte er sich noch einmal um und winkte, dann verschwand er aus ihrer Sicht.

Lina fühlte sich plötzlich so elend, dass sie mit den Tränen kämpfen musste.

Ein paar kleine Finger schoben sich in ihre Hand.»Du musst nicht traurig sein«, sagte Rieke neben ihr.»Er kommt ja bald wieder.«

Lina nickte und schluckte schwer. Es war ja nicht nur, dass sie ihn jetzt schon vermisste. Die Last auf ihren Schultern schien sie plötzlich zentnerschwer niederzudrücken.

Es gab so viel zu tun. Sie würde Sophie bei den Tucketts abholen und dabei auch gleich den Esel mitbringen, den sie dort untergestellt hatten. Außerdem musste sie sich dringend um den Gemüsegarten kümmern. Und um die Hühner. Nach den Obstbäumen sehen. Das Haus putzen. Wäsche waschen. Weinstein und Blauholz kaufen, um damit ihre Kleider schwarz zu färben.

Aber zuerst musste sie dafür sorgen, dass Seip nicht ungestraft davonkam.

Lina nahm das Tuch von dem Spiegel in der Stube. Nach Rudolfs Tod war der Spiegel verhängt worden, wie es sich nach einem Trauerfall gehörte, aber jetzt war der Verstorbene begraben, und das normale Leben konnte wieder Einzug halten.

»Ihr habt gehört, was Alex gesagt hat«, wandte sich Lina an die Kinder. »Also holt eure Hefte und Bleistifte heraus.«

»Aber – es ist Samstag!«, begehrte Rieke auf und auch Julius wollte schon zu einem Protest anheben. Linas Blick ließ ihn verstummen

»Jeder von euch wird jetzt einen Aufsatz schreiben«, sagte sie. »Überschrift: ›Was ich in den letzten Tagen erlebt und was ich daraus gelernt habe.‹ Und dass ihr mir nicht voneinander abschreibt!«

Lina war nicht gern so streng, aber Strafe musste sein. Außerdem würde das die beiden eine Weile beschäftigen.

Sie sah zu, wie die Kinder mit Bleistift und einem zusammengefalteten Papier gerade Linien in ihren Heften zogen. Dann band sie ihre Schürze ab, zog ihre kurze Jacke an und legte sich den schwarzen Trauerschleier über ihre Haare, die sie jetzt wieder zu einem ordentlichen Knoten gedreht hatte. Ein prüfender Blick in den Spiegel zeigte ihr eine junge, traurig blickende Frau in einem einfachen schwarzen Sonntagskleid. In den vergangenen Tagen hatte sie etwas Farbe bekommen. Dennoch: Schwarz stand ihr nicht, es machte sie blass und ließ sie älter aussehen, als sie war. Sie sehnte sich schon jetzt nach dem Tag, an dem sie wieder Farbe tragen durfte. Oder zumindest Grau.

Rieke und Julius saßen mit tief gebeugten Köpfen über ihren Heften am Esstisch. Nur das Kratzen der Bleistifte auf Papier war zu hören. Lina musste lächeln. Wie eifrig die beiden doch waren.

»Ich muss kurz weg«, sagte sie. »Dass ihr mir keinen Unfug treibt. Wenn ich zurückkomme und mit euch zufrieden bin, dürft ihr mir nachher beim Kuchenbacken helfen.«

Sie würde jetzt zu den *constables* gehen, wie die Polizei hier genannt wurde, und Seip anzeigen. Immerhin hatte dieser Verbrecher sie mit einem Revolver bedroht. Und wenn sie nicht den Abhang hinuntergefallen wäre, hätte er ihr womöglich noch Schlimmeres angetan. Ihr wäre zwar lieber gewesen, die ganze Sache einfach zu vergessen, aber es ging hier nicht nur um sie, sondern um die Existenz der ganzen Familie Treban. Nur mit einer Anzeige konnte sie verhindern, dass Seip sie wegen der Schulden aus dem Haus warf.

Noch immer hinkte sie leicht mit ihrem verletzten Fuß. Sie griff nach dem Stock, auf den sie sich schon gestern gestützt hatte, und trat aus der Tür. Bevor sie sich auf den Weg machte, sah sie noch kurz bei den Hühnern vorbei, um die sich in den letzten Tagen ebenfalls die Tucketts gekümmert hatten.

Die beiden Hennen gaben ein lautes Gegacker von sich, als Lina den Hühnerstall betrat. Eine der beiden plusterte sich auf und beäugte Lina misstrauisch, erhob sich aber, als Lina unter sie griff und ein Ei im Stroh fand.

»Sehr schön«, murmelte sie, ließ das Ei aber dort liegen. Wenn sie zurückkam, konnte sie es immer noch fortnehmen. Damit würde sie den freundlichen Nachbarn zum Dank einen Kuchen backen. Aber das hatte Zeit.

Sie griff in die Futterkiste und verstreute eine Handvoll Körner auf dem Boden, dann öffnete sie die kleine Tür, die die Hühner ins Freie ließ, und ging wieder in den Hof.

Drei Personen kamen die Straße herauf. Als sie sich näherten, konnte Lina ihre dunklen Jacken erkennen: Es waren *constables*. Den Größten von ihnen, Mr Pendergast, hatte sie schon manchmal in Nelson gesehen.

Sie lächelte. Offenbar hatte Alexander noch Zeit gefunden, den *constables* Bescheid zu geben, damit Lina mit ihrem verletzten Fuß nicht erst durch den halben Ort laufen musste. Langsam ging sie ihnen einige Schritte entgegen.

»Es ist wirklich sehr freundlich von Ihnen, dass Sie extra hierherkommen«, begrüßte sie die drei Männer, sobald diese sie erreicht hatten.

Mr Pendergast nickte ihr zu und stellte sich vor sie. »Sie sind Mrs Karolina Treban, geborene Salzmann?«, fragte er auf Englisch.

»Ja.« Lina nickte. Sie musste sich noch immer an ihren neuen Nachnamen gewöhnen. Sagen Sie Lina, wollte sie dem Mann anbieten, aber dann ließ sie es. Schließlich wollte sie so erwachsen wie möglich wirken.

»Wer ist das?«, erklang es in diesem Moment hinter ihr. Rieke stand in der geöffneten Haustür und starrte die Männer neugierig an. Gleich hinter ihr versuchte Julius, über ihre Schulter einen Blick zu erhaschen.

»Zurück ins Haus, was habe ich euch gesagt?«, rief Lina und scheuchte sie zurück. »Bitte, meine Herren«, murmelte sie dann in Richtung der *constables*. »Die Kinder müssen nicht mitbekommen, was wir zu bereden haben.«

Mr Pendergast verstand. Wortlos verschränkte er die Arme und wartete, bis Rieke und Julius sich schmollend wieder in die Stube zurückgezogen hatten.

»Ich bin mir nicht sicher«, begann Lina dann in gedämpftem Ton, »was Alexander – ich meine, der junge Mr Treban – Ihnen schon erzählt hat, aber ... es geht um Mr Seip. Hannes Seip, den Agenten der Neuseeland-Compagnie.«

Die Männer sahen sich an. Überrascht, wie es Lina schien.

»In der Tat«, sagte Mr Pendergast. »Dann wissen Sie es also schon?«

»Ja natürlich. Ich war ja dabei.« Lina war erleichtert. Wenn Alexander den *constables* schon alles erzählt hatte, musste sie das womöglich nicht auch noch tun. Ihre Anschuldigungen gegen Seip auf Englisch zu formulieren, wäre ihr ziemlich schwergefallen.

»Was geschieht nun mit ihm?«, fragte sie.

»Mit wem?«

»Mit Mr Seip natürlich, um den geht es doch hier!«

»Nein, Madam, da muss ein Missverständnis vorliegen. Wir sind nicht wegen Mr Seip hier.«

»Nicht?« Lina blickte verwirrt auf. »Aber – weswegen dann?«

Die Männer sahen sich erneut an, einer trat verlegen von einem Fuß auf den anderen.

Es war wieder Mr Pendergast, der schließlich das Wort ergriff. »Wir sind hier, Mrs Treban, um Sie zu verhaften. Sie stehen unter dringendem Verdacht, Ihren Ehemann ermordet zu haben.«

Kapitel 24

»Ermordet?« Lina glaubte, ihren Ohren nicht zu trauen. »Ich soll ... Rudolf ermordet haben? Aber ... wie ... was? Das ist doch ... vollkommen absurd!«

Pendergast hob die Schultern. »Es tut mir leid, Mrs Treban, aber wir haben unsere Anweisungen. Wir müssen Sie festnehmen.«

Lina wurde es schwindelig, in ihren Ohren rauschte es, als würde irgendwo ein Fluss fließen. Ein Zittern stieg in ihr auf. Sie atmete mehrmals hintereinander tief ein und aus, bis das Schwächegefühl in ihr nachließ und sie wieder klarer denken konnte.

Sie würde sich nicht unterkriegen lassen. Das konnte ja alles nur ein schreckliches Missverständnis sein, schließlich war sie sich nicht der geringsten Schuld bewusst. Gewiss würde sich alles schnell aufklären lassen.

Aber es war Samstag. Eine Aufklärung würde sich vermutlich bis nächste Woche hinziehen.

Ihre Gedanken kreisten nur um den nächsten Schritt, versuchten, den plötzlichen Schrecken in kleine, lösbare Einzelteile zu zerlegen.

Die Kinder. Das war das Wichtigste. Die beiden mussten nicht erfahren, worum es hier ging. Aber alleine lassen konnte sie sie auch nicht. Wen konnte sie bitten, sich um sie zu kümmern? Pastor Heine war bestimmt schon auf dem Weg nach Waimea, wo er die nächste Woche als Seelsorger und Lehrer beschäftigt war.

Cordt Bensemann.

Der Name fiel ihr plötzlich ein. Auf ihrer Hochzeitsfeier hatte sie doch gehört, dass Mr Bensemann während der Woche mit seiner Tochter Anna in Nelson wohnte. Wenn sie es richtig in Erinnerung hatte, dann liefen Cordt und seine Tochter jeden Samstagabend zurück nach Waimea, wo ihre Familie wohnte. Und auch die von Fedor Kelling, ihrem und Riekes Vormund.

»Bitte, Sir«, wandte sie sich an den *constable* und versuchte, das Zittern zu unterdrücken. »Darf ich kurz mit meiner Schwester reden?«

Pendergast erlaubte es.

Lina ging zur geöffneten Haustür. Julius und Rieke saßen tatsächlich am Tisch, hatten ihre Bleistifte in der Hand und taten sehr beschäftigt.

»Rieke, Julius«, begann sie etwas atemlos. »Es ist sehr wichtig, was ich euch jetzt sage: Wenn ihr mit eurem Aufsatz fertig seid, macht ihr die Tür gut zu, bringt die Hühner zurück in den Stall und geht dann schnurstracks zu Anna Bensemann. Rieke, du weißt doch noch, wo Anna wohnt?«

Rieke nickte und schaute sie fragend an.

»Sagt Anna und Mr Bensemann, ich … ich müsste für

eine kurze Zeit ... äh ... verreisen. Und dass sie sich bitte um euch kümmern sollen, bis ich wieder zurück bin. Sie oder die Kellings.«

Julius sah sie verwirrt an. »Wieso musst du denn plötzlich verreisen? Du warst doch gerade erst weg.«

Auch Rieke machte es ihr nicht einfach. »Ich will aber nicht zu Anna. Ich dachte, wir wollten Kuchen backen.«

Rieke maulte noch weiter, aber Lina blieb streng. Sie trug ihnen noch auf, den Tucketts Bescheid zu geben, damit diese sich noch ein wenig länger um Sophie und die Tiere kümmern würden. Dann folgte sie den *constables*.

Das Gebäude, das den Einwohnern von Nelson als Gefängnis diente, lag mitten in der Stadt in der Shelbourne Street. Es war eine einfache, mit *raupo* gedeckte Blockhütte mit vier kleinen Zellen. Im hinteren Teil gab es eine Stube für den Gefängniswärter. Lina schien die einzige Insassin zu sein.

Ihre Beteuerungen, dass sie selbstverständlich nicht das Geringste mit Rudolf Trebans Tod zu tun hatte, dass das alles nur ein großer Irrtum sein musste, waren nutzlos gewesen. »Das wird sich alles vor Gericht klären«, hatte Mr Pendergast lapidar gesagt. Lina hatte ihm angesehen, dass ihm die ganze Sache ausgesprochen unangenehm war.

Trotz ihrer dringenden Bitte hatten die *constables* Lina Handschellen angelegt. Und sie wie einen Verbrecher durch den Ort geführt. Überall meinte sie neugierige Blicke zu spüren, aufgeregtes Getuschel zu hören. Und dann der Mann am Straßenrand, der ein Rad an seinem Ochsenwagen reparierte – war das etwa Appo Hocton? Ja, er war es! Seine schrägen Augen in dem schmalen Gesicht blickten sie an, ohne erkennbare Regung. Beschämt senkte sie den Kopf. Was musste er bloß von ihr denken?

Erst im Gefängnis nahm man ihr die Handschellen ab. Als sich jetzt die Zellentür hinter ihr schloss, sank Lina auf die einfache Pritsche, die an einer der kahlen Wände stand. Die Zelle war winzig, gerade einmal zwei auf vier Meter, und es gab lediglich ein kleines Fenster hoch oben in der Mauer; Licht und Luft kamen sonst nur noch durch ein quadratisches, vergittertes Loch in der Tür. In einer Ecke stand ein Eimer für ihre Notdurft.

Nur langsam wurde ihr wirklich bewusst, was geschehen war. Sie fühlte sich noch immer wie betäubt, als geschähe das alles einer Fremden, aber nicht ihr. Gerade eben noch hatte sie sich von Alexander verabschiedet und den Kindern eine Aufgabe gegeben, und im nächsten Moment saß sie im Gefängnis. Angeklagt, ihren Mann umgebracht zu haben.

Das konnte doch alles nicht wahr sein! Wenn die ganze Geschichte nicht so beängstigend gewesen wäre, hätte sie laut darüber gelacht. Aber sicher würde sich dieser ganze Irrtum schnell aufklären lassen.

Noch während sie ihre Handgelenke rieb, schoss ihr eine andere Frage durch den Kopf: Wer hatte sie bloß angezeigt? Wer hatte diesen ungeheuerlichen Vorwurf überhaupt erst in die Welt gesetzt?

Eigentlich gab es nur einen Menschen, dem sie diese Gemeinheit zutraute. Demjenigen, der auch nicht gezögert hatte, sie mit einer Waffe zu bedrohen. Und hatte nicht auch Mr Pendergast seinen Namen erwähnt?

Sie sprang auf, als sie Schritte und das Klappern eines Schlüsselbundes hörte. Gleich darauf erschien das Gesicht des Gefängniswärters an dem Loch in der Tür. Er brummte etwas und reichte ihr dann eine Schüssel Suppe und einen Kanten Brot durch eine Aussparung im Gitter.

»Danke, Sir.«

»Musst mich nich' ›Sir‹ nennen«, brummte der Mann. Seine verschwitzten, leicht lockigen Haare hatte er quer über seinen Schädel gelegt, um die Glatze zu kaschieren. »Ich bin Mills. Richard Mills, aus Portsmouth. Is' 'ne Schande, so 'n junges Ding wie dich hier einzusperren!« Sein Englisch hatte einen harten, ungewohnten Klang. Lina hatte Mühe, ihn zu verstehen.

»Darf ich Sie etwas fragen, Mr Mills?«

»Nur zu. Weiß aber nich', ob ich dir antworten darf.«

Sie stellte die Suppe und das Brot auf den Boden neben sich. »Wer hat mich angezeigt?«

»Das«, sagte Mills und hob bedauernd die Schultern, »is' genau das, was ich dir nich' sagen darf, Mädchen.«

»Es war Mr Seip, nicht wahr?«, versuchte Lina es auf andere Weise. »Hannes Seip, der Agent der Neuseeland-Compagnie.«

»Darauf darf ich leider nich' antworten«, sagte Mr Mills. Dann überzog ein Grinsen sein schlecht rasiertes Gesicht. »Aber ich kann dir auch nich' widersprechen.« Also doch! Für einen Moment schnürte ihr die Wut auf Seip die Kehle zu. Sie ballte die Fäuste.

»Haste wirklich dein' Mann umgebracht?«

»Nein!«, fuhr Lina auf. »Das ist gelogen. Ich habe natürlich niemanden umgebracht, auch nicht meinen Mann! Wie hätte ich das denn auch machen sollen? Dieser... dieser Unmensch von Seip... will mich reinlegen. Bitte, Sir, Mr Mills, Sie müssen mir glauben!« Sie trat ganz nah an die vergitterte Öffnung.

Der Gefängniswärter sah sie an, in seinen Augen glaubte sie so etwas wie Mitleid zu sehen. »Ich glaub dir das gern, aber das bringt dich auch nich' weiter. Wenn ich dich rauslass, käm ich in Teufels Küche. Würd mich mein Job kosten, weißte? Und dann könnt ich Mrs Mills und die Kleinen nich' mehr ernähren.«

»Aber... was soll ich denn jetzt tun?«

Er strich sich über seine stoppeligen Wangen. »Keine Ahnung. Erst mal abwarten, denk ich. Wird sich schon alles regeln.«

Lina nickte tapfer und versuchte, ihre Angst und ihre Verzweiflung zu unterdrücken. »Wissen Sie, was ich heute Morgen tun wollte, bevor man mich verhaftet hat? Ich wollte diesen... diesen...« Das Wort blieb ihr in der Kehle stecken. »Diesen Mr Seip anzeigen. Weil er mich bedroht hat.« Rasch, fast atemlos, erzählte sie von dem, was in der Wildnis vorgefallen war; so gut es eben auf Englisch ging und natürlich ohne das Gold zu erwähnen. Mills hörte ihr zu, den Kopf schräg auf die Seite gelegt. Es tat gut, jemandem das Herz auszuschütten, auch wenn er ihr nicht helfen konnte.

»Haste 'nen *witness* dafür, dass dieser Kerl dich da draußen in der Wildnis mit 'ner Waffe bedroht hat?«, wollte er wissen.

»*Witness*?« Was hieß das nun wieder? »Ich verstehe nicht...«

»Na ja, halt jemanden, der das alles gesehen hat.«

»Ach so, Sie meinen einen Zeugen.« Ihre Schultern sanken zurück. »Nein, niemanden. Es war ja keiner dabei. Nur Seip und ich.«

Mills schüttelte den Kopf. »Dann, fürcht ich, wird's 'n Problem werden. Ich hab nich viel Ahnung von diesen Dingen, aber ich glaub, 'n Richter fragt danach.«

»Ein Richter? Heißt das, es wird eine Verhandlung geben?«

»Darauf kannste einen lassen«, nickte er. »Ich kenn diesen Seip nich', hab aber schon 'ne Menge von ihm gehört. Muss schon sagen, er macht sich hier keine Freunde. Bist nicht die Erste, die er anzeigt. Hab von Leuten gehört, die ihm angeblich Werkzeug geklaut hätten. Die saßen auch hier ein. Hat sich aber auch alles geklärt. Hast übrigens noch Glück, dassde heut hier gelandet bist und nich' gestern.«

»Ach ja?«, machte Lina schwach. Die Aussicht, dass es womöglich erst eine Verhandlung brauchte, um hier herauszukommen, lähmte sie. »Wieso?«

»Weil bis gestern hatten wir hier nämlich sechs Kerle eingesperrt. In vier Zellen, wohlgemerkt. Kannst dir ja denken, wie eng's hier drinne war.«

Lina schauderte. Mit noch jemandem wollte sie diesen engen Verschlag sicher nicht teilen. Schon gar nicht mit einem möglichen Verbrecher.

»Ich erzähl ja schon jedem, der's hören will, dass wir dringend 'n richtiges Gefängnis brauchen. Keins, das zusammenfällt, wenn man nur mal stärker hustet.«

Lina rang sich ein halbherziges Lächeln ab. Ganz so instabil war das Gebäude nun auch wieder nicht. »Und wo sind die sechs jetzt?«

»Sind alle freigesprochen worden. Waren ja auch keine schweren Vergehen. Einer hatte 'n Schwein gestohlen, 'n anderer hat betrunken Unfug gemacht.« Mr Mills sah sie freundlich an. »Haste jemanden, der wissen sollte, dassde hier bist? Eltern oder 'nen Bruder?«

Siedend heiß durchschoss es sie. Alexander! Er musste unbedingt erfahren, was man ihr hier anlastete. Er würde sich darum kümmern, dass sie wieder freikam, dass man sie ...

Aber nein. Wenn Alexander erfuhr, dass sie hier unschuldig im Gefängnis saß, würde er wahrscheinlich sofort alles stehen und liegen lassen, um zu ihr zu kommen. Das konnte sie nicht riskieren. Hatte sie ihn nicht selbst nur mühsam davon überzeugen können, den Wehrdienst anzutreten, damit sie nicht die hohe Strafgebühr zahlen mussten? Auch unerlaubtes Entfernen stand unter Strafe.

296

Wer kam sonst noch infrage? Pastor Heine? Nein, der war längst in Waimea. Die Tucketts wussten inzwischen hoffentlich Bescheid und würden sich noch etwas länger um Sophie und die Tiere kümmern. Und die Kellings und die Bensemanns wohnten ebenfalls in Waimea. Viel zu weit weg. Außerdem würde sich dieses ganze Missverständnis bestimmt schnell aufklären lassen.

Sie schüttelte den Kopf. »Nein, Mr Mills, niemanden.«

Mills hob die Schultern. »Na, dann iss mal schön deine Suppe, Mädchen. Dann sieht die Welt gleich ganz anders aus.« Damit schlurfte er davon.

Irgendwann an diesem nicht enden wollenden Tag hörte sie erneut Schritte vor ihrer Tür. Sie eilte an die vergitterte Öffnung. Aber dort stand nicht Mr Mills, sondern – Seip.

»Sie?«, fuhr Lina ihn an.

Seip grinste. »Ungemütlich, so eine Gefängniszelle, nicht wahr?«

»Wo ist Mr Mills?«

»Wer soll das sein?«

»Der Gefängniswärter.«

»Ach der. Dem habe ich ein paar Münzen in die Hand gedrückt und ihn ins nächste Wirtshaus geschickt. Dafür sind diese Kerle doch alle zu haben.« Seip machte eine unbestimmte Geste mit dem Kopf.

»Warum haben Sie mich angezeigt?«

Seip lächelte höhnisch, machte aber keine Anstalten, auf ihre Frage zu antworten.

»Ich werde allen erzählen, was da draußen in der Wildnis vorgefallen ist!«, fauchte Lina. »Dass Sie mich mit einem Revolver bedroht haben. Und dass Sie mir nicht geholfen haben, als ich fast die Klippe hinuntergestürzt bin!«

»Nun, offenbar bist du ja noch einmal davongekommen.« Seip blieb gelassen. »Wer soll dir glauben? Niemand hat es mitbekommen. Es wird so aussehen, als versuchtest du nur verzweifelt, deine Haut zu retten. Aussage gegen Aussage nennt man das.«

Lina stockte der Atem vor so viel Dreistigkeit. Aber hatte Mr Mills sie nicht schon darauf vorbereitet?

»Außerdem«, fuhr Seip fort. »Wer einmal lügt, dem glaubt man nicht.«

»Ich lüge nicht!«

»Nein?« Seip verschränkte die Arme vor der massigen Brust. »Sag, Karolina, wie alt ist deine Schwester?«

»Elf«, murmelte sie. Ein böser Verdacht stieg in ihr hoch.

»Ach, wirklich?« Seip kam einen Schritt näher. »In den Schiffspapieren der *Skjold,* die ich vor Kurzem einsehen konnte, steht allerdings ein anderes Alter.« Er wackelte langsam und strafend mit seinem Zeigefinger, als habe er ein unartiges Kind vor sich. »Karolina Treban, was soll nur aus dir werden? Diese Lüge wird sich gar nicht gut vor dem hohen Gericht machen. Aber bis zur Verhandlung werden noch einige Tage vergehen. Mord ist nämlich ein zu großes Verbrechen für dieses kleine Friedensgericht.« Er räusperte sich. »Das ist das Problem an einer Kolonie: Die Strukturen sind noch nicht so gewachsen wie im Mutterland. Der Richter muss dafür extra aus Wellington von der Nordinsel kommen, das kann dauern. Und so lange wirst du hier drinnen schmoren.«

Linas Knie drohten nachzugeben. Konnte es noch schlimmer kommen?

»Ich habe niemanden ermordet«, gab sie schwach zurück. »Das wissen Sie genauso gut wie ich!« Dann straffte sie sich. Sie wollte sich von diesem Mann nicht einschüchtern lassen. »Warum tun Sie das? Was wollen Sie damit erreichen?«

»Das kannst du dir doch denken«, erwiderte Seip. »Ich will den Fundort des Goldes wissen.«

Er war offenbar noch immer der Meinung, sie würde wissen, wo das Gold zu finden sei. War das nun gut oder schlecht für sie?

»Und wenn«, sie schluckte hörbar, »wenn ich es Ihnen nicht verrate?«

Seip hob die Schultern »Entweder du redest oder dein Freund.«

Alex wird Ihnen niemals etwas verraten!, wollte Lina auffahren. Aber im letzten Moment hielt sie sich zurück. Eine solche Antwort würde ihr nur noch mehr Probleme bringen. Seip saß am längeren Hebel. Es würde niemandem helfen, wenn sie sich hier um Kopf und Kragen redete. Am besten sollte sie überhaupt nichts mehr sagen.

»Ich habe gehört, er musste zum Wehrdienst im Fort.« Was wusste dieser Mann eigentlich nicht? »Aber da der junge Treban schon früher wenig kooperativ war«, fuhr Seip fort, »rechne ich eigentlich mehr mit deiner Unterstützung. Und du wirst schon reden, da bin ich mir ganz sicher. Spätestens, wenn du ein paar Tage hier drinnen geschmort hast. Aber sei versichert: Sobald ich Gold gefunden habe, ziehe ich meine Anzeige sofort zurück.«

Seip fasste in seine Jackentasche. Plötzlich war ein rotbackiger Apfel in seiner Hand, in den er krachend hineinbiss. »Leckere Äpfel habt ihr. Und eure Himbeeren sehen auch prächtig aus. Müssten nur dringend geerntet werden. Wäre doch schade, wenn sie verderben.«

»Sie waren auf unserer Plantage?« Himmel, sie wollte doch nicht mehr mit ihm reden! Aber sie konnte sich einfach nicht zurückhalten.

»Auf *eurer* Plantage?«

Die Art, wie er das zweite Wort betonte, gefiel Lina nicht. »Ja natürlich. Die Obstplantage gehört den Trebans. Also Alexander und mir.«

»Da wäre ich mir nicht so sicher.« Erneut biss Seip in den Apfel, kaute und schluckte.

»Sie meinen, wegen des Geldes, das wir Ihnen noch schulden? Sie können uns nicht auch noch unsere Plantage wegnehmen wollen!«

»Wer spricht denn von Wegnehmen? Ich halte mich nur an das Gesetz.« Er strich sich über das Kinn. »Wie alt ist Alexander? Neunzehn, nicht wahr?«

300

Lina antwortete nicht. Zorn und Verachtung würgten sie.

Seip störte sich nicht daran. »Mit neunzehn Jahren ist er noch nicht volljährig«, sagte er langsam. »Das heißt, er darf weder Verträge unterzeichnen noch Eigentum erwerben. Und voll erbberechtigt ist er auch noch nicht. Das alles ist ihm erst möglich, wenn er einundzwanzig wird. Aber das dauert noch fast zwei Jahre.«

Lina schluckte. Daran hatte sie überhaupt noch nicht gedacht!

»Und bis dahin wird er einen Vormund brauchen, der in seinem Namen handelt«, fuhr Seip fort. Jetzt grinste er richtiggehend bösartig. »Ich dachte daran, dieses Amt zu übernehmen. Ein entsprechender Antrag liegt der Kommission schon vor.« Er schnickte den angebissenen Apfel durch das kleine Fenster in Linas Zelle. »Einen schönen Tag noch, Karolina.«

Kapitel 25

Der Sonntag verstrich quälend langsam. Lina hatte Zeit, sich Gedanken zu machen. Viel zu viel Zeit. Daher war sie mehr als dankbar für die Ablenkung, als sich gegen Mittag Mr Mills blicken ließ, um ihr eine neue Flasche Wasser und etwas zu essen zu bringen.

»Hat meine Frau gekocht«, sagte er fast verlegen, als er ihr einen Löffel und zwei mit Tellern abgedeckte Schüsseln hineinreichte. Er war ordentlich gekleidet und rasiert, schließlich war Sonntag. Schon gestern hatte er ziemlich zerknirscht ausgesehen, als Lina ihm erzählt hatte, dass es Seip gewesen war, der sie besucht hatte.

»Sag's keinem weiter, ja?«, hatte er sie gebeten. »Hab ich doch nich' wissen können. Sonst wär ich doch nich' ins Wirtshaus!«

Lina nahm die Teller fort und sah Rüben, Kartoffeln und ein in mehrere kleine Teile zerschnittenes Stück Schweinebraten mit Soße, dazu Sandkuchen. Der Essensduft ließ ihr das Wasser im Mund zusammenlaufen.

»Sagen Sie Ihrer Frau herzlichen Dank«, meinte sie gerührt und stellte die Schüsseln neben der Pritsche auf den Boden.

»Und dann«, sagte Mills, »bat mich ein junger Mann auch noch, dir das zu geben.« Er reichte ihr ein kleines, aber schweres, in eine Zeitung eingeschlagenes Bündel durch die Luke.

»Ein junger Mann?«, fragte sie aufgeregt und zerrte an dem Papier. Das konnte ja nur Alexander gewesen sein! Wie hatte er so schnell von ihrer Misere erfahren?

Vier Bücher fielen ihr entgegen. Englische Bücher.

Lina blickte überrascht auf. »Wer war das? Hat er seinen Namen genannt? War es Alexander?«

»Nein, kein Alexander.« Mills schüttelte den Kopf. »Es war dieser China-Mann, der mit dem Ochsengespann.«

»Aha«, machte Lina verwundert. Dass zumindest Appo Hocton an sie dachte, erfüllte sie mit Dankbarkeit.

Den Rest des Sonntags und die ganze Nacht war Lina allein. Mills hatte ihr – was eigentlich verboten war – auch eine Petroleumlampe gebracht, damit sie lesen konnte. Offenbar lag ihm daran, seinen Fehler wiedergutzumachen.

Und so las sie. Sie war Appo sehr dankbar für die Bücher, denn diese halfen ihr, wenigstens für kurze Zeit ihre Misere zu vergessen. Immer wieder blätterte und las sie in den Gedichten von Milton und Burns, in *Gul-*

livers Reisen von Swift, in Sternes *Tristram Shandy* und in den Erzählungen des Baron Münchhausen – alles auf Englisch, was ihr nicht geringe Mühe bereitete, aber das störte sie nicht. Es half ihr, sich abzulenken.

Hoffentlich waren die Kinder gut nach Waimea gelangt und saßen jetzt bei den Bensemanns oder den Kellings. Immer wieder lauschte sie auf die Geräusche, die durch das winzige Fenster drangen, aber heute vernahm sie nur ein paar entfernte Stimmen und Vogelgezwitscher. Keine Gewehrsalven wie gestern. Natürlich: Am Sonntag würden die Rekruten bestimmt keine Schießübungen absolvieren dürfen.

Was Alexander wohl machte? Sie vermisste ihn so sehr. Dennoch tat es gut, an ihn zu denken.

Wenn sie nicht las oder ihren Gedanken nachhing, ging sie in ihrer winzigen Zelle auf und ab. Der Verschlag war aus einzelnen Brettern zusammengenagelt worden; mit einem geeigneten Werkzeug wie einem Handbohrer oder auch nur einer starken Zange hätte sie möglicherweise eines der Bretter so lange bearbeiten können, bis es sich löste. Dann hätte sie aus diesem Gefängnis entkommen können. Aber zum einen hatte Lina kein passendes Werkzeug und zum anderen sah sie es nicht ein. Sie war unschuldig! Sicher würde sich schon bald alles klären. Wenn es doch nur nicht so lange dauern würde …

Auf diese Weise verging der Tag. Aber als die Dunkelheit um sich griff und nur noch der Schein der Petroleumlampe ein kleines Fleckchen ihrer Zelle erhellte, kam die Angst. In der Nacht nahmen alle dunklen Gedanken Gestalt an, ließen sie immer wieder aus einem unruhigen Schlaf aufschrecken.

Würde Seip wirklich Alexanders Vormund werden können? Lina versuchte, nicht an diese Schreckensvorstellung zu denken. Natürlich gelang es ihr nicht. Dann würde Seip sie bestimmt nicht nur von ihrem Land werfen, sondern ihnen auch ihre Plantage rauben. Ihre gesamte Existenz stünde dann auf dem Spiel.

Und konnte ihr noch etwas daraus entstehen, dass sie bei Riekes Alter gelogen hatte? Würde man sie dann womöglich wieder zurück nach Deutschland schicken?

»Sieh mal, Mädchen«, begrüßte Mr Mills sie am Montagmorgen. »Hier is' Besuch für dich!«

Seip? Nicht schon wieder ... Aber als Lina in das freundliche Gesicht blickte, das ihr durch die kleine Luke entgegensah, schluchzte sie vor Erleichterung auf.

»Pastor Heine!« Sie stürzte an die Tür. »Was – was tun Sie denn hier?«

»Nach dir sehen.« Der Pastor langte durch die Gitterstäbe und ergriff ihre Hände. »Ich habe heute früh Anna und Cordt Bensemann nach Nelson begleitet.« Niemand, so Heine, habe sich nämlich einen Reim darauf machen können, was Rieke und Julius da erzählten, als sie am Samstagabend mit den Bensemanns in Waimea eintrafen: dass Lina angeblich dringend verreisen musste. Dass ihr dann aber ein paar *constables* Handschellen angelegt und sie mitgenommen hatten.

»Geht es dir gut, Lina? Und was ist denn passiert?«

Jetzt war es um sie geschehen. Trotz ihrer guten Vorsätze begann sie heftig zu weinen.

»Ich ... ich habe Rudolf nicht umgebracht«, schluchzte sie.

»Natürlich hast du das nicht!«, erwiderte Pastor Heine bestürzt. »Hat man dich deswegen verhaftet?«

Lina konnte nur nicken.

»Aber ... wer behauptet denn so etwas?«

»Seip! Er ... er hat uns schon in der Wildnis verfolgt. Und jetzt ... wie kann ... wie kann dieser ... dieser schreckliche Mensch nur so was Scheußliches in die Welt setzen?«

Schluchzend und stammelnd erzählte Lina ihm von den zurückliegenden Tagen, und der Pastor tat sein Bestes, sie zu trösten und ihr Mut zuzusprechen.

»Es wird alles gut, Lina«, versicherte er ihr.

Aber viel zu bald musste er sich schon wieder verabschieden, weil ihn seine Pflichten in Schule und Kirche wieder zurück nach Waimea riefen. Vorher aber, so versprach er ihr, würde er noch ins Fort gehen und Alexander informieren.

Lina nickte zögernd. Ja, es war wohl doch an der Zeit, dass er davon erfuhr.

Lina hätte nie gedacht, dass ihr so langweilig sein könnte. Bei den Trebans hatte sie normalerweise immer etwas zu tun gehabt, und wenn sie einmal ein paar Augenblicke Pause hatte machen können, hatte sie das stets genossen. In diesen Tagen aber wurde ihr die Zeit lang in ihrer winzigen Zelle. Die einzige Abwechslung bestand in Schlafen, Lesen und darin, dass ihr jemand etwas zu essen brachte. Aber sie konnte schließlich nicht den ganzen Tag schlafen oder lesen.

Weiteren Besuch bekam sie auch nicht mehr. Zum Glück nicht von Seip, aber auch nicht von Pastor Heine, der längst wieder nach Waimea zurückgekehrt war.

Sie suchte nach Beschäftigung. Tat alles, was sie von der Langeweile und dem Grübeln ablenkte. Irgendwann begann sie leise alle deutschen Kirchenlieder zu singen, die ihr einfielen. Alle Kinder- und Wiegenlieder, die ihr in den Sinn kamen, immer wieder, bis sie ihre eigene Stimme nicht mehr ertragen konnte.

Sie wusch sich notdürftig in einer angeschlagenen Wasserschüssel. Auch ihre Haare brauchten dringend eine Wäsche, aber daran war hier wohl nicht zu denken. So drehte sie sie nur zusammen und steckte den Knoten in ihrem Nacken fest.

Was war nur los? Wieso ließ man sie nicht frei? Inzwischen musste Alexander doch erfahren haben, was man ihr vorwarf. Warum tat er nichts für ihre Freilassung? Wieso ließ er sie hier drinnen sitzen?

Sie suchte nach Erklärungen, versuchte, sich zu beruhigen. Wahrscheinlich brauchte er erst eine offizielle Erlaubnis, sich aus dem Fort entfernen zu dürfen. Und wer wusste schon, wer dafür zuständig war; die Mühlen des Gesetzes mahlten vermutlich auch in Nelson recht langsam. Sie musste einfach etwas mehr Geduld haben. Dann würde alles gut werden.

Doch als sich die Tür zu ihrer Zelle am Donnerstagmorgen endlich öffnete, war es nicht, um sie freizulassen: Man brachte sie lediglich zu einer vorläufigen Anhörung ins Gerichtsgebäude. Dennoch war sie voller Hoffnung. Alexander hatte sicher für sie ausgesagt, und jetzt musste sie bestimmt nur noch etwas unterschreiben oder eine Aussage machen, bevor sie gehen durfte. Schließlich musste alles seine Richtigkeit haben.

Aber dann kam alles anders. Im Gerichtsgebäude stellte sich ihr ein Mr Poynter als ihr Rechtsbeistand vor und sprach in schnellem Englisch auf sie ein. Lina verstand kaum etwas von dem, was er von ihr wollte. Sie kam sich vor, als träume sie. Hoffentlich keinen Albtraum.

Bei der Anhörung waren lediglich der Friedensrichter und Mr Poynter anwesend. Sie war reichlich eingeschüchtert, als sie vor der hohen Bank Rede und Antwort stehen musste. Kaum wollten ihr die richtigen Worte auf Englisch einfallen, als sie erzählen sollte, wie Rudolf Treban gestorben war. Aber auch wenn sie sich entsetzlich klein und hilflos vorkam, bestritt sie doch entschieden, irgendetwas mit Rudolfs Tod zu tun zu haben. Zudem erzählte sie von Mr Seips Angriff in der Wildnis auf sie – natürlich ohne seine Suche nach dem Gold zu erwähnen.

Der Friedensrichter hörte sich alles an, stellte einige

Fragen und machte sich ein paar Notizen. Dann wiegte er den Kopf.

»Für eine solch schwere Anschuldigung«, erklärte er daraufhin, »wird ein Richter aus Wellington kommen müssen.« Genau wie Seip gesagt hatte. »Das wird nicht vor nächster Woche der Fall sein.«

Dann verfügte er, dass man sie zurück in ihre Zelle schickte.

Lina war wie vor den Kopf gestoßen. Sie sollte wieder ins Gefängnis?

»Aber ...«, wandte sie verzweifelt ein. »Haben Sie denn noch nicht mit Alexander Treban gesprochen?«

Der Friedensrichter nickte. »Natürlich. Der junge Mann wurde bereits am Montag angehört.«

Schon am Montag? Lina kam sich vor wie ein begriffsstutziges Kleinkind. Alexander hatte seine Aussage schon längst gemacht?

»Aber wieso ... muss ich dann zurück ins Gefängnis?«

»Ganz einfach.« Der Friedensrichter sah sie mitleidig an. »Weil er nichts ausgesagt hat, was für Ihre Unschuld sprechen würde.«

Lina fühlte sich entsetzlich. Kaum bekam sie mit, dass man sie zurück ins Gefängnis führte, wo Mr Mills sie wieder in Empfang nahm. Sie hätte heulen können, als sich die Zellentür erneut hinter ihr schloss. Dabei hätte sie dringend handeln müssen. Sie musste um Papier und Feder bitten und Briefe schreiben. An ihren Vormund, Mr Kelling, und ihn um Unterstützung bitten.

Und am besten auch an Pastor Heine und Mr Bensemann. Vielleicht konnten auch die Tucketts ihr helfen.

Aber sie war wie gelähmt vor Enttäuschung und Verzweiflung. Alexander hatte sie nicht entlastet. Bedeutete das etwa, dass er glaubte, was man ihr vorwarf? Dass er tatsächlich der Meinung war, sie hätte seinen Vater umgebracht? Sie konnte kaum atmen, wenn sie daran dachte, was das bedeutete.

Traute er ihr das wirklich zu? Hielt er sie tatsächlich für – eine Mörderin?

Aber er hatte ihr schließlich schon kurz vor der Hochzeit unterstellt, seinen Vater nur aus Berechnung zu heiraten. Und danach war er auch nicht gerade sonderlich zuvorkommend gewesen. Bis zu jenem Abend unter freiem Himmel, der alles geändert hatte. Noch vor wenigen Tagen hatte er sie geküsst, ihr süße Worte ins Ohr geflüstert. Hatte er das denn alles vergessen?

Wie musste er sie verachten, wenn er ihr tatsächlich zutraute, wessen sie angeklagt war.

Dass ausgerechnet Alexander sich von ihr abwandte, war mehr, als sie ertragen konnte. So verraten und enttäuscht hatte sie sich noch nie gefühlt. Nicht einmal weinen konnte sie. Stundenlang saß sie nur stumm und wie gelähmt auf ihrer Pritsche und starrte die Wand an.

Sie versuchte, Wut zu empfinden – Wut auf Seip, der ihr das alles hier eingebrockt hatte, aber auch auf Alexander, der offensichtlich einer verleumderischen Anzeige mehr glaubte als ihr. Der nichts zu ihrer Rettung tat. Aber da waren nur Enttäuschung und Verzweiflung.

Und allmählich stahl sich auch noch Angst hinzu. Wenn Alexander ihr nicht glaubte – würde es dann auch der Richter nicht tun? Würde man sie tatsächlich wegen Mordes verurteilen?

In Deutschland wurden Mörder gehängt. Nach englischem Recht vermutlich auch.

Es kam Lina vor, als wären Wochen vergangen, als Mr Mills die Tür ihrer Zelle aufschloss, dabei konnten es nur zwei Tage sein. Erschrocken stand sie auf. Ihr Herz hämmerte, ihre Kehle war wie zugeschnürt.

»Heut ist dein Glückstag, Mädchen«, sagte Mills und strahlte sie an.

Er wirkte so fröhlich, dass auch Lina sich ein kleines bisschen entspannte. Aber nur wenig.

»Ist der Richter eingetroffen?«, fragte sie beklommen. »Ist jetzt meine Verhandlung?«

Anfangs hatte sie noch auf diesen Termin hingefiebert, um endlich ihre Unschuld beweisen zu können. Aber mittlerweile fürchtete sie sich davor. Zu sehr rechnete sie mit einem schlimmen Ausgang. Sie mochte gar nicht daran denken, was dann aus Rieke werden würde.

Mills' Augenwinkel verzogen sich zu lauter kleinen Lachfältchen. »Nee, Mädchen, 'ne Verhandlung wird's nich' geben. Du kannst gehen!«

»Gehen?« Lina war so perplex, dass sie nichts verstand. »Wohin denn?«

»Na, weg. Fort von hier. Die Anklage wurde fallen gelassen, verstehste? Du bist frei!«

»Was? Aber ... wieso?« Sie verstand noch immer nichts.

Aber Mills hob nur die Schultern und trat zur Seite.
»Jetzt geh schon. Ich glaub, da draußen wartet jemand
auf dich.«

Frei? Wirklich frei? Benommen vor Erleichterung
trat sie aus der kleinen Zelle, ging durch die Tür und
hinaus ins Freie.

Der Himmel war grau und es nieselte, aber es war
herrlich, endlich wieder frische Luft atmen und die
Wolken sehen zu können. Und dann tat ihr Herz einen
Sprung und fing gleich darauf an zu rasen, als sie sah,
wer da gegenüber auf der niedrigen Mauer saß.

Kapitel 26

»Hallo, Lina«, sagte Alexander leise. In seiner rechten Hand hielt er eine rote Blume.

Oh, er sah so gut aus! Im Nieselregen lockten sich seine dunkelblonden Haare, sein Halstuch war nachlässig geknotet. Linas Beine waren plötzlich ganz weich, und im ersten Moment hätte sie sich ihm fast an den Hals geworfen.

Aber dafür war zu viel passiert. Sie hatte nicht vergessen, dass er keinen Finger für sie gerührt hatte, während sie im Gefängnis saß.

Im Gegenteil.

»Was tust du hier?«, fragte sie. Ihre Stimme zitterte leicht.

»Dich abholen.« Er hielt ihr die Blume hin. »Für dich.«

Sie tat, als sähe sie es nicht. »Und dein Wehrdienst?«

»Den kann ich später nachholen, wurde entschieden. Ich habe sogar ein offizielles Schreiben darüber.« Er grinste ein wenig schief.

»Wie schön für dich.« Sie verschränkte die Arme –

weniger aus Trotz als vielmehr, um ihn nicht sehen zu lassen, wie sehr sie zitterte. Oder um ihn nicht doch noch zu umarmen. Es war vorbei – oder doch nicht?

So stand sie da. Wartete, auch wenn ihr das Herz bis in die Kehle schlug. »Bevor du irgendetwas sagst«, begann sie schließlich, »sollst du nur eines wissen: Ich habe deinen Vater ... nicht umgebracht ...!«

Er schüttelte den Kopf. »Das habe ich nie geglaubt. Nicht eine Sekunde.«

»Was? Aber ich dachte, du ... du würdest ...« Sie holte tief Luft, bemühte sich, das Beben ihrer Glieder in den Griff zu bekommen. »Der Friedensrichter hat gesagt, du hättest nichts ausgesagt, was meine Unschuld beweisen würde.«

»So haben sie es also hingestellt?« Er stützte die Arme auf den Sims, auf dem er saß, und streckte sie. »Dabei haben sie mich nur gefragt, ob ich dabei war, als mein Vater starb. Und das war ich schließlich nicht. Das warst nur du. Ich konnte doch nicht lügen.«

»Aber du hast auch sonst nicht gerade viel getan, um meine Unschuld zu beweisen.«

»Ich weiß.« Wenigstens hatte er so viel Anstand, zerknirscht auszusehen. Er nahm die Hände vom Sims. »Für dich musste es bestimmt so aussehen, als hätte ich dich fallen gelassen. Und das tut mir alles auch ganz schrecklich leid. Aber es ging nicht anders. Wenn ich –«

»Es ging nicht anders?«, wiederholte Lina fassungslos und gleich noch einmal, lauter, als sich die Wut Bahn brach. »Es ging nicht anders?! Weißt du eigent-

lich, was ich da drinnen durchgemacht habe, du ...
du ...«

Alexander hob abwehrend die Hand. »Du darfst mir
gleich gern so viele Schimpfwörter an den Kopf werfen,
wie du willst. Aber lass mich erst mal ausreden, ja?«

Sie wollte erst unwillig etwas erwidern, doch dann
nickte sie.

»Und komm her. Hier ist es noch trocken.« Er rückte
ein Stück zur Seite, sodass auf der niedrigen Mauer ein
trockenes Fleckchen erschien.

»Dann musst du dich ja ins Nasse setzen.«

»Und wenn schon.«

Zögernd setzte sie sich. Obwohl sie ein kleines Stückchen Platz zwischen sich und ihm gelassen hatte, spürte
sie seine Wärme neben sich.

»Ich habe kaum geschlafen, seit Pastor Heine bei mir
war und mir erzählt hat, dass man dich festgenommen
hat«, begann er. »Mir war sofort klar, wer dahinter-
steckte. Als dann kurz darauf dieser Widerling von Seip
ins Fort kam und mich sprechen wollte, war ich vorbereitet. Er führte sich auf wie Graf Rotz und wollte unbedingt, dass ich ihm verrate, wo ich das Gold gefunden habe. Andernfalls würde er dafür sorgen, dass du
so schnell nicht mehr aus dem Gefängnis kommst. Woraufhin ich ihm gesagt habe, dass mir egal sei, was mit
dir passiere, schließlich habe man dich gerade wegen
Mordverdachts an meinem Vater festgenommen.« Alexander lachte. »Du hättest in diesem Moment sein feis-
tes Gesicht sehen sollen! Er wurde abwechselnd rot und

blass und schnappte nach Luft. Er konnte ja schlecht zugeben, dass das alles nur eine falsche Anschuldigung war und jeder Grundlage entbehrte. Allerdings hat er mir nicht geglaubt und gesagt, er habe Mittel und Wege, mich zum Reden zu bringen. Ich hatte also die Wahl zwischen Pest und Cholera. Hätte ich versucht, dich aus dem Gefängnis zu holen, hätte Seip sich etwas anderes einfallen lassen, um dir zu schaden. Und ich wäre nicht da gewesen, um dir zu helfen.«

»Und dann?«, flüsterte Lina mit belegter Stimme und rückte ein kleines Stückchen näher zu ihm. Nur langsam verstand sie.

Er hatte ihr immer geglaubt. Er hatte sie nicht fallen gelassen. Die Erleichterung machte ihren Kopf ganz wattig. Dicke Tropfen quollen wie von selbst aus ihren Augen.

Alexander hob die Schultern. Die Blume vollführte einen wilden Tanz zwischen seinen Fingern. »Ich stand ziemlich allein da mit meinem Problem. Nicht mal Pastor Heine kennt alle Hintergründe. Und Seip tatsächlich zu zeigen, wo ich das Gold gefunden habe, kam natürlich nicht infrage – du weißt, warum. Deswegen fand ich es am sinnvollsten, Seip in Sicherheit zu wiegen, ohne dass er an dich herankam. Im Gefängnis warst du zumindest geschützt vor ihm. Also habe ich schweren Herzens entschieden, dich dort zu lassen, bis ich aus dem Fort konnte. Aber du kannst mir glauben, dass mir das nicht leichtgefallen ist.«

Lina konnte geradezu körperlich spüren, wie sich

einzelne Bröckchen von ihrem Herzen lösten. Erst langsam, dann immer schneller. Klackklackklack. Eine richtige Kaskade.

Sie streckte den Arm aus und nahm die Blume aus seinen Händen. Die Pflanze ließ schon den Kopf hängen, so oft hatte er sie zwischen seinen Fingern hin- und hergerollt.

»Dann hast du das alles für mich getan?«, fragte sie gerührt.

Er nickte, ein zaghaftes Lächeln huschte über sein Gesicht.

»Aber – wie hast du es geschafft, dass die Anklage fallen gelassen wurde?«

»Durch Dr. Braun. Du weißt doch noch – der Arzt, der Vaters Tod festgestellt hat.«

Dessen Aussage hatte sie letztendlich aus dem Gefängnis geholt. Pastor Heine war dafür erneut aus Waimea nach Nelson gekommen. Sobald Alexander das Schreiben in der Tasche hatte, das ihn vorläufig vom Wehrdienst freistellte, war er zusammen mit dem Pastor und Dr. Braun zum Friedensrichter gegangen. Dort hatte der Arzt erklärt, dass Rudolf Treban an einem Herzanfall gestorben sei – und dass er schon seit längerer Zeit an Herzbeschwerden gelitten habe. Auch Pastor Heine konnte Rudolfs schlechten Gesundheitszustand bestätigen. Die Geschichte von einem angeblichen Mord sei daher vollkommen hanebüchen. Das sah der Friedensrichter genauso und ließ die Anklage fallen.

»Und jetzt«, sagte Alexander, als er geendet hatte, »darfst du mir alle Schimpfwörter an den Kopf werfen, die dir einfallen.«

Lina wusste nicht, ob sie lachen oder weinen sollte. »Ich kenne gar keine Schimpfwörter«, flüsterte sie. Ihre Kehle war ganz eng, sie presste die Finger um die Blume.

Alexander sah sie erwartungsvoll an. »Na komm, ein oder zwei kennst du bestimmt.«

»Blöd... Blödmännchen.«

»Nur Männchen? Ich bin enttäuscht.« Er schüttelte den Kopf. »Komm, das kannst du besser. Vielleicht... Kanaille?«

Lina kicherte. »Dösbaddel.«

»Na also, geht doch!« Er stieß sie leicht an und grinste. »Los, noch mehr. Wie wäre es mit... Taugenichts?«

»Torfkopp!«

»Haderlump?«

»Tüddelbüddel!«

»Tüddelbüddel?« Er wiederholte es so misstrauisch, als handele es sich dabei um eine ansteckende Krankheit. »Was ist denn das?«

»Das ist jemand, der Blödsinn erzählt oder nicht ganz die Wahrheit sagt. Ein Tüddelbüddel eben.«

»Man lernt doch nie aus.« Alexander stand auf und streckte die Hand aus. Lina griff danach. Am liebsten hätte sie ihn umarmt, aber das ging natürlich nicht. Nicht hier. »Dann nimmt dein Tüddelbüddel dich jetzt mal mit nach Hause. Dieser Ort macht einen ja schwermütig.«

Endlich waren sie alle wieder zusammen – Rieke und Julius kehrten aus Waimea zurück, die kleine Sophie war wieder bei ihnen, und auch der Esel stand im Stall. Lina bedankte sich bei den hilfsbereiten Tucketts, die sich um Sophie und die Tiere gekümmert hatten, mit einem saftigen Apfelkuchen.

Alles war fast wieder so wie früher. Nach wie vor teilte sie sich die kleine Kammer mit ihrer Schwester, Julius schlief in der Stube und Alexander im Geräteschuppen. In den nächsten Tagen schwebte Lina vor Glück wie auf Wolken. Jetzt, so war sie überzeugt, war alles zu schaffen, was noch auf sie zukommen mochte. Selbst die Schulden, die sie noch immer bei Seip hatten, hatten ihren Schrecken verloren, seit sie bei den *constables* gewesen waren und Seip angezeigt hatten – was Lina schon vor einer Woche hatte tun wollen. Doch jetzt hatte sich der Agent der Neuseeland-Compagnie nicht nur eine Anzeige wegen Nötigung eingehandelt, sondern auch noch eine wegen Verleumdung und übler Nachrede. Es war nicht die erste Anzeige gegen Seip, wie sie von einem schwatzhaften *constable* erfuhren. Einige der deutschen Siedler hatten sich über sein willkürliches Vorgehen bei der Landvergabe beschwert und forderten ihr Geld zurück. In den nächsten Wochen würde das Gericht einiges zu tun haben. Und solange die Anzeige gegen Seip lief, würde er ihnen nicht schaden können.

Neben Haushalt und Gemüsegarten wartete auch viel Arbeit in der Obstplantage auf sie. Gemeinsam mit den Kindern sammelten sie zuerst körbeweise die überreifen Himbeeren, von denen Lina und Rieke einen Teil zu Marmelade verarbeiteten. Aus dem Rest pressten sie Saft. Tagelang roch das ganze Haus nach den süßen Früchten und der Marmelade, die sie mit viel Zucker einkochten. Sophie hatte ständig klebrige rote Finger und beschmierte sich und ihre Kleidung mit der süßen Masse.

Wenige Tage später zogen sie dann erneut mit Eimern und Körben bewaffnet auf die Plantage, wo sich die niedrigen Apfelbäume bereits unter ihrer Last bogen. Lina hatte ganz vergessen, wie viele Bäume es doch waren; es dauerte, bis sie all die rotbackigen Äpfel von den Bäumen geschüttelt und die empfindlicheren Birnen mit langen Stangen gepflückt hatten. Alle waren ausgelassen bei der Sache und genossen den sonnigen Tag.

An einem sonnigen Herbstmorgen machten sie sich daran, Apfelwein herzustellen. Alexander hatte dafür alle Gerätschaften seines Vaters aus dem Schuppen geholt, der ihnen als Kelterhütte diente, und nun wurden die Äpfel in einem großen Bottich im Hof gewaschen und die fauligen aussortiert. Die sauberen Früchte zerteilte Lina mit zwei Schnitten in vier Teile. Alle Teile wanderten dann in die Obstmühle, einen großen hölzernen Trichter mit Kurbel, und wurden zu Mus zermahlen – eine mühselige Arbeit, bei der sich alle abwechselten.

Dumpfes Knattern und Dröhnen hallte durch die Luft – vom Fort schollen Schüsse herüber. Julius ließ die Kurbel los und blickte sehnsüchtig auf.

»Durftest du auch schießen?«, fragte er seinen Bruder, der gerade eine neue Ladung von Apfelschnitzen in den Trichter kippte.

Alexander nickte. »Komm schon, Julius, nicht einschlafen.«

Julius drehte erneut an der Kurbel. »Mit richtigen Gewehren?«

»Mit alten Steinschlossgewehren, deren Rückstoß einen fast umwirft. Wenn sie denn überhaupt funktionieren.« Alexander wandte sich an Lina. »Ursprünglich waren die zum Handeln bestimmt. Mit den Maori. Jetzt haben wir die Dinger, um damit auf sie zu schießen.«

»Ich will auch mal drehen«, maulte Rieke, die mit Sophie die Äpfel im Wasserbottich untertauchte.

»Du darfst gleich die Apfelpresse bedienen«, versprach Lina.

»Und durftest du auch eine Uniform tragen?« Julius gingen die Fragen nicht aus.

»Was heißt hier dürfen. Ich musste.«

Wie Alexander wohl in Uniform aussah? Er hatte seine mitnehmen dürfen, damit Lina sie reinigte. Die Uniform bestand aus einem blauen Hemd, das wie ein Seemannshemd geschnitten war, einer Kappe und dunklen Hosen.

»Und dreimal am Tag gab es eine Parade«, fuhr Alexander fort. »Inklusive Musik und Trommelwirbel. Strammstehen und das Gewehr präsentieren. Und nicht zu vergessen, laden und schießen.« Er blickte auf. »Julius, die Kurbel!«

Der Junge drehte eifrig weiter.

»Das ganze Bataillon soll irgendwann mal aus zwei mal fünfzig Männern bestehen«, sagte Alexander, als er bei Lina die nächste Fuhre Apfelschnitze holte. »Sie nennen sich das Bürgerwehrbataillon von Nelson. Ein Haufen ungeschulter Freiwilliger, denen man Waffen in die Hände drückt, und glaubt, sie könnten damit die Stadt verteidigen.«

»Du hältst nicht viel davon?«, fragte Lina.

Er schnaubte. »Nein. Nicht, wenn sie noch immer glauben, alle Maori wären kriegslüsterne Wilde.«

Ein vergnügter Aufschrei von Julius ließ sie beide herumfahren. Rieke hatte Julius mit Wasser vollgespritzt, und nun beugte sich der Junge seinerseits über den Bottich und planschte wild darin herum. Die kleine Sophie lief fröhlich kreischend umher und die Hühner gackerten lautstark. Der Boden um den Bottich herum war nass und voller Schlamm. Erst die Drohung, später nichts von dem süßen Saft zu bekommen, ließ die Kinder schließlich mit ihren Streichen aufhören.

Die zermahlenen Äpfel kamen in die Presse. Rieke durfte als Erste am Hebel drehen, um den Deckel nach unten zu drücken, und jubelte auf, als der Apfelmost sich schäumend in einen Eimer ergoss. Als alle Äpfel ausgepresst waren, wurde der Most in ein paar große Holzfässer gefüllt und mit einem Deckel verschlossen. Eine Öffnung, durch die ein Röhrchen ragte, sorgte dafür, dass der Überdruck entweichen konnte. Alexander war sich nicht sicher, ob er alles richtig machte, schließlich hatte sein Vater sich größtenteils allein um die Herstellung des Apfelweins gekümmert. Aber schließlich war auch das letzte Fass gefüllt und wurde zum Gären in die Kelterhütte gestellt. Nur einige Flaschen behielten sie für sich, und an diesem Abend tranken sie sich satt an dem fruchtigen Most.

Kapitel 27

Ein kräftiger Wind wehte, brachte salzige Luft vom Meer und zupfte Strähnen aus Linas Haarknoten. Wahrscheinlich sah sie schon wieder völlig derangiert aus. Sie löste ein paar Klammern und begann, die losen Strähnen wieder festzustecken.

»Mach sie doch auf«, sagte Alexander neben ihr, während er sich einen dick gepolsterten Handschuh anzog. »Mir gefällt es ohnehin besser, wenn deine Haare offen sind.«

Lina hielt inne, die Arme hinter dem Kopf. »Meinst du wirklich? Wird man mich nicht für ungehörig halten?« Sie hatte schließlich schon den Schleier weggelassen, und sie war sich nicht sicher, ob sie als Witwe im Trauerjahr überhaupt hier erscheinen durfte.

Alexander grinste. »Ich glaube kaum. Spätestens, wenn das Spiel losgeht, wird niemand mehr darauf achten, ob deine Haare nun ordentlich liegen oder umherflattern wie bei einer wilden Meeresbraut.«

Lina grinste zurück. Viele Einwohner Nelsons hatten heute früher Feierabend gemacht und sich an diesem windigen Freitagnachmittag am Rand des ovalen Feldes versammelt, auf dem heute ein Kricketspiel stattfinden sollte. Vor allem in England und seinen Kolonien erfreute sich dieser Sport großer Beliebtheit, in Nelson gab es sogar schon seit drei Jahren einen Kricketklub. Am Rand des Spielfelds lag ein großer Haufen von Steinen, die viele Hände in mühevoller Arbeit vom Platz entfernt hatten. Auch Rieke und Julius hatten dabei mitgeholfen.

Lina zögerte nur kurz. Dann hob sie die Hände an den Hinterkopf und zog entschlossen auch die restlichen Klammern aus ihrem Haar. Ganz auflassen wollte sie ihr Haar allerdings nicht, also flocht sie schnell einen einfachen, dicken Zopf.

»Schon viel besser!«, nickte Alexander.

»Wieso trägst du eigentlich Handschuhe?«, fragte sie. »Keiner von den anderen Spielern tut das.«

Er lächelte überlegen. »Weil ich der *wicketkeeper* bin. Das ist derjenige, der den Ball fängt, falls der Schlagmann nicht trifft.«

»Aha«, machte Lina. Er hatte zwar versucht, ihr die Regeln zu erklären, aber das Spiel war so kompliziert, dass sie schon nach seinen ersten Worten kaum noch etwas verstanden hatte.

Sie winkte, als sie unter den Zuschauern Appo Hocton entdeckte. »Ich komme gleich wieder, du *wicketkeeper*.«

Sie steuerte auf den jungen Chinesen zu und bedankte sich für die Bücher, die er ihr ins Gefängnis geschickt hatte. »Sobald ich sie ausgelesen habe, werde ich sie zurückgeben.«

Das freundliche fremdländische Gesicht mit den schräg stehenden Augen verzog sich zu einem Lächeln. »Es freut mich, wenn ich helfen konnte. Behalte die Bücher ruhig so lange, wie du sie brauchst.«

Lina wollte noch mehr sagen, aber in diesem Moment tauchte Alexander an ihrer Seite auf. Sie musste ein Lächeln zurückhalten; war er etwa schon wieder eifersüchtig?

»Es ist gleich zwei Uhr«, sagte er. »Bereit?«

Der junge Chinese nickte.

»Appo spielt in meiner Mannschaft«, erklärte Alexander, als Lina die beiden fragend ansah.

»Ach so. Na dann: viel Erfolg!«, wünschte Lina den beiden und sah ihnen nach, als sie gemeinsam auf das Spielfeld ging.

Auch die restlichen Spieler machten sich bereit. Es gab zwei Mannschaften: die unverheirateten gegen die verheirateten Männer. Aus dem ersten Team kannte Lina neben Alexander und Appo Hocton noch Carl Kelling, im zweiten Team Cordt Bensemann und Fedor Kelling. Wie manche anderen Mitspieler hatten sich auch die beiden Kellings fein gemacht: mit Zylinder, Krawatte und langen, engen Hosen. Lina fragte sich, wie man mit den hohen Hüten Sport treiben konnte. Und wie Alexander wohl in so einer Aufmachung aussehen würde. Sie schüttelte lächelnd den Kopf. Nein, das sähe wohl ziemlich seltsam aus.

»Geht es dir gut, Lina?« Pastor Heine war an ihrer
Seite aufgetaucht. Hinter ihm sah Lina die junge Anna
Bensemann, die heute ihr bestes Kleid trug, sowie Julius
und Rieke mit der kleinen Sophie. »Du siehst so verändert aus. Und ich meine nicht nur die Haare.«
Linas Hände fuhren an ihren Kopf. »Ja, das ... die ...«
Sie schlug hastig die Augen nieder, aber sie konnte
nicht verhindern, dass ihre Ohren anfingen zu glühen.
Sicher sah man ihr an, wie glücklich und verliebt sie
war. Das gehörte sich nicht für eine junge Witwe. Aber
sie konnte doch ihre Gefühle nicht so einfach ausschal-
ten!

»Ja, Pastor«, sagte sie lächelnd. »Jetzt geht es mir wieder gut. Verstehen Sie das Spiel?«, fragte sie dann, um
ihn endlich von sich abzulenken.

In der Mitte der ovalen Wiese, die das Spielfeld dar-
stellte, befand sich ein ungefähr zwanzig Meter langer
grasloser Streifen. An beiden Enden des Streifens stand
je ein kleines Tor aus drei senkrechten Holzstäben und
zwei Querhölzern. Jede Mannschaft hatte elf Spieler,
hatte Alexander ihr erklärt. Es gab eine Schlagmann-
schaft und eine Feldmannschaft. Viel mehr hatte sie
nicht behalten, auch wenn sie Alexander zuliebe so getan hatte, als interessiere es sie brennend.

»Nur zum Teil«, gab der Pastor zu. »Es geht wohl darum, das gegnerische Tor durch einen Ballwurf zu zerstören, was der Schlagmann verhindern muss.«

»Sehen Sie nur, Pastor!« Anna zupfte ihn aufgeregt
am Ärmel. »Gleich ist Vater an der Reihe!«

Der hochgewachsene Cordt Bensemann trat mit dem wie ein schmales Paddel geformten Schläger auf den Platz. Gegenüber von ihm, vor dem anderen Tor, bezog Fedor Kelling Stellung. Hinter dem Tor, das Bensemann schützte, hatte sich Alexander postiert. Der Rest der Feldmannschaft verteilte sich über das Spielfeld.

»Ist das nicht gefährlich?«, murmelte Lina besorgt. »Der Ball sieht mir ziemlich hart aus.«

»Das ist er auch«, sagte Pastor Heine. »Aber keine Sorge, sie passen schon auf.« Er wies auf den Platz. »Siehst du, jetzt zum Beispiel: Cordt muss verhindern, dass der Werfer das kleine Tor hinter ihm trifft, also wird er versuchen, den Ball mit seinem Schläger wegzuschlagen. Und zwar möglichst weit, damit er und Fedor genug Zeit haben, die Plätze zu tauschen.«

Lina erstarrte, als sie plötzlich den dicken Mr Seip erblickte. Selbstherrlich wie ein bunter Pfau, angetan mit einer prächtigen Weste, stolzierte er durch die Reihen der Zuschauer. Wie konnte er es wagen, hier aufzutauchen?

Er schlenderte weiter. Hin zu ihr. »Guten Tag, Karolina«, sprach er sie an, als er sie erreicht hatte. »Du scheinst mir die Tage im Gefängnis ja gut überstanden zu haben.«

Lina biss die Zähne zusammen und verkniff sich eine Antwort. Jedes Wort, das sie an diesen Menschen richten würde, war zu viel.

»Oh, du sprichst also nicht mehr mit mir. Nun, dann werde ich eben mit dir reden. Solltest du nämlich glau-

ben, mit deiner Anzeige gegen mich irgendetwas ausrichten zu können, dann täuschst du dich. Ich habe
schon ganz andere Leute als dich kleingekriegt.«

Lina blickte starr geradeaus auf das Feld, wo jeder
auf den Beginn des Spiels wartete.

»Aber keine Sorge«, fuhr er fort, ohne auf Linas eisiges Schweigen einzugehen. »Ich bekomme schon noch,
was ich will.«

Es fiel Lina schwer, dennoch schwieg sie eisern, bis
Seip endlich Anstalten machte weiterzugehen. Sie spürte
Pastor Heines Hand auf ihrer Schulter.

»Sehr gut, Lina. Lass dich von ihm nicht provozie-
ren.«

»Seip!«, erklang es in diesem Moment aus einer
Gruppe von Frauen, die einige Schritte weiter rechts
stand. »Ist es wahr, dass Sie unsere Lina hier mit falschen Anschuldigungen ins Gefängnis haben werfen
lassen?«

Lina schoss das Blut ins Gesicht. Die Sache mit ihrem Gefängnisaufenthalt hatte vor Kurzem im *Examiner* gestanden; jeder, der lesen konnte, wusste nun darüber Bescheid. Es war ihr zutiefst zuwider, aber was
konnte sie schon daran ändern?

Seip blieb stehen und hob betont lässig die Schultern. »Ist dem Mädchen doch ganz gut bekommen,
oder nicht?«

»Sie werden schon noch für Ihre Unverschämtheit
bezahlen«, murmelte Lina so leise, dass nur der Pastor
es hören konnte.

In der Zuschauergruppe drängte sich eine große Frau energisch nach vorne – Mrs Subritzky, wenn Lina sich richtig an ihren Namen erinnerte.

»Außerdem, Seip«, rief sie, »schulden Sie uns noch eine Antwort! Wann bekommen...«

Was Mrs Subritzky noch sagte, ging unter in einem vielstimmigen Raunen, als das Spiel begann. Sie schüttelte verärgert den Kopf und wandte sich dann dem Spiel zu.

Der Werfer nahm Aufstellung, zielte und warf den Ball mit einer seltsam anmutenden, kraftvollen Bewegung. Viele Zuschauer feuerten Bensemann an, als er den Ball mit einem harten Schlag traf, sodass dieser quer über das Feld flog. Sofort rannten Bensemann und Kelling los, um ihre Plätze zu wechseln. Ein paar Zuschauer lachten, als Kelling dabei der Zylinder vom Kopf geweht wurde. Als er deswegen anhielt, hatte ein Spieler der gegnerischen Mannschaft den Ball auch schon vom Boden aufgenommen und auf das kleine Tor geworfen. Einer der quer liegenden Stäbe fiel herunter und Kelling musste ausscheiden. Applaus erhob sich, als er vom Feld ging. Dann ging der nächste Spieler aus der Mannschaft der Verheirateten in Stellung.

»Na, ist der feine Mr Kelling rausgeflogen«, hörte Lina Seip weiter vorne sagen. Er lachte verächtlich.

Jubel erhob sich, als beim nächsten Wurf die Mannschaft der Verheirateten einen Punkt einheimsen konnte. Und kurz darauf den nächsten. Immer wieder wurde geworfen, der Ball über das Spielfeld geschlagen, Positionen getauscht, schieden Spieler aus. Es war spannend, auch wenn Lina nicht alles verstand. Für eine ganze Weile konnte sie sogar den widerlichen Seip schräg vor ihr vergessen.

Lina blickte zu dem Mann am Spielfeldrand, der den Spielstand mit Kerben auf einem breiten Stück Holz einritzte. Dann richtete sie ihren Blick wieder auf das Feld, gerade als Alexander erneut Position hinter dem rechten der kleinen Tore bezog. Der Werfer holte aus und warf mit aller Kraft. Der Schlagmann vor dem Tor verfehlte den Ball. Alexander ging in die Knie, aber er hielt den Ball fest und verhinderte damit einen weiteren Punkt für die Gegner. Lina applaudierte und freute sich, als Alexander aufsah und sich ihre Blicke trafen.

Nach dem ersten Durchgang wurde das Spiel für eine kurze Pause unterbrochen.

»Seip!«, rief Mrs Subritzky, die offenbar nur darauf gewartet hatte. »Sagen Sie schon: Wann bekommen wir endlich unser Land?«

»Ja, wann?«, fiel eine andere ein, und sogleich erhoben sich noch weitere Stimmen.

»Wir haben dafür bezahlt!«

»Sie haben kein Recht, uns noch länger unser Eigentum vorzuenthalten!«

»Geben Sie uns endlich das Land, das uns zusteht!«

»Ich denke ja nicht daran«, gab Seip verächtlich zurück. »Das Land ist viel zu gut für Sie.«

Wütende Stimmen und Rufe erklangen.

»Dann geben Sie uns wenigstens das Geld zurück!«, forderte Mrs Subritzky.

Seip lachte auf. »Nicht so hastig, meine Damen! Wie ich Ihnen bereits sagte, muss ich mir das noch einmal gründlich überlegen.« Er drehte sich um. »Und jetzt belästigen Sie mich nicht mehr mit Ihren dummen Fragen«, sagte er noch, während er davonschlenderte. Hoffentlich würde er sich jetzt einen anderen Platz suchen.

»Seip!«, rief eine der Frauen. »So einfach kommen Sie diesmal nicht davon!« Sie bückte sich und hob einen großen Stein von dem Haufen am Spielfeldrand auf.

»Verdammtes Schwein!«, rief sie und warf den Brocken nach Seip. Der Stein traf ihn am Rücken und hinterließ einen schmutzigen Fleck auf seiner Brokatweste.

Seip fuhr herum. »Wie können Sie es wagen …?«

Er verstummte, als er sah, dass die anderen Frauen dem Beispiel folgten und sich nun ebenfalls bückten und bewaffneten. Mit weiteren Steinen, Erdklumpen oder Schuhen – was sie eben zu greifen bekamen.

»Steinigt ihn!«

»Gebt ihm das, was er verdient!«

Schon flogen weitere Wurfgeschosse.

Seip schrie auf und hielt sich die Hand, wo ihn ein kleiner Stein getroffen hatte. »Sie … Sie sind ja verrückt geworden!«

Angstvoll wich er zurück, von einem Finger tropfte Blut.

»Meine Damen, bitte!« Pastor Heines Stimme klang entsetzt, als er herbeieilte und sich vor Seip stellte.

Von den Frauen kam wütendes Geschrei.

»Gehen Sie aus dem Weg, Pastor!«

»Weg da, er hat es verdient!«

»Helfen Sie mir, Pastor«, jammerte Seip hinter ihm.

»Meine Damen«, rief Heine. »Ich verstehe Ihren Zorn, aber Sie wollen doch nicht wirklich ... Wie steht es schon in der Bibel? Wer von euch ohne Sünde ist, der werfe den ersten Stein.«

»Ja, ja, so ist es!« Seip drängte sich hinter den Pastor und versuchte, sich hinter ihm zu verstecken. Aber nun kamen die Frauen von beiden Seiten, umkreisten die beiden Männer. Seip keuchte auf und ließ den Pastor los.

»Hilfe«, rief er. »Diese Bestien wollen mich umbringen! Wieso hilft mir denn niemand?«

Er hatte recht: Niemand aus der Reihe der Zuschauer rührte sich. Niemand machte Anstalten, ihm zu helfen.

Die Frauen kamen näher. Schweigend, drohend. Seip wich zurück, stolperte über eine Kuhle im Boden, fiel hin und rappelte sich wieder auf. Dann lief er auf die Umstehenden zu, als wolle er sich hinter ihnen verstecken. Doch kaum hatte er sie erreicht, teilte sich die Menge, ließ ihn durch. Jeder schien vermeiden zu wollen, ihn zu berühren. Die Gruppe erboster Frauen setzte ihm nach. Pastor Heine stieß einen ganz und gar ungehörigen Fluch aus und lief seinerseits den Frauen hinterher.

Lina starrte ihnen nach. Sie wusste nicht, ob sie lachen oder entsetzt sein sollte über das, was hier passierte. Dann ging ihr Blick zurück zu Alexander, der noch auf dem Spielfeld stand, beide Hände in die Seiten gestemmt. Er sah sie an, schüttelte den Kopf und grinste, und nach kurzem Zögern lächelte Lina zurück.

Kapitel 28

Ein leichter Wind fuhr durch die Blätter, brachte sie zum Rascheln und trug einen Hauch vom Meer mit sich; Lina glaubte, ganz schwach die Wellen rauschen zu hören, die an den Strand schlugen. Über sich sah sie eine Möwe kreisen. Fast wie an der Ostsee.

Mit den ersten Tagen des Mai hatte endgültig der Herbst Einzug gehalten in Nelson. Zwischen den vielen Bäumen mit immergrünen Blättern färbten sich nur wenige in einem hellen Gelbbraun. Eine kleine Gruppe hatte sich vor dem Haus der Trebans um einen Tisch und mehrere Stühle versammelt. Vermutlich war es das vorerst letzte Mal, um gemeinsam draußen zu sitzen. Bald würde es dafür zu kalt sein. Es war nur ein kleines Fest mit Familie, Freunden und Nachbarn, dennoch fühlte Lina sich um so vieles glücklicher als an ihrer Hochzeitsfeier vor sechs Wochen.

In den vergangenen Tagen waren sie mehrmals in die Kelterhütte gegangen. Der Apfelmost hatte in den Fässern bald zu gären begonnen; einige Tage lang schäumte er und wie kleine Perlen stiegen Bläschen vom Boden

335

aus auf. Danach sei es Zeit zum Umfüllen, erklärte
Alexander. Lina half ihm dabei; Kelle um Kelle schöpf-
ten sie den gärenden Most in Flaschen; vorsichtig, um
keine Hefe aufzurühren, die sich auf dem Boden des
Fasses abgesetzt hatte. Dann wurden die Flaschen verschlossen; es würde noch ein paar Wochen dauern, bis
der Apfelwein fertig sein würde.

Für die heutige Feier hatte jeder etwas mitgebracht:
Brot, Gemüse, gebratene Aale, Früchte. Lina hatte außerdem süße Krapfen in Fett ausgebacken.

»Worauf trinken wir?«, fragte Fedor Kelling und hob
seinen Bierkrug.

»Darauf, dass wir schuldenfrei sind«, schlug Alexander vor.

Lina schüttelte den Kopf. »Noch nicht ganz. Rieke
und ich müssen immer noch die Kosten der Überfahrt
bei Mr Kelling bezahlen, und ...«

»Aber, Lina«, unterbrach sie Fedor Kelling. »Sie wissen doch, dass ich Sie deswegen nicht dränge. Irgendwann werden Sie mir das Geld schon geben können.
Wenn jeder meiner Schuldner so redlich wäre wie Sie,
könnte ich besser schlafen.«

Lina nickte ihm dankbar zu.

»Trinken wir darauf, dass wir endlich diesen unmög-
lichen Seip los sind«, sagte Cordt Bensemann. »Und
auf die armen Australier, die sich jetzt mit ihm herum-
ärgern müssen.«

Dieser Vorschlag stieß auf allgemeine Zustimmung,
und so stießen alle an und tranken.

In der vergangenen Woche hatte die Verhandlung vor dem Friedensrichter stattgefunden. Die Beweise gegen Seip waren erdrückend gewesen. Dass er Lina in der Wildnis mit einer Waffe bedroht hatte, konnte man zwar nicht nachweisen, dafür sprach vieles andere gegen ihn. Wegen Verleumdung und übler Nachrede war er zu einer Zahlung von fünfzig englischen Pfund verurteilt worden. Lina glaubte zu träumen, als sie das Urteil hörte. Vor allem als ihr von dieser Summe ein großer Teil als Schmerzensgeld zugesprochen wurde. Das war mehr, als sie ihm schuldeten! Beide Summen wurden miteinander verrechnet und Lina konnte ihr triumphierendes Lächeln nicht zurückhalten, als Seip ihr daraufhin zähneknirschend den Restbetrag auszahlen musste.

Danach blieb Seip nicht mehr lange in Nelson. Er verzichtete sogar darauf, die Frauen anzuzeigen, die ihn angegriffen hatten. Dass diese ihn in ihrem Zorn fast gelyncht hatten, hatte ihm offenbar eine Heidenangst eingejagt. Und so hatte er vor wenigen Tagen ein Schiff nach Australien bestiegen und war abgereist. Niemand weinte ihm eine Träne nach.

Damit hatte sich auch die Frage nach Alexanders Vormund geklärt. Da Seip dafür nicht mehr infrage kam, hatte sich Pastor Heine bereit erklärt, dieses Amt zu übernehmen, bis Alexander einundzwanzig und damit volljährig sein würde.

Lina sah, dass Alexander ihr immer wieder verstohlene Blicke zuwarf. Sie tat, als bemerke sie diese nicht,

337

und versuchte, das Lächeln zu unterdrücken, das sich ständig auf ihrem Gesicht breitmachen wollte. Da sie zwischen Pastor Heine und Rieke saß, hatte sie ohnehin keine Möglichkeit, ungestört mit ihm zu reden. Immer wieder musste sie sich zurückhalten, nicht mit den Händen an ihren Hinterkopf zu fahren, wo sie jetzt nur noch einen einfachen Zopf trug und nicht mehr den strengen Haarknoten.

Als alle gegessen hatten, erhob sie sich und forderte ihre kleine Schwester auf, ihr beim Abräumen des Geschirrs zu helfen.

»Nein, warte, ich mache das.« Alexander war schon aufgesprungen, griff nach einem Teller und folgte Lina ins Haus.

Dort stellte er das Geschirr achtlos auf den Küchentisch. »Du schuldest mir noch eine Antwort«, sagte er.

Es war nicht das erste Mal, dass er danach fragte. Lina lächelte in sich hinein, nahm den Teller vom Tisch und stellte ihn in die Spülschüssel. »Tue ich das?«

»Allerdings.«

Sie drehte sich um und wollte zur Tür gehen, doch er verstellte ihr den Weg. Sie versuchte, ihn beiseitezuschieben. »Ich muss wieder nach draußen, Alex. Der Tisch steht noch voller Geschirr.«

Er ließ sie nicht vorbei. »Jetzt lass doch das blöde Geschirr sein. Nicht, bevor ich eine Antwort habe.«

»Aber…« Sie zögerte. »Es gibt noch so vieles, was geklärt werden muss.«

»Ich weiß. Das werden wir ja auch.«

Sie sah ihn an, ihr Herz schien plötzlich zu stolpern. »Du willst es also wirklich?«

Er nickte und strahlte sie an.

»Nun, dann ...« In Linas Bauch stieg ein warmes Gefühl auf. Sie hatte sich ja schon längst entschieden. »Dann also: ja. Sehr, sehr gerne.«

Alexanders Seufzer war so tief, dass man ihn sicher bis nach draußen hörte. Dann zog er sie an sich und küsste sie.

Ein Räuspern ließ sie auseinanderfahren. Pastor Heine stand in der Stube, weitere leere Teller in der Hand.

»Es ist ja nicht zu übersehen, wie verliebt ihr beiden seid.« Der Pastor ging an ihnen vorbei und stellte die Teller in die Spülschüssel. »Dennoch wäre es schön, wenn ihr euch damit etwas zurückhaltet. Schließlich seid ihr nicht verheiratet.«

»Noch nicht, Pastor.« Alexander lachte. »Aber bald. Sie hat Ja gesagt!« So ausgelassen hatte sie ihn selten erlebt. »Das heißt – sofern Sie einverstanden sind. Aber das sind Sie doch, oder?« Als sein Vormund musste Pastor Heine seine Zustimmung zu einer Heirat geben.

Pastor Heine kratzte sich am Kinn. »Grundsätzlich schon. Aber ihr müsst noch eine ganze Weile damit warten.«

»Vielleicht aber auch nicht«, gab Alexander mit triumphierendem Unterton zurück.

»Nicht?«

»Ja, es ist nämlich so ...« Er sah Lina an, dann den Pastor. »Nun ja, Lina hat mir erzählt ... Also ...« Jetzt geriet auch er ins Stocken. Ganz so, wie es ihr selbst gegangen war, als sie vor einigen Tagen versucht hatte, es ihm zu erklären. »Pastor, darf ich Ihnen eine Frage stellen? Eine rein theoretische?«

»Nur zu.«

»Also …«, versuchte Alexander es erneut. »Wenn ein Ehepaar verheiratet wurde, wenn aber in der Hochzeitsnacht … also, wenn dann nichts …« Er stockte abermals. Lina spürte, wie auch ihr die Hitze ins Gesicht stieg. Sie wusste, wie schwierig es war auszudrücken, was nicht stattgefunden hatte.

»Wenn die beiden nicht das Bett miteinander geteilt haben?«, half Pastor Heine aus.

»Genau.« Alexander nickte erleichtert. »Also, wenn das … nicht passiert ist - ist die Ehe dann überhaupt gültig?«

Pastor Heine sah sie beide lange an.

»Ja«, sagte er schließlich. »Vor Gott und dem Gesetz ist man dann verheiratet. Egal, was in der anschließenden Nacht passiert ist. Das war früher anders, aber wir leben ja nicht mehr im Mittelalter.«

»Oh«, sagte Alexander. Es fiel ihm sichtlich schwer, seine Enttäuschung zu verbergen. »Das heißt …«

»Das heißt«, erklärte Pastor Heine, »falls der Ehemann kurz darauf zu Tode gekommen ist, muss die Witwe auf jeden Fall das Trauerjahr einhalten, bevor sie wieder heiraten kann.«

Linas Herz sank, sie kam sich vor, als hätte ihr jemand eine Schlinge um den Hals gelegt. Nur ganz

locker, aber sie war trotzdem da. Ihre ganze zaghafte
Hoffnung war mit einem Schlag zunichtegemacht.

Ein Jahr! Das war eine schrecklich lange Zeit. So
lange würde Alexander sicher nicht auf sie warten wollen ...

Sie musste einen Augenblick alleine sein. Rasch ent-
schuldigte sie sich und ging nach draußen, hinter das
Haus, wo sie für eine Weile durchatmen konnte.

Das Haus lag wie eine kleine, trutzige Burg am Rande
des Waldes, umgeben von Wiese und dem großen
Gemüsegarten. Die Beete, die Rudolf Treban mit so viel
Hingabe angelegt und gepflegt hatte, sahen auch jetzt
recht ordentlich aus; die Bohnenstöcke standen in Reih
und Glied, und das Grün von Karotten und Kartoffeln
wuchs kräftig. Für das Unkraut, das nur zu gerne zwischen Kohlköpfen und Kürbissen wucherte, war nun
Rieke verantwortlich. Dahinter verlor sich der schmale
Trampelpfad, den sie inzwischen schon so oft gegangen
war, zwischen hohen Bäumen.

Sie griff in ihren Nacken und löste das Band, das
ihren Zopf zusammenhielt. Locker flossen die Haare
um ihre Schultern, den Rücken hinab. Es fühlte sich
ungewohnt an und doch gut.

Es dauerte nicht lange, bis sie Schritte hörte; Alexander tauchte neben ihr auf.

»Geht es dir gut?«

Sie nickte wortlos.

»Unsere Gäste fragen schon, wo du bleibst.«

»Ich komme gleich.«

341

Seine Anwesenheit ließ ihr Herz schneller schlagen und erfüllte sie mit einem tiefen Gefühl der Freude. Und noch mehr, als sie spürte, wie er eine Strähne ihres Haares nahm und vorsichtig um seinen Finger wickelte.

Schweigend standen sie da und sahen zu, wie die Sonne versank.

Dort unten, hinter dem Wald, lag die kleine Stadt Nelson; mit all ihren Menschen und Häusern und Läden und Straßen. Linas Blick wanderte nach oben. Zu den farnbedeckten Hügeln, die den Ort umgaben. Zu den Bergen dahinter, die die untergehende Sonne mit einem rötlichen Schimmer überzog und auf deren Gipfel etwas Schnee zu sehen war.

Die Berge blickten freundlich zurück.

»Ein Jahr ist schnell vorüber«, sagte Alexander schließlich. Er ließ ihr Haar los und fasste nach ihrer Hand.

»Wirklich?«, murmelte Lina.

»Ja.« Sein Daumen strich sanft über ihren Handrücken. »Das ist es. Glaub mir.«

Lina lächelte. Sie hatte sich verändert, seit sie vor acht Monaten hierhergekommen war: Sie war erwachsen geworden und reifer. Sie kam sich vor wie ein Baum, den man von seinem angestammten Platz genommen und in fremde Erde verpflanzt hatte. Der jetzt endlich anfing, Wurzeln zu schlagen und kleine Triebe und neue Blätter zu entwickeln, aus denen eines Tages kräftige Zweige werden würden. Genauso würde auch die kleine

Stadt Nelson sich verändern, würde wachsen und gedeihen.

Nur die Hügel und Berge würden dieselben bleiben. In einem Jahr und auch noch viel länger.

Sie blickte auf und drückte Alexanders Finger. »Ich glaube dir.«

Nachwort und Dank

Das 19. Jahrhundert war das Jahrhundert der Auswanderer. Viele zog es aus materieller Not in die Ferne; die meisten in die Vereinigten Staaten von Amerika, manche aber auch in die britischen Kronkolonien Australien und Neuseeland.

Ab 1839 warb die englische New Zealand Company (im Buch Neuseeland-Compagnie genannt) auch in Deutschland mit Zeitungsanzeigen und Aushängen um Auswanderer. Jeder fleißige Arbeiter war willkommen, auch alleinstehende Frauen, die vor allem als Dienstboten gesucht wurden.

Die ersten deutschen Siedler kamen 1843 mit der *St. Pauli* in Nelson auf der Südinsel Neuseelands an. Sie gründeten St. Paulidorf, das jedoch schon nach gut einem Jahr wegen Überflutungen aufgegeben werden musste.

1844 folgte die *Skjold* mit weiteren Auswanderern, diesmal hauptsächlich aus Mecklenburg. Die *Skjold*-Passagiere wurden von Graf Kuno zu Rantzau unterstützt, einem reichen Gutsherrn, der einigen armen

Mecklenburger Familien ermöglichen wollte, sich ein neues, besseres Leben in der Fremde aufzubauen. Auch sie siedelten sich in Nelson an und wurden Untertanen der britischen Krone. Vor diesem Hintergrund spielt mein Roman.

Die Hauptfiguren dieser Geschichte sind erfunden, aber einige der anderen Personen haben wirklich gelebt. Auch die Figur des Hannes Seip und seine diversen Auseinandersetzungen mit den deutschen Siedlern gehen auf eine historische Gestalt zurück, die ich allerdings umbenannt habe. Aus dramaturgischen Gründen habe ich außerdem einige historische Daten um ein paar Monate verschoben (z. B. die Gründung der Bürgerwehr).

Aus Dankbarkeit tauften die deutschen Auswanderer eine ihrer Siedlungen nach dem wohltätigen Grafen Rantzau, allerdings ohne t. Diese Ortschaft wurde inzwischen in Hope umbenannt, aber noch heute gibt es dort die Ranzau School, die Ranzau Lutheran Church und eine Ranzau Road. Der Nelson Anniversary Day am 1. Februar wird bis zum heutigen Tage gefeiert.

Ah Poo Hoc Ting, der unter dem Namen Appo Hocton als Neuseelands erster chinesischer Einwanderer bekannt wurde, heiratete zweimal und starb hochbetagt. Heute zählen sich mehr als 1600 Neuseeländer zu seinen Nachkommen.

Und wer wissen möchte, wen die junge Anna Bensemann wenige Jahre später, mit gerade mal fünfzehn Jahren, heiratete: Es war Pastor Heine.

Für die Unterstützung bei diesem Buch bedanke ich mich ganz herzlich bei

- Katja, Fabio und meiner Mutter
- meiner Agentin Natalja Schmidt
- Martina Imkeller, Susanne Krebs und all den anderen engagierten Mitarbeitern bei cbj/Random House
- den vielen hilfreichen Kolleginnen und Kollegen vom Autorenforum Montségur
- und natürlich, von ganzem Herzen, Stefan.

Inez Corbi,
im November 2011

Zeittafel

Um ca. 800   Einwanderung der Maori aus
              Polynesien

1642   Abel Tasman entdeckt als erster
              Europäer Neuseeland

1769–1770   Erkundung der beiden Inseln
              Neuseelands durch James Cook

ab 1800   Erste weiße Siedler auf der Nordinsel

1814   Beginn der christlichen Missionierung
              der Maori

1837   Gründung der New Zealand Company

1840   Vertrag von Waitangi zwischen
              England und den Maori
              Neuseeland wird britische Kolonie

1.2.1842	Nelson wird gegründet
16.6.1843	Ankunft der *St. Pauli* in Nelson mit den ersten deutschen Siedlern
17.6.1843	Wairau-Massaker
21.4.1844	Abfahrt der *Skjold* von Hamburg
1.9.1844	Ankunft der *Skjold* in Nelson
1844	Gründung der Ortschaft Ranzau
1.2.1845	3. Nelson Anniversary Day (Nelson-Tag)
1845	Gründung der Nelson Battalion of Militia (Bürgerwehr)

Inez Corbi, geboren 1968, studierte Germanistik und Anglistik in Frankfurt/Main. Seit dem großen Erfolg ihrer historischen Romane widmet sie sich vollständig dem Schreiben. Mit »Die roten Blüten von Whakatu« stellt die Autorin nun ihr erstes Jugendbuch vor. Sie lebt mit ihrem Mann bei Frankfurt.

Brigitte Riebe
Die Nacht von Granada

ca. 400 Seiten, ISBN 978-3-570-13680-5

Granada 1499: Die 16-jährige Lucia, Tochter des Goldschmieds Antonio, ist seit ihrer Kindheit eng befreundet mit Nuri, der Tochter des Steinschleifers Kamal. Und verliebt in Rachid, Nuris Bruder. Eine solche Verbindung wird jedoch undenkbar: Nach der Vertreibung der Juden richtet sich das spanische Königspaar nun gegen die Mauren, die in Granada jahrhundertelang friedlich mit Juden und Christen zusammengelebt haben. Kamal gerät in die Fänge der Inquisition, die ihre Fühler auch nach Antonio ausstreckt. Lucia ist verzweifelt. Da tritt Miguel auf den Plan, ein junger Steinschleifer, der Lucias Gefühle heftig durcheinanderbringt ...

www.cbj-verlag.de

Jandy Nelson
Über mir der Himmel

ca. 352 Seiten, ISBN 978-3-570-13877-9

Siebzehn Jahre hat Lennie glücklich im Schatten ihrer strahlenden Schwester gelebt, siebzehn Jahre haben die beiden ihre Kleider, ihre Gedanken, ihr Lachen geteilt. Doch jetzt ist Bailey tot und Lennie im Haus der Trauer, wo niemand rein- oder rauskommt. Bis sie sich verliebt – zum ersten Mal in ihrem Leben und gleich in zwei Jungen: Joes magisches Lächeln wird nur noch von seinem musikalischen Talent übertroffen; Toby ist stiller Cowboy, mutiger Skater – und Baileys große Liebe. Als Liebe und Schuldgefühl auf Kollisionskurs gehen, explodiert Lennies Welt – und setzt sich wieder neu zusammen.

www.cbj-verlag.de